GOLDMANN

Von Francis Durbridge sind außerdem
im Goldmann Verlag erschienen:

Kommt Zeit, kommt Mord · 3140
Mr. Rossiter empfiehlt sich · 3182
Es ist soweit · 3206
Die Puppe · 4940
Der Andere · 3142
Die Brille · 2287
Ein Mann namens Harry Brent · 4035
Melissa · 3073
Paul Temple – Der Fall Kelby · 4039
Paul Temple jagt Rex · 3198
Paul Temple und die Schlagzeilenmänner · 3190
Paul Temple – Banküberfall in Harkdale · 4052
Wie ein Blitz · 4205

Francis Durbridge

Das Halstuch

Roman

GOLDMANN VERLAG

Aus dem Englischen übertragen von Helmut Eilers
Titel der Originalausgabe: The Scarf
Originalverlag: Hodder & Stoughton, London

Die Hauptpersonen

Nigel Matthews	Pfarrer
Edward Collins	Musiklehrer
Alistair Goodman	Gutsbesitzer
Marian Hastings	seine Verlobte
John Hopedean	Kunstmaler
Clifton Morris	Verleger
Kim Marshall	Tänzerin
Harry Yates	Kriminalinspektor

Der Roman spielt in Littleshaw und London, England

Made in Germany · 12/85 · 1. Auflage

Der vorliegende Band ist bereits unter der Nummer 3175
im Wilhelm Goldmann Verlag erschienen
Umschlaggestaltung: Design Team München
Umschlagillustration: Design Team München
Druck: Elsnerdruck, Berlin
AB · Herstellung: Sebastian Strohmaier
ISBN 3-442-06212-0

I

Wenn die guten Leute von Littleshaw während der Urlaubszeit nach Abstechern in die verkehrsträchtigen Küstengebiete in ihren Heimatort zurückkehrten, empfanden sie stets ein überwältigendes Gefühl der Erleichterung über die Tatsache, daß ihr geliebtes Littleshaw ein wenig abseits der Hauptverkehrsadern des Landes lag. Verkrampfte jugendliche Existenzialisten mochten das Städtchen als ein lebendigtotes Dorf am Ende der Welt verschreien, aber die meisten Einwohner von Littleshaw gaben ihrer Stadt den Vorzug vor den Riesenschlafsälen – denn nichts anderes waren die Vororte der Großstädte ja – in der Umgebung Londons. Letzten Endes gab es genügend Geschäfte, in denen sie ihre Einkäufe tätigen konnten, und nur selten einmal mußte man längere Zeit warten, um bedient zu werden.

Da gab es das Dragoon Hotel, in dem Besucher absteigen und die Geschäftsleute des Ortes ein Gläschen trinken konnten, einen Country Club, wo sich alle sozialen Ereignisse von Bedeutung abspielten, und sogar ein winziges Kino, das auf irgendeine Art, niemand wußte wie, der erdrückenden Konkurrenz des Fernsehens zum Trotz weiterbestand.

Vielleicht gab es einige Alteingesessene, die den neu hinzugezogenen Bewohnern der Bungalows, die ein geschäftstüchtiger Bauunternehmer erstellt hatte, mit Mißtrauen begegneten; aber genaugenommen gab es genügend Platz für jedermann, und die meisten Neuzugezogenen konnten sich bereits nach kurzer Zeit in das soziale Gefüge des Ortes einleben. Gefiel es ihnen nicht, so blieb immer noch London, das nur siebenundzwanzig Meilen entfernt war und alle Möglichkeiten der Zerstreuung bot, die ein Menschenherz ersehnen konnte. Vielleicht hatten einige der Veränderungen, die die vergangenen dreißig Jahre mit sich gebracht haben, einen weiten Bogen um Littleshaw gemacht, aber die meisten der Einwohner waren der Meinung, daß es sich in ihrer Stadt äußerst angenehm leben ließ. Oder zumindest war das so gewesen bis zu einem gewissen Tag im vergangenen Januar.

An einem feuchtkalten Januarmorgen dieses Jahres kam Reverend Nigel Matthews, der Vikar von Littleshaw, aus seinem Vikaramt. Der Wind wehte aus dem Osten und trieb den Regen vor sich her – ein Regen, von dem der Vikar pessimistisch voraussagte, daß er sich bald in Schnee verwandeln würde.

Matthews war um die fünfundvierzig, von untersetzter Gestalt und durchaus gesundem Aussehen. Sein dünnes Haar stand im Begriff, von Braun zu Grau überzuwechseln, und seine braunen Augen blickten sanft und vertrauensvoll auf seine Umwelt. Er erfreute sich allgemeiner Beliebtheit bei den Bürgern von Littleshaw, denn trotz seiner etwas salbungsvollen Art hatte er Sinn für Humor, einen Humor allerdings, der gelegentlich zu beißendem Spott werden konnte. Er war Junggeselle und betreute die Gemeinde von Littleshaw seit seiner Entlassung aus dem Militärdienst.

Im großen und ganzen war Nigel Matthews ein Mann, der die Welt als einen durchaus vergnüglichen Aufenthaltsort betrachtete, wenn er auch von Zeit zu Zeit sündhaftem Zynismus verfiel und in solchen Augenblicken der Ansicht Ausdruck verlieh, daß es Orte gab, in denen es gewiß leichter war, das Reich Gottes auf Erden zu proklamieren. Immerhin erschienen seine Schäflein mit erfreulicher Regelmäßigkeit zum Gottesdienst, wenn schon nicht sehr zahlreich, und seine neue Konfirmandenklasse war erst kürzlich durch drei saubergewaschene kleine Burschen verstärkt worden.

Der Vikar hauchte mit wenig Erfolg warmen Atem gegen seine klammen Finger und stellte seinen Mantelkragen hoch. Er steckte die linke Hand in seine Tasche, um sich davon zu überzeugen, daß sich ein kleines Päckchen darin befand, mit der rechten Hand umschloß er den wärmespendenden Knopf seiner Tabakspfeife. Danach zwängte er sich hinter das Lenkrad seines zwar ältlichen, aber energiegeladenen Morris und fuhr geradeswegs in Richtung zur High Street davon.

Matthews meisterte den Verkehr auf der High Street mit Sorgfalt und bog am Stadtrand in eine schmale Straße ein. Er bemerkte einen Traktor, der einen großen Anhänger von einem Acker herunter auf die Straße zog, und trat auf die Bremse, um ihm den Vortritt zu lassen. In dem Treckerfahrer erkannte er Bill Royd wieder, der auf der Kingsbury Farm beschäftigt war. Royd war ein lebenslustiger Bursche, den Matthews vor fünf Jahren in seiner Kirche getraut hatte.

Der Anhänger war mit einer großen wasserdichten Plane zugedeckt. Er wird Zuckerrüben auf dem Anhänger haben, sagte sich der Vikar. Wollen wir hoffen, daß die Ernte gut ausgefallen ist! Bill Royd winkte ihm einen fröhlichen Gruß zu, und Matthews dachte, während er seinen Wagen an dem Fuhrwerk vorbeisteuerte, was für eine kalte Angelegenheit es sein muß, bei diesem Wetter Zuckerrüben zu laden.

*

Im *Greensteps,* einem Haus mittlerer Größe am Rande der Stadt, war ein anderes Mitglied der Gemeinde des Vikars in schlechtem Gemütszustand. Edward Collins war offensichtlich verärgert.

Edward Collins, ein Mann von dreißig Jahren, war dunkelhaarig, groß und hager. Sein widerspenstiges schwarzes Haar paßte gut zu dem schmalen, intelligenten Gesicht. Jede seiner Bewegungen verriet die rastlose Nervosität, die ihn erfüllte. Er ging mühselig, mit Hilfe eines Stockes. Drei Jahre zuvor war er Opfer einer Kinderlähmungsepidemie geworden, und im Anschluß daran hatte er die medizinische Fachwelt auf den Kopf gestellt, indem er mit sichtlichem Erfolg Gehversuche anstellte.

Mit ungläubigem Staunen hatten Ärzte, Schwestern und Insassen des Hospitals seinen Genesungsprozeß verfolgt. Der stählerne Wille, mit dem er die Lähmung seiner Beine überwand, hatte zynische und abgebrühte Doktoren zu stammelnden Bewunderern werden lassen. Schmallippige Oberschwestern, ja selbst die Oberin, deren Herz längst zu blankem Marmor geworden war, vergaßen beim Anblick des um seine Wiederherstellung kämpfenden Patienten, ihre jüngeren Untergebenen durch die endlosen Gänge des Krankenhauses zu scheuchen und widmeten sich ganz der Unterstützung dieses erstaunlichen jungen Mannes. Männliche Angestellte des Hospitals scheuten sich nicht, in aller Öffentlichkeit Wetten abzuschließen über Erfolg oder Mißerfolg der furiosen Anstrengungen Collins.

Zumindest wurde ihm dank seines unerbittlichen Kampfes gegen die heimtückische Krankheit ein Teilerfolg beschert, wenn er auch mit einem guten Teil seiner Manneskraft dafür bezahlen mußte. Nachdem er zum erstenmal unter unglaublichen Qualen und angefeuert von den Zurufen seiner Mitpatienten fünfzehn Meter auf dem Korridor des Hospitals zurückgelegt hatte, eröffnete ihm ein menschenfreundlicher Doktor, der es längst aufgegeben hatte, an Wunder zu glauben, daß er niemals wieder in der Lage sein würde, ohne Hilfe eines Stockes zu gehen und daß sein eines Bein immer ein ganzes Ende kürzer bleiben würde als das andere. Für Edward Collins war das ein kaum zu verwindender Schlag. Glücklicherweise stammte er aus vermögendem Hause, aber dadurch wurde das Problem der Nutzung seiner schier unerschöpflichen Energiequellen nicht gelöst. Seine Tätigkeit als Musiklehrer in Littleshaw vermochte auch nur einen kleinen Ausgleich zu schaffen. Seine beklagenswerten Schüler wurden nur zu oft Opfer seiner Verzweiflungsausbrüche, und sie ertrugen die Laune ihres Maestros nur, weil sie zweifellos sehr viel von ihm lernten.

Musik war Edwards alles verzehrende Leidenschaft. Er spielte das Piano und die Violine mit einer brennenden Intensität. Beinahe war es, als hasse er die Instrumente, denen er so viel Schönheit zu entlocken verstand. Wer von den Bürgern Littleshaws genügend Toleranz aufbringen konnte, der empfand nichts als Mitleid für den bedauernswerten Edward. Reverend Nigel Matthews jedoch verstand ihn wahrscheinlich besser als alle anderen . . .

Das Studio im *Greensteps* war mit viel Geschmack und Aufwand eingerichtet. In einer Ecke des Raumes stand ein kleiner Stutzflügel, auf dem sich Berge von ungeöffneten Briefen und Päckchen stapelten. Auf einem Seitentischchen, das einer ganzen Batterie von Flaschen als Standquartier diente, lagen zahlreiche Geburtstagskarten aller Geschmacksrichtungen. Edward Collins stand mit bitterbösem Gesicht, auf seinen Stock gestützt, am Telefontisch. Seine Fingernägel vollführten einen Trommelwirbel der Nervosität. Er hielt den Hörer an sein Ohr gepreßt.

Eine gleichgültige Stimme sagte am anderen Ende des Drahtes: »Sorry, Sir, aber es antwortet niemand.«

»Versuchen Sie es weiter!« knurrte Edward.

Das Fräulein von der Vermittlung stieß einen deutlich hörbaren Seufzer aus. »Wie Sie wünschen, Sir.« Collins zog das Ebenholzkästchen mit den Zigaretten heran, steckte sich eine an und zerdrückte sie schon nach wenigen Zügen wieder im Aschbecher. Der Apparat am anderen Ende der Leitung klingelte mit fruchtloser Beständigkeit.

Mrs. Lloyd, seine Haushälterin, betrat das Zimmer. Mrs. Lloyd war eine ältliche, geruhsame Frau, die es schrecklich fand, daß Edward über jede Kleinigkeit in schäumende Erregung geraten konnte. Sie sagte: »Gerald Quincey ist hier. Wollen Sie ihn empfangen?«

Edward knallte den Hörer auf die Gabel und wirbelte herum. Er beherrschte sich jedoch und strich sich mit müder Bewegung über die Augen. »Entschuldigen Sie bitte, Mrs. Lloyd. Was haben Sie gesagt?«

»Gerald Quincey ist hier«, wiederholte Mrs. Lloyd voller Geduld. »Wollen Sie ihn empfangen?«

»Es dürfte einige Schwierigkeiten bereiten, ihm Geigenunterricht zu erteilen, wenn ich ihn nicht sehen kann«, sagte Edward übellaunig.

So ist es richtig, dachte Mrs. Lloyd. Laß es nur an mir aus! Laut sagte sie: »Nun, ich glaube, weil er zu spät gekommen ist –«

»Ach, schon gut«, fiel Edward der Frau ins Wort. »Lassen Sie ihn herein.«

Gerald Quincey kam zögernden Schrittes in das Zimmer. Er war ein bebrillter, ernsthafter junger Mann von achtzehn Jahren und beseelt von dem Wunsch, es jedermann recht zu machen. Unter dem Arm trug er einen Geigenkasten, und in der Hand hielt er eine Pralinenschachtel. »Guten Tag, Edward«, sagte er. »Verzeihen Sie bitte mein Zuspätkommen.«

»Haben Sie sich verspätet?« Edwards Tonfall und Gesichtsausdruck wirkten nicht sehr ermutigend auf den jungen Mann. Quincey jedoch klammerte sich an die Frage wie ein Ertrinkender.

»O ja«, sagte er hastig. »Sie sagten, um halb elf. Ich fürchte, es ist bereits kurz vor elf.«

»Das spielt keine Rolle«, murmelte Edward. »Ich fühle mich heute morgen sowieso nicht zum Arbeiten aufgelegt.«

»Oh«, sagte Gerald. Es klang enttäuscht.

Edward bemühte sich ernsthaft, seiner üblen Stimmung Herr zu werden. »Es tut mir leid, Gerald«, sagte er. »Dieses elendige Bein macht mir wieder schwer zu schaffen in letzter Zeit. Niemand wird erwarten, daß ein verkrüppelter Musiklehrer jedesmal einen Freudensprung vollführt, wenn einer seiner Schüler auftaucht.« Er deutete auf die Pralinenschachtel. »Soll das ein Geburtstagsgeschenk für Fay sein?«

»Ja. Mir wollte nichts Rechtes einfallen, aber – mit Pralinen kann man bei einem Mädchen wohl kaum danebentippen, nicht wahr?«

»Keine Ahnung«, sagte Edward. »Außerdem ist mein Schwesterchen gar nicht hier. Sie ist gestern abend nicht gekommen.«

»Sie ist nicht gekommen?« Gerald schien fassungslos.

»Nein. Ich weiß nicht, was wieder einmal geschehen ist.« Collins versuchte mit wenig Erfolg, seinen Zorn zu unterdrücken. »Ich habe den ganzen Abend hier herumgesessen und auf sie gewartet, aber sie hat sich nicht blicken lassen. Sie nimmt ja niemals Rücksicht auf ihre Mitmenschen.« Er wandte sich um, als die Haushälterin an die Tür klopfte. »Was gibt es denn nun schon wieder, Mrs. Lloyd?«

»Vikar Matthews möchte Sie sprechen.«

»All right – führen Sie ihn herein«, sagte Edward ungeduldig. Er deutete auf die Pralinenschachtel. »Was soll damit werden, Gerald? Wollen Sie sie hierlassen, oder möchten Sie lieber heute nachmittag noch einmal wiederkommen?«

»Wird Fay denn heute nachmittag hier sein?«

Edward zuckte mit den Achseln. »Weiß der Himmel! Aber ich

denke doch, daß sie noch kommen wird.« Erbitterung schwang in seiner Stimme mit. »Irgendwann wird sie sich schon blicken lassen – ganz wie es dem gnädigen Fräulein genehm ist.«

»Ich werde sie hierlassen«, entschied sich Gerald und stellte die Pralinen zu den anderen Päckchen auf den Flügel. »Gratulieren Sie ihr in meinem Namen.«

»In meinem Namen wird sie einige andere Dinge zu hören bekommen«, erwiderte Edward.

Der Vikar trat ein. »Guten Morgen, Edward«, begrüßte er Collins.

»'n Tag, Nigel«, sagte Collins mit wenig Begeisterung. »Sie kennen doch Gerald Quincey, nicht wahr?«

»Aber ja«, rief der Vikar und schüttelte dem jungen Mann die Hand. »Wie geht es Ihnen, Gerald?«

»Danke, ganz ausgezeichnet, Sir«, sagte Gerald. Er klemmte seinen Geigenkasten unter den Arm und wandte sich an Collins. »Ich werde jetzt lieber gehen, Edward.«

»Es tut mir leid wegen des Unterrichts«, sagte Collins etwas freundlicher. »Aber Sie wissen ja, wie das ist. Dieses verflixte Bein –«

»Das kann ich verstehen«, sagte Gerald. »Machen Sie sich meinetwegen keine Sorgen. Ich werde Dienstag wiederkommen. Hoffentlich geht es Ihnen bis dahin wieder besser.«

Collins nickte. »Bis Dienstag dann. Wiedersehen, Gerald.«

Quincey ging, und Matthews bedachte den jungen Musiklehrer mit einem argwöhnischen Seitenblick. »Was ist los? Macht Ihnen Ihr Bein wieder einmal Schwierigkeiten?«

»Stellen Sie sich vor, Nigel, es ist tatsächlich mein Bein«, erwiderte Collins ironisch lächelnd. »Von jemandem, der im Mannesalter von der Kinderlähmung heimgesucht wird und mit verkrüppelten Gehwerkzeugen auf der Strecke bleibt, kann man wohl kaum erwarten, daß er herumtollt wie ein zweijähriges Füllen. Gewiß, die eine Stunde Geigenunterricht hätte mich auch nicht umgebracht, aber – nun, ich hatte einfach keine Lust heute.«

Matthews lächelte spöttisch. »Und was hat den hohen Herrn heute morgen um seine Arbeitsfreude gebracht?«

»Fay«, lautete Collins' bündige Antwort.

»Oh? Was hat sie denn getan?«

»Was sie nicht getan hat, das ist es! Obwohl sie mir in die Hand hinein versprochen hat, gestern abend zu kommen, hat sie sich nicht blicken lassen. Nicht, daß ich ihren Versprechungen allzuviel Wert beimesse. Aber schließlich wollten wir uns gestern aus einem besonderen Anlaß zusammensetzen.«

Der Vikar seufzte. »Das finde ich aber sehr bedauerlich. Anscheinend haben Sie sich wieder einmal mit Ihrer Schwester zerstritten.«

»Sie werden's nicht glauben – aber seit Monaten hat es keinen Krach mehr zwischen uns gegeben.«

»Welch erfreulicher Wandel!« rief der Vikar.

»Das ist es ja gerade, was mich so verärgert«, sagte Edward. »Kaum beginnen sich unsere Beziehungen ein wenig zu bessern, da fällt sie mir in den Rücken und läßt mich einfach sitzen. Ich hatte eine Festtafel vorbereitet und wollte nett mit ihr zusammen feiern.« Er zerdrückte seine halb aufgerauchte Zigarette im Aschbecher und zündete sich sogleich eine neue an.

Der Vikar fischte eine altertümliche, verräucherte Tabakspfeife aus seiner Westentasche und bat Collins um Feuer. »Sie sollten es auch mit Pfeifenrauchen versuchen, Edward.«

»Für mich ist das nichts. Ich würde mehr Zündhölzer verbrauchen als Tabak.«

Matthews musterte Collins durch den Qualm hindurch. »Wann haben Sie Fay zum letztenmal gesehen?«

»Moment. Lassen Sie mich überlegen. Es wird etwa vierzehn Tage her sein. Letztes Wochenende rief sie mich an und erzählte mir, wie sehr sie sich auf ihren Geburtstag freute, weil wir ihn gemeinsam verbringen wollten. Das war allerdings ihre Idee. Ich habe sie nicht bestärkt darin. Ich sagte ihr, sie könne an ihrem Geburtstag machen, was sie wolle.«

Matthews lächelte. »Das war aber sehr – geschwisterlich von Ihnen, Edward.«

Collins winkte ärgerlich ab. »So unverblümt habe ich es nicht gesagt. Sie wissen, wie ich das meine, Nigel.«

Der Vikar nickte. »Ja, natürlich.« Sein Blick glitt über die vielen Päckchen und Briefe auf dem Flügel. »Anscheinend haben viele Menschen an sie gedacht. Auch ich bin ihretwegen hergekommen. Hier, ich habe ihr etwas mitgebracht.« Er zog ein Päckchen aus der Tasche und legte es zu den anderen. »Ich fürchte, ich weiß nicht allzuviel über Fays – literarische Interessen. Ich kann nur hoffen, daß es ihr gefällt.«

»Literatur und Fay sind einander so fern wie Mars und Venus«, sagte Edward griesgrämig.

Matthews sog nachdenklich an seiner Pfeife. Nach einer Weile fragte er: »Hat Fay im Augenblick ein Engagement?«

»Nein«, erwiderte Edward. »Sie arbeitet nicht. Wie man so schön im Bühnenjargon sagt: Sie pausiert.«

»Sie pausiert?«

»Ins Allgemeinverständliche übertragen bedeutet das soviel wie: sie ist stellungslos«, erklärte Edward. »Das überrascht mich nicht weiter – ich habe nie eine zweite Vivien Leigh in ihr gesehen.«

»Hat sie Ihnen denn mit keiner Silbe angedeutet, was sie im Augenblick treibt?«

»Darüber hat sie kein Wort gesagt. Allerdings schien sie mir etwas niedergeschlagen. Wissen Sie, diese Sache mit einer eigenen Wohnung in der Stadt wirkt sich auf die Dauer äußerst unvorteilhaft aus, Nigel. Ich habe von Anfang an meine Zweifel gehabt.«

»Ich war gegenteiliger Ansicht«, bemerkte der Vikar.

»Wie meinen Sie das?«

»Nun«, sagte Matthews langsam, »Sie kommen recht gut ohne Fay aus. Vor sechs Monaten waren Sie noch an den Rollstuhl gefesselt – Sie waren alleine völlig hilflos. Jetzt scheinen Sie auf fremde Hilfe nicht mehr angewiesen zu sein. An einem der letzten Tage habe ich Sie sogar in der High Street beim Einkaufen gesehen.«

Edward erhob sich von seinem Stuhl und ging zum Telefon. »Sie haben mich gesehen?« fragte er verdrossen. »Ich habe nicht eingekauft, sondern ich war in der Apotheke. Für den Hinweg benötigte ich eine Stunde, für den Rückweg anderthalb. Oh, ja, ich bin unabhängig – wenn Sie damit meinen, daß ich niemanden dazu brauche, mich im Rollstuhl hin und her zu schieben. Ich hätte nur gerne jemanden in der Nähe, der mich aufhebt, wenn ich hinfalle.«

Matthews schwieg. Er kannte seinen Mann und seine Psyche – eine Mixtur aus echter Verzweiflung, Selbstmitleid und Verfolgungswahn. Sein größtes Handicap ist, dachte Nigel, daß er niemals erwachsen geworden ist.

Collins nahm wieder den Hörer von der Gabel. »Versuchen Sie es noch einmal mit derselben Nummer, ja?« fragte er. »Mayfair 72110.«

»Ist das Fays Wohnung?« fragte Matthews.

Collins nickte. Er wartete mit schmalen Lippen und gefurchter Stirn. Seine Finger begannen wieder auf die Tischplatte zu trommeln. Niemand antwortete dem geduldig sich wiederholenden Rufzeichen am anderen Ende der Leitung.

Gläubigen Zeitungslesern möge die Ansicht verziehen sein, daß alle Farmer auf der britischen Insel in unablässigem, hoffnungslosem Kampf stehen mit dem Preisgefüge der Nahrungsmittelindustrie, den Behörden und den Elementen. Alistair Goodman auf alle Fälle bildet eine löbliche Ausnahme. Er blickt auf seine drei großen Bauernhöfe in der Umgebung Littleshaws in der Art eines Mannes, für den solche und ähnliche Probleme nicht existieren.

Goodman, ein Endvierziger von stämmiger Gestalt und gutem Aussehen, liebte es, sich als erfolgreicher und unternehmungslustiger Farmer zu geben. Als äußeren Beweis dafür trug er fast immer eine gutsitzende Jägerjoppe, Breecheshosen aus feinstem Cord und Reitstiefel aus weichem Leder, die speziell für ihn in irgendeinem feinen Geschäft in der St. James Street angefertigt wurden. Unterhielt man sich mit ihm, so konnte man gewiß sein, daß er früher oder später die Rede auf seine beiden Automobile brachte. Er nannte einen *Bentley* und einen *Aston Villa* sein eigen, und das mit einigem Stolz. Auf alle Fälle konnte man ihm gewisse organisatorische Fähigkeiten nicht absprechen, und seine Angestellten zweifelten niemals an seinen Entscheidungen. Goodman überquerte den großen Hofplatz inmitten der Stallungen und ging mit langen Schritten auf den Trecker mit dem Anhänger zu, den Bill Royd gerade abgestellt hatte.

Er klopfte Royd leutselig auf die Schulter, wies auf den Anhänger und sagte: »Würde noch heute nachmittag damit anfangen, Bill.«

»Auf dem schnellsten Wege, Sir«, erwiderte Royd.

Royd begann, die Verschnürungen zu lösen, mit denen die Plane auf dem Anhänger befestigt war. Er deckte erst die vordere Hälfte ab und ging dann hinter den Wagen, um die Plane geschickt und schnell aufzurollen.

Während der Arbeit pfiff er fröhlich vor sich hin. Als er die aufgerollte Plane vom Anhänger hob, endete das gepfiffene Lied abrupt mit einem Zischlaut des Entsetzens.

Oben auf dem Anhänger lag der Körper eines Mädchens.

Ein Blick genügte, um Royd zu sagen, daß die Frau tot war. Ihm fiel die große Schönheit des Mädchens auf. Sie war blond und mochte etwa fünfundzwanzig Jahre alt sein. Ein Bein hatte sie ein wenig angezogen, und ihr linker Arm lag in einem seltsamen Winkel ausgestreckt. Die roten Stellen an ihrem wohlgeformten weißen Hals und die starren Augen sagten alles.

»Erdrosselt!« keuchte Bill Royd. Dann wandte er sich ab und rannte auf das Wohnhaus zu.

Innerhalb von einer halben Stunde wimmelte der Haupthof der Kingsbury Farm von Polizeibeamten in Zivil und Uniform. Die flüchtige Untersuchung der Leiche durch den Polizeiarzt war wenig mehr als eine bloße Formalität.

Kriminalinspektor Yates von der Hertfordshire Polizei löste sich aus einer Gruppe von Polizeibeamten und gesellte sich zu Alistair Goodman, der mit dem arg mitgenommenen Bill Royd etwas abseits stand. Yates war etwa vierzig Jahre alt, von mittlerer Größe und leicht saloppem Aussehen. Man hätte ihn für einen Vertreter halten können oder für einen kleinen Angestellten im öffentlichen Dienst. Doch war er tatsächlich ein bemerkenswert scharfsinniger Kriminalist, der seinen jetzigen Dienstgrad bereits als verhältnismäßig junger Mann erreicht hatte. Als Sergeant Jeffreys zum erstenmal in seinem Leben ein Elektronenhirn mit der Lösung einer schwierigen Aufgabe beschäftigt sah, erinnerte ihn dieser Vorgang sogleich an seinen Vorgesetzten Inspektor Harry Yates. Sein Gehirn schien mit der gleichen Präzision und Unfehlbarkeit zu arbeiten wie diese unheimliche Maschine. Nur kam bei Yates hinzu, daß ihn ein Fall um so mehr begeisterte, je verworrener und undurchsichtiger er war.

Yates schob seinen leicht ramponierten Schlapphut in den Nacken, vergrub seine Hände in den Taschen seines Regenmantels und bedachte Goodman und Royd mit einem mehr als durchdringenden Blick.

Seine Augen waren von einem verwaschenen und trotzdem eindrucksvollen Hellblau. Sie blickten ein wenig starr und hatten etwas von der Wachsamkeit eines kleinen Raubtieres an sich.

Für gewöhnlich bediente er sich eines kultivierten, fast sanften Tonfalles. Er sagte: »Sie hatten recht, Mr. Goodman. Ihr Name ist Collins. Fay Collins.«

Goodman nagte auf seiner fleischigen Unterlippe und befingerte nervös seine Krawatte. »Das arme Mädchen kam mir gleich so bekannt vor. Sie ist eine Freundin von Marian – meiner Verlobten. Eine verdammt unangenehme Sache, das . . .«

Yates wandte sich an Bill Royd. »Sie sagen, Sie hätten den Anhänger gestern nachmittag beladen?«

»So ist es«, erwiderte Royd. »Um vier Uhr herum.«

»Und vor elf Uhr heute morgen haben Sie sich nicht wieder an dem Anhänger zu schaffen gemacht?«

Royd schüttelte heftig seinen Kopf. »Ich habe ihn nicht angerührt, bis ich ihn heute morgen hier auf den Hof schleppte.«

»Eigentlich wollten wir ihn erst morgen entladen«, erklärte Goodman. »Aber wir sind heute nachmittag mit der Arbeit gut vorangekommen, und deshalb habe ich Bill vorgeschlagen, noch heute damit zu beginnen.«

»Aha«, sagte Yates. Nachdenklich betastete er sein Kinn. »Wie weit ist es von dem Acker bis hierher?«

»Wenn Sie über die Wiese gehen, sind es nicht mehr als vierhundert Meter«, sagte Royd. »Auf der Straße wird's eine halbe Meile.«

Yates nickte. Fast schien es, als beschäftigten sich seine Gedanken mit anderen Dingen. Sein Blick wanderte zum Traktor hinüber. Ein kleiner, schwarzer Lieferwagen war eingetroffen, und zwei Männer mit einer Bahre gingen auf den Anhänger zu.

»Hören Sie, Inspektor«, sagte Goodman zögernd. »Dieses Mädchen – wie – äh, ich meine, auf welche Weise ist sie umgekommen?«

Es klang beinahe beiläufig, als Yates antwortete: »Sie wurde erdrosselt, Mr. Goodman.«

2

Inspektor Yates zweifelte keinen Augenblick daran, daß sich das Gespräch mit Edward Collins nicht ohne Komplikationen abwickeln ließ. Yates gab sich diesbezüglich keinen Illusionen hin. Er hatte es mit einem schwierigen Kunden zu tun. Collins war überempfindlich, vermutlich schmerzerfüllt und seelisch angekratzt.

Gleich zu Beginn hatte es Schwierigkeiten gegeben. Collins war abwechselnd beleidigend, ausweichend, defensiv und angriffslustig. Bis Yates in ruhigem Tonfall sagte: »Mir bereitet diese ganze Geschichte so wenig Vergnügen wie Ihnen, Sir. Aber Sie müssen einsehen, daß es gewisse Fragen gibt, die der Beantwortung bedürfen. Bitte, erschweren Sie mir meine Aufgabe nicht unnötig.«

Edward reagierte prompt. Seine verzerrten, hageren Gesichtszüge entspannten sich ein wenig, und unversehens wirkte er erstaunlich jung und hilflos. »Es tut mir leid, Inspektor«, sagte er. »Ich werde versuchen, mich zusammenzunehmen. Ich bitte um Verzeihung.«

»Schon gut, Mr. Collins«, meinte Yates liebenswürdig. »An Ihrer Stelle würde ich vermutlich nicht anders fühlen und reagieren.« Er schlug sein Notizbuch auf und beschäftigte sich für einen Augenblick mit dessen Inhalt. »Also, Sie haben erklärt, gestern abend hätten Sie sich in Ihrem Hause mit Ihrer Schwester treffen wollen, sie sei jedoch aus irgendeinem unbekannten Grunde nicht gekommen.«

Collins nickte. »Ja, das stimmt.«

Yates blätterte wieder in seinem Notizbuch. Edward ahnte, daß der Inspektor seine Notizen in Wirklichkeit gar nicht benötigte. »Ihren Angaben zufolge betätigte sich Miss Collins als Schauspielerin und Fotomodell und bewohnte ein Appartement in London – Welbeck Square, nicht wahr?«

»Ja.«

Yates blickte auf. »Seit wann wohnte sie dort, Sir?«

»Sie ist dort vor rund sechs Monaten eingezogen.«

»Und davor?«

»Hat sie hier mit mir zusammen gewohnt.«

Yates nickte, offensichtlich befriedigt von dem Verlauf der Unterhaltung.

»Mr. Alistair Goodman von der Kingsbury Farm hat Ihre Schwester identifiziert, Sir«, fuhr er fort. »Er sagte, sie sei eine Freundin seiner Verlobten gewesen.«

»Das stimmt«, sagte Collins. »Marian Hastings. Sie besitzt einen Modesalon in der High Street.«

»War Ihre Schwester ebenfalls mit Mr. Goodman befreundet?«

Edward schüttelte den Kopf. »Das kann ich mir nicht vorstellen. Natürlich kannten sie sich flüchtig, aber als Freunde würde ich sie nicht bezeichnen.«

»Verstehe«, meinte Yates. Er verstaute sein Notizbuch zwischen einem unordentlichen Stapel von anderen Papieren in seiner Innentasche. »Und nun beantworten Sie mir bitte folgende Frage, Mr. Collins: War Ihre Schwester mit irgendeiner Person in Littleshaw besonders eng befreundet?«

Yates, der Collins nicht aus den Augen ließ, bemerkte, wie sich die Gesichtszüge des anderen verhärteten. »Nein«, sagte Edward nach längerer Pause. »Besonders eng befreundet war sie mit niemandem.«

»Sind Sie sich dessen sicher?«

»Verdammt, Inspektor, ich habe doch Ihre Frage klar und deutlich beantwortet, oder nicht?«

»Das haben Sie, Sir«, pflichtete Yates ihm freundlich bei. Mit einer Kopfbewegung deutete er auf die zahlreichen Päckchen auf dem Stutzflügel.

»Erstaunlich viele Geschenke für jemanden, der so gut wie keine Freunde in Littleshaw hatte«, meinte er.

»Worauf wollen Sie hinaus?« knurrte Collins. »Ich habe Ihnen doch gerade eben erklärt . . .«

»Ich werde die Frage etwas anders formulieren«, sagte Yates ruhig. »Wenn Ihre Schwester eine Wohnung in der Stadt hatte, warum haben ihre Freunde die Geburtstagsgeschenke dann hierher geschickt?«

»Vermutlich stammen die meisten dieser Päckchen von Leuten, die in Littleshaw ansässig sind«, sagte Collins. »Sie – ist viel herumgekommen, müssen Sie wissen. Sie verstand es, sich mit allen Leuten gut zu stellen.«

»Demnach wußte eine ganze Reihe von Personen von ihrer bevorstehenden Ankunft, nicht wahr?«

»Das dürfte ja wohl ziemlich augenscheinlich sein, oder?« sagte Collins sarkastisch.

Der Inspektor ließ sich nicht beirren. Er blieb unverändert höflich. »Vielen Dank, Mr. Collins«, sagte er und wandte sich zum Gehen. »Oh, übrigens – würden Sie die Liebenswürdigkeit haben, mir eine Liste von allen Personen anzufertigen, die Ihrer Schwester Grüße und Geschenke zum Geburtstag übermittelt haben?«

»Wenn Sie das für unbedingt notwendig halten«, sagte Collins wenig begeistert.

»Ich wäre Ihnen wirklich dankbar, Sir«, meinte Yates.

»Sie brauchen sich nicht besonders zu beeilen; wenn es Ihnen nichts ausmacht, können Sie mir die Liste bis morgen früh in mein Büro bringen.«

»Ist gut, Inspektor«, sagte Collins.

Noch lange, nachdem Yates gegangen war, stand Edward in der Mitte des Raumes und starrte auf die Tür, die der Inspektor geräuschlos hinter sich geschlossen hatte. Seine Hände öffneten und schlossen sich unablässig, als wolle er sich von einem Krampf befreien. Die Knöchel der Hand, mit der er den Griff seines Stockes umklammerte, traten weiß hervor. Er trat an den Seitentisch, griff nach einer der Flaschen und schenkte sich ein halbes Wasserglas voll Whisky ein. Er fügte etwas Sodawasser hinzu und trank die Hälfte des Inhalts auf einen Zug. Danach ließ er sich in einen Lehnstuhl sinken und vergrub sein Gesicht in den Händen.

Die Polizeistation von Littleshaw, unter normalen Umständen ein Ort der Ruhe und der Beschaulichkeit, war zu einem pulsierenden Nervenzentrum geworden. Fieberhafte Tätigkeit war an die Stelle von gemächlicher Routinearbeit getreten. Unablässig hörte man das Getrappel unzähliger Füße auf dem Korridor; Tee wurde literweise aufgegossen und hinuntergestürzt; das Telefon war ständig in Betrieb.

Kaum waren die ersten Nachrichten von dem Mordfall an die Öffentlichkeit gedrungen, als Littleshaw auch schon von zahlreichen Reportern überschwemmt wurde. Sie bevölkerten die Barräume des

Dragoon Hotels und warteten gierig auf neue Nachrichten. Es war ein herrlicher Auftrag. Eine bildschöne Schauspielerin war erdrosselt worden, und es bestand durchaus die Möglichkeit, daß das bedauernswerte Mädchen vor seinem gewaltsamen Ende Opfer eines brutalen Sittlichkeitsverbrechens geworden war. Selbst ein Anfänger konnte daraus eine Bombenstory machen.

Die einzige Person in der Stadt, die alles mit Gelassenheit hinnahm, war vermutlich Inspektor Yates. Den Zeitungsleuten trat er mit ausdruckslos-unschuldiger Miene entgegen, was sie erboste, da es sie keine Zeile weiterbrachte in ihrer Berichterstattung. Mit unerschütterlicher Ruhe führte er Verhöre durch, ließ keine Möglichkeit außer Betracht und knüpfte langsam aber sicher die Fäden, die, so hoffte er, früher oder später zur Aufklärung des Falles führen würden.

Sein eigenes kleines Büro war nur mit den allernotwendigsten Dingen ausgestattet: einem Schreibtisch natürlich, einem antiquierten Lehnstuhl, einem Aktenschrank und einer großen Landkarte der Umgebung, die fast die rechte Zimmerwand einnahm.

Yates kam in sein Büro und hängte Hut und Mantel auf. Auf seinem Schreibtisch lag ein braunes Paket, das er mit einem neugierigen Blick streifte. Wachtmeister Kent, ein eifriger junger Mann, für den der Mordfall das Ereignis seines Beamtendaseins war, betrat den Raum mit einem großen braunen Umschlag.

Yates wies auf das Paket. »Was ist das?«

»Ich weiß nicht, Sir«, sagte Kent. »Es ist mit der zweiten Post gekommen.« Er studierte die Beschriftung auf dem Aufkleber. »Es ist an die Polizeistation Littleshaw adressiert.«

»Ich kann kein Ticken hören«, spöttelte Yates. »Holen Sie den Sergeanten. Er soll es öffnen. Halten Sie einen Eimer mit Wasser bereit, falls es sich um eine Bombe handeln sollte.«

Kent lächelte pflichtbewußt. War er auch noch jung und unerfahren, so wußte er doch, daß die Launen der Vorgesetzten im Polizeidienst wechselhaft waren wie das Wetter im April. »Wird gemacht, Sir.«

Yates schloß seinen Schreibtisch auf. »Hat Dr. Watts angerufen?«

»Nein, Sir. Aber vor etwa zehn Minuten ist er hier gewesen und hat diesen Umschlag gebracht.«

»Danke.« Yates nahm den Umschlag an sich. »Schicken Sie Sergeant Jeffreys zu mir, sobald er sich blicken läßt.«

Aus dem Bericht des Arztes konnte Yates nur wenig entnehmen.

»Der Tod wurde verursacht durch Erdrosseln mit einem Schal oder einem ähnlichen Gegenstand ...

Keinerlei Anzeichen einer vorausgegangenen Vergewaltigung...« – diese Feststellung, dachte Yates mit einigem Zynismus, dürfte zur Folge haben, daß sich einige Reporter unverzüglich mit enttäuschtem Herzen auf den Heimweg begeben würden. Die Länge ihres Berichtes über den Mord in Littleshaw würde kaum mehr als zwei Zeilen betragen.

Sergeant Jeffreys betrat das Büro mit einer Aktentasche unter dem Arm. »Nun?« fragte Yates.

»Wir haben ihre Handtasche gefunden«, sagte Jeffreys. Er öffnete seine Aktentasche und entnahm ihr eine rotlederne Handtasche.

»Wo haben Sie die gefunden?«

»Im Graben, etwa zwanzig Meter von der Stelle entfernt, wo der Anhänger geparkt war.«

»Ist Harrison noch an der Arbeit?«

»Ja. Er untersucht die Fußabdrücke noch einmal.«

»Wieviel verschiedene Fußabdrücke haben Sie gefunden?«

»Insgesamt drei«, erwiderte Jeffreys. »Die von Bill Royd, dem Treckerfahrer, dem Mädchen und einer dritten, bislang unbekannten Person.«

»Dann sagen Sie Harrison, er soll aufhören mit Suchen und sogleich Gipsabdrücke von dem dritten Paar anfertigen. Ich möchte sie so schnell wie möglich zur Verfügung haben.«

Jeffreys lächelte. »Ist bereits geschehen, Sir.« Er zog die Gipsnachbildung der Fußabdrücke aus seiner Aktentasche.

Yates, der mit Lobsprüchen spärlich umzugehen pflegte, sagte lediglich: »Gute Arbeit.« Er untersuchte die Abdrücke. »Hat Harrison irgendeinen Kommentar dazu gegeben?«

»Nur bezüglich der Größe«, sagte Jeffreys. Yates stellte die Gipsabdrücke auf den Schreibtisch und lehnte sich in den Sessel zurück. »Wie weit sind Sie heute gekommen, Jeff?«

Jeffreys setzte sich auf die Armlehne des Besucherstuhles. »Ich fürchte, ich habe nicht allzuviel erreicht. Seit gestern abend habe ich mindestens hundert Personen ausgequetscht. Ich habe keinen Menschen ausfindig machen können, der Fay Collins Mittwoch abend gesehen hat. Wenn ihr jemand begegnet ist, so scheint er nichts darüber sagen zu wollen.«

»Wie steht es mit dieser Freundin, die mit dem Modesalon? Ich kann mich im Augenblick nicht mehr auf den Namen besinnen.«

»Sie meinen Marian Hastings, Goodmans Verlobte.«

Yates nickte.

»Sie ist zur Zeit auf einer Urlaubsreise. Ich weiß nicht wo.«

Yates tippte auf den Umschlag. »Hier habe ich den Bericht des Arztes. Er besagt, daß es nach neun und nicht später als halb elf passiert ist. Der Arzt glaubt, der Mörder muß einen Schal oder etwas Ähnliches benutzt haben. Er könnte recht haben, nur ...«

»Sagten Sie, er hat einen Schal benutzt?« unterbrach ihn Jeffreys. »Das ist mehr als merkwürdig.«

»Was ist merkwürdig?«

Jeffreys antwortete nicht sofort. Er griff nach der Handtasche und entleerte sie auf den Schreibtisch. Sie enthielt die üblichen, typisch weiblichen Utensilien: Lippenstift, Puderdose, Taschentuch, Spiegel und Kamm. Außerdem mehrere kleine Münzen und ein Telegramm. Jeffreys nahm das Telegramm und las laut: ›Vielen Dank für das Halstuch. Gruß, Terry.‹

Yates starrte den Sergeanten einen Augenblick an. Dann streckte er seine Hand aus. »Lassen Sie sehen.«

Yates studierte schweigend und mit gefurchter Stirn das Telegrammformular. Schließlich sagte er langsam: »Es ist an Fay Collins, Welbeck Square 28a, S. W. 1, adressiert ... abgesandt am 4. Januar ...«

»Das war vor fünf Tagen«, bemerkte Jeffreys.

»Hm.« Yates überlegte. »Aufgegeben auf dem Postamt in der Oxford Street. Ich werde der Sache nachgehen, Jeff.«

»Das ist sehr merkwürdig, nicht wahr?« meinte Jeffreys. »Im Zusammenhang mit dem Bericht des Arztes ...«

Yates war immer noch mit dem Telegramm beschäftigt. »Das kann man wohl sagen«, murmelte er.

Wachtmeister Kent steckte seinen Kopf zur Tür herein. »Verzeihen Sie, Sir. Mr. Collins möchte Sie sprechen.«

»Warten Sie noch einen Augenblick«, sagte Yates, »und dann bringen Sie ihn herein.« Er hatte sich erhoben und ging um den Schreibtisch herum auf Jeffreys zu. »Jeff, kennen Sie einen Mann namens John Hopedean?«

»Ja«, antwortete Jeffreys. »Er wohnt in der Bellmore Avenue.«

»Wissen Sie Näheres über ihn?«

»Nicht sehr viel. Er ist Kunstmaler oder so etwas – freischaffend. Ich glaube, es geht ihm recht gut. Verheiratet, kinderlos. Warum fragen Sie?«

»Ich habe mit meiner Frau über diesen Fall gesprochen«, erklärte Yates. »Sie wußte zu berichten, daß dieser Hopedean vor einiger

Zeit sehr eng befreundet war mit Fay Collins. Offensichtlich wurde damals viel darüber geredet in der Stadt.«

»Jetzt, da Sie es erwähnen, glaube ich mich zu erinnern«, sagte Jeffreys.

»Allerdings weiß ich nicht, ob etwas Wahres daran ist. Jedenfalls habe ich diesen Hopedean heute morgen aufgesucht. Das heißt, ich wollte es. Er war unterwegs. Ich habe mit seiner Frau gesprochen.«

»Und?«

Yates schüttelte den Kopf. »Da ist nichts zu machen. Sie sagte, ihr Mann und sie wären Mittwoch abend zu Hause gewesen, die ganze Nacht. Er hat gearbeitet, und sie hat sich dem Fernsehprogramm gewidmet.«

Yates nickte. Kent war wieder an der Tür. Er fragte: »Wollen Sie jetzt Mr. Collins empfangen, Sir?«

»Er soll hereinkommen«, sagte Yates.

Für einige Sekunden schien es, als wolle Yates die Anwesenheit seines Besuchers ignorieren, nachdem Collins hereingehumpelt war. Unversehens blickte er auf und lächelte freundlich.

»Ich habe Ihnen die Liste gebracht, die ich Ihnen anfertigen sollte«, sagte Collins. Er entnahm seiner Brieftasche einen zusammengefalteten Bogen und reichte ihn Yates.

»Das ist sehr nett von Ihnen, Mr. Collins«, meinte Yates. Er warf einen flüchtigen Blick auf die Liste und steckte sie in die Tasche. »Bitte nehmen Sie doch Platz.«

Collins ließ sich auf dem Besucherstuhl nieder. Sein Blick fiel auf die Handtasche auf dem Schreibtisch. »Wie ich sehe, haben Sie die Tasche meiner Schwester gefunden«, bemerkte er.

»Sergeant Jeffreys hier hat sie gefunden«, sagte Yates.

»Wo?« fragte Collins.

»Sie lag im Graben, Sir«, erwiderte Jeffreys.

»Dieses Telegramm befand sich in der Handtasche«, sagte Yates. Er reichte Collins das Formular. »Zweifellos von einem Freund Ihrer Schwester. Irgend jemand namens Terry.«

»Terry?« sagte Collins. Er betrachtete das Telegramm mit gerunzelter Stirn. Yates warf Jeffreys einen vielsagenden Blick zu. Edwards Zögern bei der Erwähnung des Namens *Terry* hatte alles andere als überzeugend gewirkt.

»Haben Sie eine Ahnung, um wen es sich handeln könnte?« fragte Yates.

Collins blickte auf. »Äh – nein, ich fürchte nicht«, sagte er. »Aber wer immer er auch sein mag, er scheint auf großem Fuße zu leben.«

»Und woraus schließen Sie das?« fragte Yates.

Collins zog ein flaches Schmuckkästchen aus seiner Manteltasche. »Dieses hier hatte er meiner Schwester als Geburtstagsgabe zugedacht.« Er entnahm der Schachtel ein funkelndes diamantenbesetztes Armband. »Man sollte es kaum für möglich halten – ein Geschenk, von dem die Mädchen ein Leben lang träumen.«

Yates ließ sich das Armband aushändigen und unterzog es einer eingehenden Untersuchung. »Donnerwetter«, murmelte er. »So etwas läßt man sich gerne schenken.«

»War ein Brief oder eine Karte dabei?« fragte Jeffreys.

Collins zog ein Kärtchen aus der Tasche. »Ja, dieser kurze Gruß kam zusammen mit dem Armband. Keine Adresse, nichts. Nur: ›Von Terry – zur Erinnerung an Le Lavencher.‹ Das ist alles.«

Yates warf einen Blick auf die Karte und gab sie an Jeffreys weiter. Dann betrachtete er wieder das Armband. »Ich nehme doch an, daß es sich um echte Diamanten handelt«, sagte er, an Collins gewandt.

»Unbedingt«, meinte Collins. »Ich bin damit zu Milton in der High Street gegangen. Der Juwelier hat sie sofort für echt erklärt. Das Ding muß den besseren Teil von tausend Pfund gekostet haben.«

Jeffreys hatte sich mit dem Inhalt der Grußkarte beschäftigt. »Was ist *Le Lavencher?«* fragte er.

»Das ist ein Dorf in Frankreich«, erklärte Collins. »In der Provinz Haute Sovoie.«

»Sind Sie dort gewesen?« fragte Yates.

»Nein«, sagte Collins. »Ich hatte den Namen noch nie gehört. Aber als ich aus dem Haus gehen wollte, besuchte mich der Vikar. Ich zeigte ihm die Karte, und wir haben gemeinsam im Atlas nachgeschlagen. Sie wissen, hinten befindet sich immer ein Ortsverzeichnis.«

»Und Sie wissen auch nicht, ob Ihre Schwester jemals dort gewesen ist?« fragte Yates.

Edward schüttelte den Kopf. »Soviel ich weiß, ist sie niemals weiter südlich als Paris gewesen.«

»Hat Matthews vorgeschlagen, das Collier schätzen zu lassen?«

»Ja«, sagte Collins. »Die Idee, damit zum Juwelier zu gehen, stammte von ihm. Wir konnten nicht mit Sicherheit sagen, ob die Steine echt waren oder nicht.«

»Ich verstehe«, murmelte Yates. Er ließ das Armband von seinem Finger herunterhängen. Es schimmerte in allen Farben. »Wenn Sie nichts dagegen haben, würde ich es gerne für eine Weile behalten.«

»Vermutlich würden Sie es auch hier behalten, wenn ich etwas dagegen hätte«, sagte Collins.

Yates lächelte verbindlich. »Keine Sorge, Sir. Ich werde es hüten wie meinen Augapfel.« Er schwieg einen Augenblick und fuhr dann fort: »Noch etwas anderes, Mr. Collins. Heute morgen war ich in London. Bei der Gelegenheit habe ich mir die Wohnung Ihrer Schwester angesehen.«

»Tatsächlich?« Collins schien wenig interessiert.

»Ja. Sehr eindrucksvoll, Sir. Ich nehme doch an, daß Sie die Wohnung kennen?«

»Sie irren, Inspektor«, sagte Collins mit einem Anflug von Ärger im Tonfall. »Ich war von Anfang an gegen diese Idee von ihr, sich eine eigene Wohnung in London zu mieten. Deshalb habe ich sie auch nie dort aufgesucht.«

»Aha«, sagte Yates. »Nun, man kann es getrost ein Luxusappartement nennen. Miss Collins hat fünfunddreißig Guineen die Woche dafür bezahlt.«

»Wirklich?« Collins zuckte mit den Achseln. »Ich wüßte nicht, was das mit mir zu tun haben soll.«

»Ich habe mir nur die berechtigte Frage gestellt, ob Ihre Schwester sich eine dermaßen kostspielige Wohnung leisten konnte«, bohrte Yates.

»Wenn sie darin gewohnt hat, konnte sie vermutlich auch die Miete aufbringen. Meinen Sie nicht auch?«

Yates lächelte. »Das ist nicht immer der Fall«, sagte er.

»Nun, vielleicht hat jemand anders die Miete für sie bezahlt«, sagte Collins achselzuckend. »Was meine Schwester in London trieb, ging mich letzten Endes nichts an.« Er wirkte müde und abgespannt, als er sich von seinem Stuhl erhob.

»Wenn es etwas Neues gibt, oder wenn Sie mich zu sprechen wünschen, wissen Sie, wo Sie mich erreichen können.«

Yates nickte. »Selbstverständlich, Mr. Collins. Vielen Dank für Ihren Besuch.«

Yates und Collins verließen das Büro gemeinsam. Jeffreys blieb allein zurück. Das Gespräch mit Collins hatte nicht gerade zur Aufbesserung der Stimmung des vielbeschäftigten Sergeanten beigetragen. Gewiß, die Folgen der Kinderlähmung hatten einen verbitterten Mann aus Collins gemacht, aber war das ein hinreichender Grund dafür, der Polizei jede Hilfestellung bei der Aufklärung des Mordes an seiner Schwester zu versagen? Jeffreys schüttelte verärgert seinen Kopf. Schließlich ließen die Beamten nichts unversucht, um den gemeinen Mörder so schnell wie möglich dingfest zu machen, und dieser schmallippige, erregbare Musiklehrer hatte nichts Besseres zu tun, als den zornigen jungen Mann zu spielen.

Jeffreys seufzte. Seit dem Mord an Fay Collins hatte er keine ruhige Minute mehr gehabt. Unablässig war er von Haus zu Haus gegangen, hatte scheinbar dumme Fragen gestellt und noch dümmere Antworten erhalten von Leuten, die es entweder tatsächlich nicht besser wußten oder aber nur nichts wissen wollten. So manches Mal wünschte er sich, wieder seine blaue Uniform tragen und seinen Achtstundendienst versehen zu dürfen, ohne viel Verantwortung und Kopfzerbrechen, nur den Anordnungen irgendwelcher Vorgesetzten Folge leistend.

Yates, mit dem war es anders. Der schien sich nie große Sorgen zu machen um den Ausgang eines Falles wie diesen. Aber der Inspektor war auch so etwas wie eine Ausnahme. Er war wie ein Terrier: Er verbiß sich in eine Sache und gab sie nicht mehr frei, bis er wußte, was unter der Oberfläche steckte. Und wie ein Terrier schien er großes Vergnügen dabei zu empfinden. Ach, verdammt! dachte Jeffreys. Wenn ich hier herumsitze und mich selbst bemitleide, wird nie etwas aus meiner Beförderung!

Er griff nach dem Armband und betrachtete es nochmals eingehend. Eine prächtige Arbeit, darüber gab es keinen Zweifel. Einen seltsamen Widerspruch empfand er, daß ein bildschönes Mädchen wie Fay Collins, das ein Luxusappartement für fünfunddreißig Guineen Wochenmiete bewohnte, das einen Mann zum Freund hatte, der es mit kostbaren Juwelen überschüttete, plötzlich ermordet, bestialisch erdrosselt auf einem mit Rüben beladenen Anhänger aufgefunden wird. Vermutlich hatte sie einen ihrer Verehrer gegen einen anderen ausgespielt, oder sie hatte versucht, sich einen kleinen Nebenverdienst durch Erpressung zu verschaffen. Da konnte man wieder einmal sehen, daß man nicht wachsam genug sein konnte bei allen Dingen, die das weibliche Geschlecht betrafen. Jeffreys, Junggeselle aus Überzeugung, nahm sich vor, in Zukunft noch mehr Vorsicht im Umgang mit Frauen walten zu lassen als bisher.

Wachtmeister Kent betrat das Büro und unterbrach somit die Gedankenflüge des Sergeanten Jeffreys. »Verzeihung, Sergeant«, sagte Kent. »Ein junger Bursche namens Gerald Quincey wartet im Vorzimmer. Er möchte den Inspektor sprechen.«

»Okay, lassen Sie ihn hereinkommen«, sagte Jeffreys.

Gerald Quincey schob sich durch die Tür. Verlegen blieb er stehen und fummelte an seiner Krawatte herum. »Ich – äh – ich würde furchtbar gerne mit Inspektor Yates sprechen – wenn es sich einrichten läßt«, stammelte der furchtsame Jüngling.

»Er muß jeden Augenblick zurückkommen«, sagte Jeffreys. »Kann ich irgend etwas für Sie tun?«

»Ist das nicht schrecklich – diese Sache mit Fay Collins?« sagte Gerald.

»Das kann man wohl sagen«, pflichtete Jeffreys ihm bei.

»Nun – äh – genaugenommen wollte ich den Inspektor in eben dieser Angelegenheit sprechen«, stotterte Quincey.

»Sie meinen wegen des Mordes?«

Quincey schluckte. Jeffreys konnte deutlich den Adamsapfel des jungen Mannes auf und ab hüpfen sehen.

»Ja. Ich weiß nicht, ob es von Wichtigkeit ist, aber – nun, ich habe sie Mittwoch abend gesehen.« Die letzten Worte stieß er hastig hervor, als fürchtete er, vorzeitig den Mut zu verlieren.

»Sie haben Fay Collins gesehen?« fragte Jeffreys ungläubig.

In diesem Augenblick kam Yates herein. Er bedachte Gerald Quincey mit einem durchdringenden Blick. »Habe ich Sie sagen hören, Sie hätten Fay Collins Mittwoch abend gesehen?«

»Ja, ich –«

»Das ist Gerald Quincey, Inspektor«, erklärte Jeffreys.

Yates wandte sich an den jungen Mann. »Wo haben Sie Fay Collins gesehen?«

»In der Nähe der Layton Avenue«, sagte Gerald, dem offensichtlich nicht wohl zumute war.

»Welche Uhrzeit?« Yates Stimme war plötzlich frei von aller Sanftheit.

»Gegen halb acht.«

»Sind Sie fest davon überzeugt, daß es sich um Fay Collins handelte?«

»Ich weiß es genau.«

»Kannten Sie das Mädchen denn? Waren Sie mit ihr befreundet?«

»Ich kannte sie seit Jahren«, sagte Gerald unglücklich. »Edward – ihr Bruder – erteilt mir Geigenunterricht.«

Yates ließ sich auf einer Ecke des Schreibtisches nieder. Er fuhr fort, seinen Gast durchdringend anzustarren. Endlich schien er einen Entschluß gefaßt zu haben. »Es ist alles in Ordnung, Gerald«, sagte er freundlich. »Beruhigen Sie sich erst einmal, und dann erzählen Sie mir in allen Einzelheiten, wie das Mittwoch abend gewesen ist.«

Quincey schöpfte tief Luft. »Da gibt es nicht viel zu erzählen«, sagte er in bedauerndem Tonfall. »Ich kam aus dem Klub – dort hatte ein Tischtennisturnier stattgefunden – und befand mich auf der Heimfahrt. Als ich in die Oxford Close einbog, sah ich Fay. Sie war auf der anderen Straßenseite, nicht weit von der Layton Avenue.«

»War sie alleine?«

»Ja.«

»Wissen Sie das genau?«

Gerald nickte heftig. »Ich weiß es.«

»Hat Fay Collins Sie gesehen?«

»Nein, das glaube ich nicht. Ich möchte beinahe behaupten, daß sie mich nicht gesehen hat.«

»Nun, wie hat sie sich denn verhalten?«

»Wie sie sich verhalten hat? Sie stand ganz einfach an der Ecke und –« Quincey beendete seinen Satz mit einem Achselzucken.

»Hat sie auf irgend jemanden gewartet?«

Quincey zögerte. »Das weiß ich nicht; vermutlich hat sie das. Ich habe mir keine Gedanken darüber gemacht.«

»Haben Sie mit irgendeinem Menschen über Ihre Begegnung mit Fay Collins gesprochen?«

»Nein. Fast hätte ich es Edward – Mr. Collins – erzählt, aber ich dachte, vielleicht –«

»Wann sind Sie mit Mr. Collins zusammengetroffen?« schaltete Jeffreys sich ein.

»Gestern morgen. Eigentlich sollte er mir Unterricht erteilen, aber er hatte sehr schlechte Laune, weil Fay nicht gekommen war. Es war ihr Geburtstag, wissen Sie?«

Yates nickte. »Ich weiß. Warum haben Sie Mr. Collins nichts von Ihrer Begegnung mit Fay am Abend zuvor gesagt?«

Gerald betrachtete seine Schuhspitzen. »Ich – äh – ich war der Ansicht, daß es mich eigentlich nichts anging«, sagte er langsam. »Wissen Sie, Edward und Fay standen nicht allzu gut miteinander, und deshalb nahm ich an, daß sie bei einer Freundin übernachtete.«

»Bei wem zum Beispiel?«

»Hm, das weiß ich nicht«, sagte Gerald unbestimmt. »Sie kennt so viele Leute hier.«

»Erzählen Sie weiter«, forderte Yates ihn auf.

»Nun, Edward ist ein bißchen sonderbar«, sagte Gerald, dessen Selbstsicherheit zunahm. »Bitte, mißverstehen Sie mich nicht. Ich mag ihn furchtbar gerne. Ich meine, er ist ein erstklassiger Lehrer. Aber – nun, wenn man ihm irgendwie verkehrt kommt, wenn man ihn ganz unbeabsichtigt reizt –«

»Das weiß ich nur zu gut«, sagte der Inspektor trocken. »Mir ergeht es nicht anders mit ihm.«

Wachtmeister Kent klopfte und trat ein. Sein Gesichtsausdruck war nicht sehr geistreich. Zwischen Daumen und Zeigefinger seiner rechten Hand hielt er einen Schuh. Yates starrte ihn fragend an. »Was, zum Teufel, bringen Sie denn da, Kent?«

Der junge Polizist schüttelte seinen Kopf. »Ich weiß nicht, ob das ein Witz sein soll, Sir – aber dieser Schuh hier war in dem Paket, das ich auf Ihre Anordnung hin geöffnet habe.«

Yates nahm den Schuh und betrachtete ihn. Es war ein gewöhnlicher schwarzer Halbschuh von der Art, wie ihn Geschäftsleute zum täglichen Anzug tragen. Er war ziemlich groß; Yates schätzte ihn auf Größe drei- oder sogar vierundvierzig. Die Verarbeitung ließ auf eine Spezialanfertigung schließen. Er war mit Staub und Schlamm bedeckt.

»Befand sich außerdem noch etwas in dem Paket?« fragte Yates.

»Nein, Sir. Nichts.«

»Wo ist es aufgegeben worden?«

»Das weiß ich nicht, Sir.«

»Bringen Sie mir den Karton, das Papier, die Schnur, alles, was dazugehört«, sagte Yates.

Kent eilte aus dem Büro, und Yates widmete sich wieder der Betrachtung des Schuhes. »Merkwürdig«, murmelte er. Er griff nach dem Gipsabdruck auf dem Schreibtisch und hielt den Schuh daran. Er entsprach genau der Größe des Fußabdruckes.

Später am Nachmittag saß Yates in seinem Büro und tippte eigenhändig den Bericht für den Polizeichef. Wie das bei Polizeibeamten so üblich ist, benutzte er lediglich seine beiden Zeigefinger zum Schreiben.

Yates las den Bericht noch einmal durch und war selbstkritisch genug, um sich einzugestehen, daß sein Geschreibsel nicht sehr aufschlußreich war. Da gab es zu viele Fragezeichen, zu viele Lücken, zu viele unerklärte Geschehnisse. Tatsächlich war ein Bericht in diesem Stadium der Aufklärung des Mordfalles nichts anderes als pure Zeitverschwendung. Die Tatsachen, die er da mit Hilfe seiner museumsreifen Schreibmaschine aneinanderreihte, würden lediglich dazu beitragen, die ohnehin recht ansehnliche Akte der Mordsache Fay Collins noch weiter anschwellen zu lassen. Gewiß, an Verdächtigen mangelte es keinesfalls. Dafür existierte aber auch kein einziges Indiz gegen einen von ihnen.

Er hatte kein Indiz, keine Zeugen, keinen Anhaltspunkt, lediglich die Leiche einer schönen jungen Dame, die, soweit er es beurteilen konnte, eine kleine Armee von Freunden und Liebhabern verschlissen hatte während der letzten Jahre.

Yates seufzte. Wenn der Chef einen Bericht erwartete, dann sollte er auch einen haben. Nur zu bald, das wußte er, würden sich die gräßlichen Begleiterscheinungen eines jeden Mordfalles einstellen. Spezialisten aus London würden kommen, die sich mit der Absicht trugen, den Fall vom Schreibtisch aus aufzuklären. Die Zeitungsleute würden immer zudringlicher werden, bis man sie eines Tages beleidigte und sie einen in aller Öffentlichkeit einen Trottel schimpften. Falsche Geständnisse; anonyme Briefe; Männer, die nicht umhin konnten, darauf hinzuweisen, und Frauen, denen zufällig etwas zu Ohren gekommen war.

Der Inspektor las den Bericht zum zweitenmal durch. Er wurde nicht besser dadurch. Trotzdem gelang es ihm, einigermaßen zufrieden zu sein mit seiner Arbeit. Er setzte zwei Kommas ein, korrigierte zwei Rechtschreibefehler und unterzeichnete den Schrieb. Dann begann er, sich selbst Vorwürfe darüber zu machen, daß sein Zigarettenkonsum seit dem Mord an Fay Collins um fünfzehn Stück am Tag angestiegen war.

Trotzdem konnte er der Versuchung nicht widerstehen, sich die dreizehnte Zigarette an diesem Tage anzustecken. Als er den ersten Zug tat, kam Wachtmeister Kent herein. Er sagte: »Da ist eine Miss Hastings, die Sie zu sprechen wünscht, Sir.«

»Ist das nicht die Frau aus dem Modesalon?«

»Das ist sie, Sir.«

»Aber ich dachte, sie wäre auf Reisen?«

»Ich weiß nicht, Sir. Im Augenblick ist sie jedenfalls hier.«

»In Ordnung«, sagte Yates und grinste ein bißchen. »Schicken Sie die Dame herein.«

Marian Hastings konnte nicht viel älter als dreißig sein. Sie war elegant gekleidet und gab sich sehr selbstsicher und intellektuell. Yates, der eine ganze Menge über Frauen wußte, stufte sie in die Gruppe der gutaussehenden, intelligenten, scharfzüngigen und egozentrischen Mitglieder des schwachen Geschlechtes ein. Er fragte sich zusammenhanglos, warum sie sich mit Alistair Goodman verlobt hatte, und kam zu dem Ergebnis, daß sie es nur auf dessen Geld abgesehen haben konnte. Undurchdringlich wie immer sagte er: »Ich glaube, wir kennen einander noch nicht, Miss Hastings. Ich bin Kriminalinspektor Yates.«

»Guten Abend, Inspektor.« Ihre Stimme war kultiviert, ihr Tonfall ein wenig zu förmlich. Yates hatte den Eindruck, als fühlte sich Miss Hastings trotz ihrer selbstsicheren Art alles andere als wohl in ihrer Haut. Er deutete auf den Besucherstuhl, und sie ließ sich darauf nieder.

Yates stellte ohne großes Interesse fest, daß sie sich nicht zierte, ein Paar besonders wohlgeformter Beine zur Schau zu stellen.

»Ich weiß nicht, ob Sie informiert sind oder nicht«, begann Miss Hastings, »aber ich war verreist. Ich bin erst heute morgen zurückgekehrt.«

»Ich wußte es von Ihrem Verlobten, Mr. Goodman«, sagte Yates und setzte sich gleichfalls.

»Erst gestern habe ich von dem Mord erfahren«, sagte Marian Hastings. »Zufällig konnte ich eine englische Zeitung in Chamonix erstehen – ich war völlig erschlagen!«

Yates nickte mitfühlend.

»In der Zeitung war der 7. Januar als ihr – als ihr Todestag angegeben.«

»Das ist richtig. Mittwoch vergangener Woche. Vor sechs Tagen.«

Sie sagte zögernd: »Ich habe Fay Collins an dem Abend gesehen, an dem sie ermordet wurde.«

»Sie haben Fay Collins gesehen? Wo denn?«

»Hier – in Littleshaw.«

Yates sog seelenruhig an seiner Zigarette. »Fahren Sie fort, Miss Hastings.«

»Es war ein Viertel vor neun«, sagte sie. »Ich war auf dem Wege zur Stadt, mit dem Wagen. Ich habe die Nacht in London bei einer Freundin zugebracht und bin am nächsten Morgen nach Venedig abgeflogen.«

»Aha«, sagte Yates. »Bitte, erzählen Sie weiter.«

»Nun, ich sah Fay und winkte ihr zu. Sie stand an der Ecke von der Layton Avenue.«

»Hat Fay Collins Sie gesehen?«

»Ja, natürlich. Sie hat zurückgewinkt.«

»War sie allein?«

Marian Hastings schüttelte ihren Kopf. »Nein. Ein Mann war bei ihr.«

»Kannten Sie ihn?«

»Nein, ich hatte ihn noch nie gesehen.«

»Wissen Sie das ganz genau?«

»Aber ja.«

Yates Finger vollführten einen gedämpften Trommelwirbel auf der Schreibtischplatte. »Würden Sie ihn wiedererkennen?«

»Ja«, sagte sie. »Ich denke doch. Um ehrlich zu sein – ich wußte, Sie würden diese Frage stellen, und deshalb habe ich auf dem Weg hierher darüber nachgedacht.«

»Gut«, sagte Yates. »Dann versuchen Sie doch bitte einmal, mir diesen Mann zu beschreiben.«

»Du meine Güte«, sagte Marian Hastings. »Ich weiß nicht, ob ich das zustande bringe. Ich meine, er war eben nur so ein Mann – er hatte nichts Auffälliges an sich.«

»Es gibt keinen Menschen, der sich nicht irgendwie von dem anderen unterscheidet«, drang Yates in sie. »Zunächst einmal – wie groß war er?«

»So um die einsachtzig herum, würde ich sagen.«

»War er glattrasiert, oder trug er einen Bart?«

»Er hatte keinen Bart.«

»Wie alt mag er gewesen sein?«

»Acht- oder neununddreißig vielleicht – oder auch Anfang vierzig. Ich fürchte, Sie können nicht allzuviel anfangen mit meiner Beschreibung, Inspektor. Sicherlich gibt es Millionen Männer wie ihn in England.«

»Daran wage ich nicht zu zweifeln«, lächelte Yates. »Erinnern Sie sich an seine Kleidung?«

Sie überlegte einen Augenblick. »Er trug einen dunklen Mantel und einen schwarzen Homburg, das weiß ich genau. Auch glaube ich, daß er Handschuhe trug, aber das kann ich nicht mit Sicherheit behaupten. Oh ja, noch eines – er trug ein Halstuch.«

»Ein Halstuch«, sagte Yates leise. »Ich danke Ihnen vielmals, Miss Hastings.«

Marians – Marian Hastings Modesalon – lag ein wenig unglücklich eingezwängt zwischen *Pflug und Egge* und einem Süßwarengeschäft an der High Street.

Marian Hastings beschäftigte lediglich eine Gehilfin. Das war Phyllis North, eine hübsche, hohlköpfige und schwatzhafte Brünette. An diesem Vormittag war sie ganz besonders gesprächig.

Phyllis war damit beschäftigt, eine Puppe mit einem Abendkleid auszustatten. Später wollte sie das modische Etwas ins Schaufenster stellen. Marian hörte nur mit halbem Ohr auf das Geplapper ihrer Assistentin, während sie einen Blumenstrauß von seiner papiernen Umhüllung befreite.

Marian nutzte geschickt eine Pause im Redefluß des Mädchens und sagte: »Sei so gut und gib mir eine Zeitung herüber, ja? Dort auf dem Schrank liegen welche.«

Phyllis trat einen Schritt zurück und betrachtete kritisch die elegant gekleidete Puppe. Sie sagte: »Wie steht es mit dem Hut, Miss Hastings? Wollen wir den noch im Schaufenster lassen?«

Marian schnupperte genußvoll an den Blumen. »Ich denke doch, Phyllis«, sagte sie, ohne den Kopf zu wenden.

»Aber beißt der Hut sich denn nicht mit dem Abendkleid?« fragte Phyllis.

»Nun, wenn es an dem ist, nehmen wir ihn eben heraus.«

Phyllis zupfte noch etwas an dem Abendkleid herum und seufzte sehnsüchtig. »Ist es nicht wunderschön? Diese Farbenzusammenstellung! Einfach zauberhaft! Das muß man ihm lassen – er versteht sich aufs Modellieren. Wissen Sie auch, wem dieses Kleid ganz prächtig gestanden hätte? Fay Collins – sie hätte wie eine Königin darin ausgesehen.«

Marian blickte auf von der Blumenvase und lächelte. »Fay konnte anziehen, was sie wollte, sie sah immer zauberhaft aus.«

»Ja, wirklich, das tat sie, nicht wahr?« sagte Phyllis nicht sehr geistreich und stand sekundenlang tief in Gedanken versunken. »Wissen Sie, Miss Hastings, ich glaube, sie werden ihn niemals fassen.«

»Wen werden sie niemals fassen?« fragte Marian.

»Den Mörder. Jetzt sind schon vierzehn Tage vergangen seitdem. Vater sagt, mit der Polizei ist es ein hoffnungsloser Fall. Die würden noch nicht mal 'nen Schnupfen kriegen, geschweige denn den Mörder.«

Phyllis bedachte das Polizeikorps in seiner Gesamtheit mit einem verächtlichen Schnauben und machte sich wieder an dem Abendkleid zu schaffen. Sie würde toll darin aussehen, genau die richtige Größe und alles. Dann seufzte sie schicksalsergeben. Ihr augenblicklicher Verehrer verdiente zwar recht ordentlich, aber er hegte eine ermüdende Vorliebe für Windhundrennen.

Marian Hastings ordnete die letzte Blume in den Strauß ein. Ihr Blick fiel auf die Zeitung, die Phyllis für sie auf den Tisch gelegt hatte. Sie las die Überschriften und zuckte plötzlich zusammen. Sie griff nach dem Blatt. »Himmel . . .!«

»Was gibt es?« fragte Phyllis.

Marian starrte immer noch auf die Zeitung. Phyllis stellte sich hinter sie und blickte ihr über die Schulter.

Die fettgedruckte Überschrift lautete: ›New York – London. Neuer Rekord in der Passagierbeförderung.‹ Darunter befand sich ein Foto, auf dem mehrere Passagiere zu sehen waren, die einer B.O.A.C. Düsenmaschine vom Typ Comet auf dem Londoner Flugplatz entstiegen. Einer von den Fluggästen war ein großer, schlanker, elegant wirkender Mann Anfang vierzig. Er trug einen Mantel und einen schwarzen Homburg. Um den Hals trug er ein modisch geknüpftes Halstuch.

Marian faltete die Zeitung zusammen und griff nach ihrem Mantel. »Kümmere dich ums Geschäft, Phyllis«, sagte sie »Ich habe eine Verabredung.«

»Sind Sie ganz sicher, daß dies der Mann ist, den Sie mit Fay Collins zusammen gesehen haben?« fragte Yates.

»Ganz sicher«, erwiderte Marian.

Yates legte die Zeitung weg. »Vielen Dank, Miss Hastings.«

Marian sagte: »Aber wer ist das? Wissen Sie es?«

»Nein«, antwortete Yates. »Aber das werden wir bald herausgefunden haben . . .«

Yates entstieg dem Lift im dritten Stock des Appartementhauses im West End und studierte die Beschriftung an einer der Wohnungstüren. Auf dem Emailleschild stand: *Mr. Clifton Morris.* Yates legte seinen Finger auf den Klingelknopf.

Ein Bediensteter öffnete augenblicklich, ein schmächtiger, blasser Mann von etwa dreißig Jahren. Er war in eine weiße Hausjacke gekleidet. Dazu trug er schwarze Hosen. Sein »Guten Abend, Sir«, klang wie eine Frage.

»Ist Mr. Morris zu Hause?« fragte Yates.

Der Butler zögerte. »Äh – ja. Aber ich fürchte, er kann Sie jetzt nicht empfangen. Er ist sehr beschäftigt –«

»Wenn er hört, wer ihn besuchen will, wird er alles stehen und liegen lassen und mich freudig begrüßen«, sagte Yates vergnügt. »Bitte informieren Sie Mr. Morris, daß es sehr dringend ist. Mein Name ist Yates – Kriminalinspektor Yates.«

Der Butler trat zur Seite. »Verzeihen Sie, Sir. Bitte kommen Sie herein, Inspektor.«

Yates fand sich in einem mit unnachahmlicher Eleganz ausgestatteten Wohnzimmer wieder. Mr. Clifton Morris, dachte Yates, ist ein Mann mit einem kostspieligen, aber zweifellos guten Geschmack.

Clifton Morris kam aus dem Schlafzimmer, und Yates erkannte

in ihm sogleich den Mann aus der Zeitung wieder. Sein Alter schätzte er auf zweiundvierzig Jahre. Er sah gut aus. Sein Kopf glich dem in Stein gemeißelten Ideal eines Bildhauers.

Morris war im Begriff, seine Smokingjacke anzuziehen, als er aus dem Schlafzimmer kam. Zu einem weißen, gestärkten Hemd trug er eine schwarzseidene Fliege. Der sieht zu gut aus, um echt zu sein, dachte Yates.

Der Hausherr trug lederne Pantoffel an den Füßen, er rief dem Butler zu: »Eric, wo um alles in der Welt haben Sie denn meine Schuhe gelassen? Ich habe sie schon überall gesucht, aber –« Als sein Blick auf Yates fiel, schwieg er abrupt.

»Das ist ein Inspektor von der Polizei«, ließ sich Eric vernehmen.

Morris schien nicht weiter überrascht. »Ah, guten Abend, Inspektor. Nett von Ihnen, sich so schnell hierher zu bemühen.«

Yates sagte: »Guten Abend, Sir.«

»Nun, was gibt es Neues?« fragte Morris. »Haben Sie sie gefunden?«

Yates war verblüfft. »Was habe ich gefunden, Sir?«

»Die Aktentasche selbstverständlich. Was denn sonst?«

»Haben Sie Ihre Aktentasche verloren, Sir?« fragte Yates, der nicht recht wußte, woran er war.

»Ja, natürlich habe ich sie verloren, und meinen Mantel auch. Verloren ist vielleicht nicht der richtige Ausdruck. Sie sind mir heute morgen aus meinem Wagen gestohlen worden. Vor zwei oder drei Stunden habe ich der Polizei den Verlust gemeldet.«

Yates schüttelte verwundert den Kopf. »Leider ist mir darüber nichts bekannt, Sir. Mein Name ist Yates – Kriminalinspektor Yates. Ich komme aus Littleshaw.«

Morris lächelte liebenswürdig. »Wir scheinen aneinander vorbeizureden, Inspektor. Ich nahm an, Sie kämen von Scotland Yard wegen dieser Sache mit der gestohlenen Tasche und dem Mantel.«

»Ich habe Sie aus einem anderen Grunde aufgesucht, Sir.«

»Sagten Sie Littleshaw? In Herfordshire?«

»So ist es, Sir«, sagte Yates. »Kennen Sie die Stadt?«

»Ich besitze ein Haus in Birkendale – das liegt etwa zehn Meilen entfernt von Littleshaw.«

Yates nickte. »Ich kenne Birkendale sehr gut, Sir.«

Morris warf einen Blick auf seine Armbanduhr. »Eric«, sagte er. »Nun suchen Sie doch endlich nach den Schuhen!«

Eric verließ fluchtartig den Raum. Morris wandte sich an Yates. »Und was kann ich für Sie tun, Inspektor?«

Yates blickte Morris prüfend von der Seite an. Er beschloß, diesen Mann mit Vorsicht zu behandeln. Ein falsches Wort, eine leichtfertige Bemerkung, und Morris war genau der Mann, um eine Menge Schwierigkeiten zu verursachen. »Ich bin zur Zeit mit der Aufklärung eines Mordfalles beschäftigt«, sagte er. »Vor vierzehn Tagen wurde ein Mädchen namens Fay Collins ermordet in Littleshaw aufgefunden. Sie wurde erdrosselt.«

»Darüber habe ich einiges gelesen. Die Zeitungen stehen voll davon im Augenblick.«

Yates fragte: »Haben Sie Fay Collins gekannt, Sir?« Er sprach sc beiläufig wie Morris.

Der schien überrascht. »Ob ich Fay Collins gekannt –«

»Ob Sie Fay Collins gekannt haben, Sir. Ganz recht.«

»Aber nein!«

»Sind Sie ihr niemals begegnet? Zu irgendeinem Zeitpunkt?«

»Nicht, daß ich wüßte. Auf alle Fälle kann ich mich nicht darauf besinnen.«

»Wenn Sie ihr jemals begegnet wären, würden Sie sich auch an sie erinnern. Sie war ein bildschönes Mädchen.«

»Mein Beruf bringt mich mit sehr vielen schönen Mädchen zusammen, Inspektor!«

»Ich wollte, ich könnte von mir dasselbe behaupten«, meinte Yates bedauernd.

Morris lächelte. »Bitte, verstehen Sie mich nicht falsch. Ich bin kein Filmproduzent oder etwas Ähnliches. Aber mir gehören zwei Modejournale, und daher arbeite ich viel mit Modellen.«

»Ich weiß, Sir«, unterbrach ihn Yates. »Ich habe im *Who's Who* nachgeschlagen, bevor ich zu Ihnen kam.«

Morris' Augenbrauen verlagerten sich ein wenig nach oben. »Haben Sie das tatsächlich?« fragte er kühl.

»Ja«, sagte Yates. »Ihre vielseitige Tätigkeit hat mich sehr beeindruckt, Mr. Morris.«

Morris senkte den Kopf. »Sie schmeicheln mir, Inspektor.«

»Sie müssen ein vielbeschäftigter Mann sein«, fuhr Yates im Gesprächston fort.

»Ich bin so beschäftigt, daß ich es sehr begrüßen würde, wenn Sie endlich auf den Grund Ihres Besuches zu sprechen kämen, Inspektor.« Sein Tonfall war nun nicht mehr sehr liebenswürdig. »Was führt Sie zu mir?«

Yates beobachtete Morris zwischen zusammengekniffenen Lidern hervor. Ohne den Blick abzuwenden, zog er die Zeitung aus der

Tasche und reichte sie dem Modeverleger. »Haben Sie dieses Bild schon einmal gesehen?«

Morris streifte die Fotografie mit einem flüchtigen Blick. »Ja«, sagte er. »Der dort in der Mitte, das bin ich. Sehr gut getroffen, finden Sie nicht auch? Das Bild ist letzte Woche aufgenommen worden, als ich aus New York zurückkehrte.«

»So ist es«, sagte Yates. »Wie lange haben Sie sich in den Staaten aufgehalten, Mr. Morris?«

»Zwei Wochen.«

»Genau zwei Wochen?«

Morris überlegte einen Augenblick. »Ich bin am 8. Januar von London abgeflogen.«

»Fay Collins wurde am 7. Januar abends ermordet«, sagte Yates mit ruhiger Stimme.

»Tatsächlich?« fragte Morris, der etwas zu augenfällig den höflich Interessierten spielte.

»Ja.«

»Nun, wenn Sie es sagen, dann wird es wohl stimmen, Inspektor.«

»Wo haben Sie sich in der Mordnacht aufgehalten, Sir?« forschte Yates. »In der Nacht vor Ihrem Abflug nach New York?«

»Ich war hier in London. Warum?«

»Können Sie sich daran erinnern, wie Sie den Abend zugebracht haben?«

Morris ließ ein gekünsteltes Lachen hören. »Ich bitte Sie, Inspektor«, sagte er. »Sie werden doch wohl nicht erwarten, daß ich ein präzises Tagebuch führe, nur um der Polizei jederzeit dienlich sein zu können.«

Yates überhörte die spöttische Bemerkung des anderen und setzte erneut zum Angriff an. »Vielleicht wäre es besser, wenn Sie meine Frage so präzise wie möglich beantworten würden, Sir.«

Morris nickte nachgiebig. »Gut. Ich werde mich bemühen. Also – ich habe mein Büro um halb sieben verlassen. Ich speiste in meinem Klub und ging anschließend ins Kino.«

»Welches Kino?«

Morris seufzte gequält. »In der Curzon Street.«

»Waren Sie alleine?«

»Nun, jedenfalls befand ich mich nicht in Begleitung von Fay Collins, wenn Sie darauf hinauswollen.« Morris lächelte entwaffnend.

Yates erwiderte das Lächeln nicht. »Sind Sie von irgend jemandem in dem Kino gesehen worden?«

Morris' feingeschwungene Augenbrauen zogen sich zusammen und bildeten einen Strich. »Hören Sie, Inspektor«, sagte er abweisend. »Dieses Verhör ist weit genug gegangen.« Er deutete auf die Zeitung. »Worum handelt es sich denn überhaupt? Ich habe nichts dagegen, die Polizei nach Kräften zu unterstützen. Aber es gibt da doch gewisse Grenzen.«

Yates sagte: »Eine gewisse Marian Hastings behauptet, Sie in Littleshaw gesehen zu haben. Sie unterhielten sich mit Fay Collins an der Ecke High Street und Layton Avenue, am Abend des 7. Januar« – er schwieg einen Augenblick und fügte dann emphatisch hinzu: »In der Mordnacht. Miss Hastings hat Sie anhand des Fotos identifiziert«.

»Aber das ist völlig absurd!« rief Morris. »An diesem Abend war ich weder in Littleshaw noch irgendwo in der näheren Umgebung dieser bemerkenswerten Stadt.«

»Miss Hastings scheint ihrer Sache sehr sicher zu sein«, sagte Yates.

»Und wenn sie noch so fest davon überzeugt ist«, erwiderte Morris. »Sie irrt. Sie kann mich nicht gesehen haben.«

»Ich verstehe«, sagte Yates. Er ließ die Zeitung wieder in seiner Manteltasche verschwinden.

»Wer ist denn diese Miss Hastings überhaupt?« wollte Morris wissen.

»In der bemerkenswerten Stadt Littleshaw ist sie recht bekannt«, sagte Yates lächelnd. »Sie unterhält einen Modesalon in der High Street. Außerdem ist sie mit einem Gutsbesitzer namens Goodman verlobt.«

»Goodman?«

»Ja. Alistair Goodman. Von dem haben Sie sicherlich schon gehört, oder?«

Morris schüttelte seinen Kopf. »Die einzige mir bekannte Person in Littleshaw ist der Vikar, Nigel Matthews. Wir waren zusammen in Cambridge.«

Yates nickte. »Den Vikar kenne ich sehr gut. Wie lange ist es her, seit Sie zum letztenmal in Birkendale waren, Sir?«

»Oh, so um die vier Monate, denke ich. Vielleicht auch länger.«

»Sagten Sie nicht, Sie hätten ein Haus in Birkendale?«

»Ja und?« parierte Morris sofort. »Deshalb halte ich mich trotzdem nicht allzu häufig dort auf. Ich besitze noch ein weiteres Haus in Angmering. Dort lasse ich mich auch kaum sehen.«

»Hm. Vielen Dank, Mr. Morris«, sagte Yates verbindlich. »Bitte, verzeihen Sie die Belästigung. Nur noch eines, Sir.« Er tippte auf die

Zeitung in seiner Manteltasche. »Auf der Fotografie tragen Sie ein Halstuch – das ist auch mit ein Grund dafür, daß Miss Hastings Sie wiedererkannt haben will. Der Mann, den sie gesehen hat, trug ebenfalls ein Halstuch – eines wie Ihres.«

»So?«

»Würden Sie mir Ihr Halstuch vielleicht einmal zeigen, Sir?«

»Selbstverständlich«, sagte Morris bereitwillig. »Ich gehe und hole es Ihnen.« Er wandte sich ab und ging auf die Tür zu, die in das Schlafzimmer führte. Plötzlich blieb er stehen. »Oh, es tut mir leid, Inspektor – ich fürchte, Sie können sich das Halstuch nicht ansehen. Ich habe es heute nachmittag getragen. Es steckte in der Tasche des Mantels, der mir gestohlen wurde.«

»Das ist nicht weiter schlimm«, sagte Yates.

Eric betrat das Wohnzimmer mit einem Paar Lackschuhen in der Hand. Über dem Arm trug er einen dunklen Mantel. In der anderen Hand hielt er einen schwarzen Homburg. Als das Telefon klingelte, legte er alles aufs Sofa.

Eric sagte: »Park 4322 ...« Er horchte einen Augenblick in die Muschel hinein und gab dann den Hörer an Morris weiter. »Die Polizei, Sir.«

Während Morris telefonierte, griff Yates nach einem der beiden Schuhe und betrachtete ihn eingehend. Größe 43 oder 44, schätzte er. Er stellte den Schuh wieder zu dem anderen und hörte dem Ferngespräch zu.

Morris sagte: »Ausgezeichnet! Recht herzlichen Dank ... und wie steht es mit dem Feuerzeug? ... Oh, ja. Ich verstehe ... Ich werde die Aktentasche in einer Viertelstunde abholen ... Nebenbei – wo haben Sie die Tasche gefunden? ... Wie seltsam ... Nochmals vielen Dank ... Auf Wiedersehen.«

»Anscheinend hat sich Ihre Aktentasche wieder eingefunden«, meinte Yates.

»Ja«, sagte Morris. »Ein Schüler hat sie vor zwanzig Minuten im Regent Park gefunden.«

»Und wie steht es mit dem Mantel?«

»Ich fürchte, den hat der Dieb behalten.«

»Wie sind Ihnen denn diese Sachen überhaupt abhanden gekommen, Sir?« fragte Yates.

»Ich mußte zu einer Konferenz«, erklärte Morris. »Weil ich mich bereits verspätet hatte, warf ich die Tasche und den Mantel in aller Eile auf den Rücksitz des Wagens. Ich telefonierte nur, und als ich zurückkam, waren die Sachen verschwunden. Der Mantel ist mir völlig einerlei, aber mein Feuerzeug steckte darin.« Er blickte wieder auf seine Armbanduhr. »Wenn Sie mich nun bitte entschuldigen wollen – ich habe eine Verabredung um acht Uhr, und ich werde ohnehin bereits zu spät kommen.« Er zog sich die Schuhe an.

Morris richtete sich auf. »Ich bedaure, Ihnen nicht weiterhelfen zu können«, sagte er.

»Oh, ganz im Gegenteil«, widersprach Yates. »Das reicht.«

Als Yates auf die Tür zuging, sagte Morris leise: »Ach, Inspektor . . .«

Yates blickte zurück.

Morris stellte einen Fuß auf den Stuhl und tippte mit dem Zeigefinger auf den glänzenden Schuh. »Diese hier sind mir ein bißchen zu eng«, sagte er mit der Andeutung eines Lächelns. »Im allgemeinen trage ich Größe 44.«

»Vielen Dank, Mr. Morris«, sagte Yates freundlich. »Das werde ich mir merken. Gute Nacht, Sir. Ich finde allein hinaus.«

Als Yates gegangen war, wandte sich der Butler an Morris und sagte in besorgtem Tonfall: »Es tut mir aufrichtig leid, Sir. Ich war der festen Überzeugung, er wäre wegen der Aktentasche gekommen.«

»Das macht nichts, Eric«, sagte Morris gleichgültig. Er richtete sich auf, und Eric half ihm in den Mantel. »Gegen elf Uhr werde ich wieder hier sein. Sollte irgend etwas Wichtiges sein, so können Sie mich im Restaurant erreichen.«

»Sehr wohl, Sir. Sie meinen doch das Lokal in der Dover Street, nicht wahr?«

»Richtig«, sagte Morris. »Die Nummer ist im Telefonbuch. Le Lavencher . . .«

3

Nur wenn Edward Collins alleine vor seinem Flügel saß, gelang es ihm, sich etwas zu entspannen. Am Morgen des 1. Februar jedoch konnte nicht einmal Beethoven ihn von seiner üblen Stimmung befreien.

Die Zeiger der Uhr standen auf viertel vor elf, doch Edward war immer noch im Schlafanzug, über den er sich lediglich einen Hausmantel gestreift hatte. Sein Haar war zerwühlt, er hatte sich nicht rasiert, und die dunklen Ringe unter seinen Augen stachen noch deutlicher hervor als sonst. Er nippte an der Kaffeetasse, die auf dem Flügel stand, und schob sie mit einer Grimasse beiseite. Der Kaffee war lauwarm. Er überlegte, ob er Mrs. Lloyd um eine neue Tasse bitten sollte, besann sich jedoch eines Besseren. Vor kurzer Zeit noch hatte er ihren Zorn hervorgerufen, als er ihrer Aufforderung zum Frühstück mit übellauniger Ablehnung begegnete.

Edward steckte sich eine neue Zigarette zwischen die Lippen und schlug ein paar dröhnende Akkorde an. Das schrille Läuten des Telefons war eine äußerst unwillkommene Begleitmusik dazu. Edward verschloß das Piano mit lautem Knall und stürmte zum Telefontisch hinüber. Gerald Quincey betrat das Zimmer in dem Augenblick, als er den Hörer an sein Ohr hob. Edward knurrte ungehalten, als er den Violinkasten unter dem Arm des Jünglings entdeckte und drehte ihm kurzerhand den Rücken zu. »Hallo! . . . hier ist Littleshaw 134!« brüllte er.

Inspektor Yates meldete sich am anderen Ende der Leitung. »Mr. Collins?«

»Am Apparat«, bellte Collins in den Hörer hinein, als wolle er den anderen zwingen, sogleich erschrocken aufzulegen.

»Hier ist Yates. Guten Morgen, Sir.«

»Morgen. Was kann ich tun für Sie?«

»Bitte entschuldigen Sie die Störung, Sir«, sagte Yates. Es klang ganz und gar nicht bedauernd. »Ich war gestern abend in London und traf dort zufällig einen alten Freund Ihrer Schwester – einen gewissen Mr. Clifton Morris.«

»Clifton Morris?« Collins wiederholte den Namen, als spräche er von einer Kreuzotter.

»Ganz recht, Sir. Er war doch mit Ihrer Schwester befreundet, oder nicht?«

»Das weiß ich nicht. Ich höre den Namen zum erstenmal.«

Yates schien überrascht. »Tatsächlich?«

»Ich habe es doch gerade eben gesagt!«

»Nun, in dem Fall entschuldigen Sie bitte vielmals die Störung«, sagte Yates. »Auf Wiederhören, Sir.«

Collins starrte finster auf den Hörer, bevor er ihn auf die Gabel zurücklegte. Plötzlich machte er auf dem Absatz kehrt und richtete den Blick mit solcher Abneigung auf Gerald Quincey, daß dem armen Burschen die Knie weich wurden.

»Es tut mir furchtbar leid, Edward«, sagte Gerald. »Bitte, verzeihen Sie mir.« Edward zog fragend die Augenbrauen in die Höhe. »Was soll ich verzeihen?«

Gerald trat von einem Fuß auf den anderen. »Mein Zuspätkommen.«

»Aber Sie bessern sich ganz entschieden«, sagte Edward. »Letzten Dienstag kamen Sie zwanzig Minuten zu spät! Heute handelt es sich nur um eine Viertelstunde!«

»Ich weiß«, stammelte Gerald. »Aber als ich schon unterwegs war, fiel mir plötzlich ein, daß ich in der Bibliothek noch die Bücher meiner Mutter umtauschen mußte, und als ich ins Haus zurückkehrte, war die Uhr bereits –«

Es gibt Leute, die eine Entschuldigung, sei sie auch noch so erbärmlich, stets bedingungslos akzeptieren. Edward Collins gehörte keinesfalls zu diesen Menschen. »Sagen Sie, Gerald«, unterbrach er den jungen Mann in eisigem Tonfall, »warum spielt sich dieses blödsinnige Techtelmechtel zwischen Ihnen, Ihrer Mutter und der Bibliothek eigentlich ausgerechnet immer dienstags und freitags ab?«

»Das kann ich Ihnen beim besten Willen auch nicht erklären«, gestand Gerald. Mit einem Edward Collins in dieser Stimmung konnte er es nie und nimmer aufnehmen.

»Wie wär's denn, wenn Sie das einmal herausfinden würden?«

»Es tut mir wirklich schrecklich leid, Edward«, sagte Gerald. Diese Quälerei mußte doch einmal ein Ende nehmen.

Collins wechselte tatsächlich das Thema.»Was wollen wir denn heute morgen durchgehen? Den Paganini?«

Gerald griff erleichtert nach dem rettenden Strohhalm. »Ja, das wäre fein.«

»Dann würde ich vorschlagen, endlich anzufangen.«

Gerald legte seinen Geigenkasten auf den Flügel und öffnete ihn. Edward hantierte mit einigen losen Notenblättern herum. Gerald konnte seiner Neugierde nicht widerstehen und fragte: »War das Inspektor Yates, mit dem Sie gerade telefoniert haben?«

»Ja«, brummte Edward.

»Hat er womöglich von einem Manne namens Clifton Morris geredet?«

»Das hat er wirklich«, sagte Edward. »Wie kommen Sie darauf?«

»Ach, ich weiß nicht«, sagte Gerald. »Es ist nur – ich habe den Namen irgendwann schon einmal gehört.«

»So?«

»Ich bin fest davon überzeugt. Ist er nicht Musikverleger oder so etwas Ähnliches?«

»Das weiß ich nicht«, sagte Edward im Tonfall eines Mannes, der das Thema zu wechseln wünscht.

Gerald jedoch war hartnäckig. »Ich glaube, mich ganz bestimmt darauf zu besinnen, daß Clifton Morris ein Musikverleger ist.«

»Und ich glaube, mich ganz bestimmt darauf zu besinnen, daß Sie zu mir gekommen sind, um das Geigenspielen zu erlernen«, sagte Collins voller Ungeduld. »Wollen wir nicht endlich beginnen?«

Gerald griff hastig nach seinem Geigenkasten. »Aber ja, Edward. Entschuldigen Sie bitte.«

Edward seufzte gequält, und Gerald öffnete den Kasten. Er nahm die Violine heraus und legte sie auf den Flügel. Danach stand er bewegungslos und starrte verwundert in den geöffneten Behälter. Er schluckte ein paarmal, als wollte er sprechen, doch kein Laut kam über seine Lippen.

»Was, zum Teufel, ist denn nun wieder los? Was gibt es denn da zu starren?« fragte Collins.

Gerald antwortete nicht. Er zog ein bunt gemustertes Seidentuch aus dem Geigenkasten. Er befingerte das Halstuch für einen Augenblick und stammelte dann: »Wie – wie ... Das begreife ich nicht –«

»Gehört es Ihnen?« fragte Collins brüsk.

»Nein«, erwiderte Gerald nach einer Weile. »Nein, meines ist es nicht ...«

»Vermutlich ist es nicht von Wichtigkeit«, sagte Collins. »Aber ich erinnere mich an das Telegramm, in dem von einem Halstuch die Rede war, sowie an den Bericht des Polizeiarztes, demzufolge sie mit einem Schal oder Seidentuch erdrosselt wurde. Hoffentlich habe ich recht gehandelt, indem ich Sie herbitten ließ, Inspektor.«

»Ganz gewiß, Sir«, sagte Yates. Nachdenklich strich er mit den Fingern über das glatte Gewebe des Schals.

Gerald Quinceys Augen weiteten sich. »Fay mit einem Halstuch erdrosselt?« rief er. »Ist das wahr, Inspektor?«

Yates nickte. »Entweder mit einem Halstuch oder mit einer Seidenschärpe. Sie behaupten, dieses Tuch noch nie gesehen zu haben? Und es befand sich nicht im Geigenkasten, als Sie sich auf den Weg zu Mr. Collins machten?«

»Ganz bestimmt nicht«, sagte Gerald.

»Wohin sind Sie von Ihrem Hause aus gegangen?« fragte Yates. »Sind Sie sofort hierhergekommen?«

»Das hatte ich vor«, sagte Gerald und streifte Collins mit einem zerknirschten Seitenblick. »Dann fiel mir ein, daß ich die Bibliotheksbücher meiner Mutter noch nicht umgetauscht hatte, und ich fuhr zuerst in die Bücherei.«

»Und danach?«

»Danach fuhr ich zurück nach Hause, brachte meiner Mutter ihre Bücher und machte mich auf den Weg zu Edward.«

»Wie lange haben Sie sich in der Bibliothek aufgehalten?«

»Fünf Minuten, schätze ich. Gewiß nicht länger.«

»Und wo befand sich der Geigenkasten während dieser Zeit?« fragte Yates.

»In meinem Wagen – ich hatte ihn auf dem Parkplatz abgestellt.«

»Ist Ihnen ein Bekannter begegnet?«

Gerald überlegte einen Augenblick. »Ja, ich habe Mr. Goodman gesehen«, sagte er.

»Sie meinen Alistair Goodman von der Kingsbury Farm?«

»Ja.«

»Und wo haben Sie ihn gesehen?«

»Er fuhr gerade vom Parkplatz, als ich ausstieg«, sagte Gerald.

»Hat er Sie angesprochen?«

»Oh ja. Das tut er immer.« Gerald grinste. »Jedesmal sagt er dasselbe: Immer noch fiedeln, Gerald?«

»Ist Ihnen sonst noch jemand begegnet?«

»Nein. Oh ja, doch – ich habe den Vikar gesehen – Mr. Matthews.«

»Wann war das?«

»Als ich von der Bücherei zurück nach Hause kam. Er hatte meine Mutter besucht.«

Yates rieb sich nachdenklich sein Kinn. »Und als Sie nach Hause kamen – mit dem Buch – haben Sie doch Ihren Geigenkasten solange im Wagen gelassen, nicht wahr?«

»Ja, das stimmt. Ich war ja nur eine Minute im Haus.«

»Vielen Dank, Gerald«, sagte Yates. Er wandte sich an Edward. »Und lassen Sie sich für Ihren Anruf danken, Sir.«

Collins wies auf das Halstuch auf dem Tisch. »Was wollen Sie damit beginnen? Wollen Sie Scotland Yard damit beglücken?«

»Schon möglich, Sir«, sagte Yates. Er nickte den beiden Männern zu und ging hinaus.

Jill, die bessere Hälfte des sorgengeplagten Inspektors, war in der Küche beschäftigt, als Yates sein Heim betrat. Es duftete nach frischem Toast. Jill hatte das Weißbrot auf gut Glück geröstet, denn in diesen Tagen war es höchst ungewiß, wann und ob überhaupt der hohe Herr Gemahl zum Abendessen nach Hause kommen würde.

Er rief »n'Abend, Darling!« durch die angelehnte Küchentür und begab sich sofort in sein Arbeitszimmer, wo er sich an seinen Schreibtisch setzte, ›Gerald ehrlich überrascht über Halstuch in seinem Geigenkasten‹ in sein Notizbuch schrieb und sich zurücklehnte auf seinen Stuhl, um auf den Tee zu warten, den seine Frau ihm bringen sollte.

»Was hast du für einen Tag gehabt?« fragte sie, als sie hereinkam.

»Es geht. Ich renne immer noch im Kreis herum, ohne etwas zu erreichen.«

Yates griff nach dem warmen Toast und bestrich ihn mit Leberwurst. Plötzlich sagte er: »Jill, wenn du jemanden umgebracht hättest – wenn du jemanden mit einem Halstuch erdrosselt hättest – was würdest du damit anfangen?«

Jill lächelte. Sie hatte es gern, wenn Harry einen Fall mit ihr diskutierte. »Du meinst mit dem Halstuch, nicht wahr?«

Yates nickte und schlürfte von seinem Tee.

»Nun, ich würde versuchen, es so schnell wie möglich loszuwerden«, beschloß seine Frau. »Bestimmt würde ich keinen großen Wert darauf legen, meinen Hals damit warmzuhalten.«

»Auf welche Art würdest du dich von dem Tuch befreien?«

»Vermutlich würde ich es verbrennen«, meinte Jill.

»Natürlich würdest du es verbrennen«, sagte Yates. »Genau wie ich. Jeder halbwegs intelligente Mensch würde so handeln. Nicht so dieser verdammte Kerl – o nein! Dafür ist er viel zu gewitzt. Er versteckt es in einem Geigenkasten, weil er genau weiß, daß es dort innerhalb von wenigen Stunden gefunden wird.«

»Sind das nicht voreilige Schlüsse, die du da ziehst?« fragte Jill.

»Wie meinst du das?«

»Vielleicht handelt es sich gar nicht um das Halstuch, nach dem du suchst.«

Yates seufzte. »Doch, es ist das Tuch. Ich habe es Marian Hastings gezeigt. Sie hat es identifiziert.«

»Sie könnte sich geirrt haben«, gab Jill zu bedenken. »In dem letzten Hut, den sie mir verkauft hat, hat sie sich auch geirrt.«

»In diesem Fall dürfte ein Irrtum ausgeschlossen sein«, meinte Yates und grinste über den typisch weiblichen Vergleich. Er blickte zur Tür, die geöffnet wurde. »Da kommt Jeff. Wollen mal hören, was die Leute vom Laboratorium dazu meinen.«

Jeffreys kam herein. Er trug einen Mantel über dem Arm und eine Aktentasche in der Hand. Jill sagte: »Sie sehen aus, als könnten Sie eine Tasse Tee gebrauchen.«

»Und ob!« rief der Sergeant. »Ich könnte einen ganzen Eimer voll Tee vertragen!« Jill eilte in die Küche, und Yates fragte: »Was ist geschehen?«

»Ich habe mit einem Burschen namens Osborne verhandelt«, sagte Jeffreys.

»Ein kleines Kerlchen mit einer dunklen Brille und Walliser Akzent?«

»Das ist er.«

Yates nickte zustimmend. »Der ist gut. Arbeitet schon jahrelang im Labor. Was hat er gesagt?«

Jeffreys öffnete die Aktentasche und zog das Halstuch hervor. »Es besteht kein Zweifel, Harry, der Mörder hat dieses Tuch benutzt. Osborne hat mehere Haare daran gefunden und etwas Gesichtspuder. Die Haare stammen vom Kopf des toten Mädchens.«

»Gut. Wir machen Fortschritte.«

Jill brachte eine zweite Tasse. Jeffreys nippte vorsichtig an der dampfenden, goldbraunen Flüssigkeit.

»Nun«, sagte Yates, »nachdem Sie sich den ganzen Vormittag im Labor herumgetrieben haben, werden Sie den Nachmittag sicherlich sehr nutzbringend verwendet haben, nicht wahr? Was haben Sie angestellt? Sind Sie ins Kino gegangen?«

Jeffreys warf dem Inspektor einen vorwurfsvollen Blick zu. »Trauen Sie mir so etwas zu?«

»Ohne weiteres«, grinste Yates. »Solange Sie davon überzeugt sind, daß Ihnen niemand auf die Schliche kommt.«

»Jedenfalls bin ich nicht ins Kino gegangen«, sagte Jeff und grinste zurück. »Stattdessen habe ich dem Geschäft, in dem man ein Halstuch wie jenes erstehen kann, einen Besuch abgestattet. Sehr feudaler Laden, Briggs & Howland in der Bond Street.«

»Und?«

»Leider konnte ich nicht allzu viel in Erfahrung bringen. Dieses Halstuch stammt offensichtlich aus Italien – es gehört nicht zu den Tüchern, die sie für gewöhnlich auf Lager haben. Unglücklicherweise ist der Verkäufer, der mir Näheres sagen könnte, im Augenblick nicht im Geschäft zu erreichen – er hat Grippe oder so etwas Ähnliches. Aber ich habe seine Adresse. Er wohnt ganz in der Nähe des Geschäfts.«

»Haben Sie die Leute nach Clifton Morris gefragt?«

Jeffreys nickte. »Mit Auskünften über ihre Kunden sind diese Burschen sehr zurückhaltend. Immerhin waren Sie der Ansicht, daß ein Mr. Clifton Morris durchaus zu ihrem Kundenkreis gehören könnte. Aber mit Sicherheit könnten sie das nicht sagen. Er unterhält kein laufendes Konto bei ihnen.«

»Und dann?« fragte Yates.

Jeffreys trank von seinem Tee. »Dann bin ich zum Polizeirevier in der Savile Row gegangen.« Er schwieg und blätterte in seinem Notizbuch. »Morris hat sich zum erstenmal Dienstag abend mit ihnen in Verbindung gesetzt. Wegen des Mantels natürlich und wegen der Aktentasche. Seitdem hat er wiederholt angerufen und nach seinem Feuerzeug gefragt.«

»Hat er das Halstuch erwähnt?«

»Nein«, sagte Yates. »Anscheinend geht es ihm nur um das Feuerzeug.«

Jeffreys wurde von dem hartnäckigen Geklingel der Türglocke unterbrochen. »Erwartest du jemanden, Harry?« fragte Jill.

»Nein«, sagte Yates, und Jill ging, um den späten Gast einzulassen. Yates wandte sich an seinen Kollegen. »Jeff, mit wem haben Sie auf der Revierwache gesprochen?«

»Mit Inspektor Rowland. Netter Bursche. Er hat versprochen, uns Bescheid zu geben, wenn der Mantel sich einfinden sollte.«

»Gut«, murmelte Yates.

Jill trug ein verwundertes Gesicht zur Schau, als sie wieder hereinkam. »Harry, Mr. Hopedean ist hier und möchte dich sprechen.«

»Hopedean?« fragte Yates überrascht.

»Das ist dieser Kunstmaler«, bemerkte Jeffreys. »Dieser Bursche, der mit Fay Collins befreundet war.«

»Er sagt, er muß dringend mit dir persönlich sprechen«, erklärte Jill. »Wenn es jetzt nicht geht, will er später wiederkommen. Aber ich glaube, du solltest dich gleich um ihn kümmern. Er ist reichlich aufgeregt.«

»In Ordnung«, sagte Yates. »Jeff, sag ihm, er soll hereinkommen.«

Jeffreys verschwand, und Yates griff nach der Hand seiner Frau. »Laß uns allein mit ihm, Darling. Ich habe so ein Gefühl, als wäre das bevorstehende Gespräch nur für Männerohren bestimmt.«

»Oh, hast du das?« fragte Jill spitz. »Dafür scheint dir jedes Gefühl für deine Familie abzugehen. Hast du vergessen, daß heute dein freier Nachmittag sein soll?«

»Ich muß dauernd daran denken«, murmelte Yates und mimte schlechtes Gewissen. »Sobald ich den Mann hinauskomplimentiert habe, rufe ich dich wieder herein.«

»Heißen Dank, mein teurer Gatte«, flötete Jill. »Dann werde ich gesprungen kommen und die Aschbecher leeren.«

»So ist es recht«, lächelte Yates. »Trag es mit Humor. Sicherlich wird es nicht allzu lange dauern.«

»Das möchte ich dir auch geraten haben«, sagte Jill hintergründig.
Sie zog sich in ihr Reich zurück – in die Küche. Was blieb ihr anderes, als Wäsche aufzubügeln? Sie sagte sich: Ich hätte Bing Crosby heiraten sollen – der kommt an seinem freien Nachmittag bestimmt nicht erst abends nach Hause, um auch dann noch zu arbeiten! Sie stellte das Bügelbrett auf.

Auf den ersten Blick machte John Hopedean durchaus den Eindruck eines gutaussehenden Mannes Anfang fünfzig, der sein üppiges graues Haar ein wenig länger trug, als es unter Männern im allgemeinen üblich ist. Sein Anzug wirkte ein bißchen lässig, doch erstklassig geschneidert. Die locker gebundene Fliege aus rotem Samt und das seidene Taschentuch in der Brusttasche standen ihm im Gegensatz zu anderen Männern, die dadurch affektiert gewirkt hätten, ausgezeichnet zu Gesicht. Doch trotz dieser eindrucksvollen äußerlichen Aufmachung schien es dem Inspektor, als fühle sich der Künstler ganz und gar nicht wohl in seiner Haut.

Yates und Hopedean schüttelten einander die Hand. Den Sergeanten bedachte der Kunstmaler mit einem kurzen Nicken und den Worten: »Wir kennen uns bereits.«

Yates fragte: »Was kann ich für Sie tun, Sir?«

Hopedean zog einen Brief aus der Innentasche seines Jacketts und gab ihn dem Inspektor. »Lesen Sie das!« sagte er indigniert.

Die Handschrift auf dem Umschlag war die eines ungebildeten Menschen. Für den Namen und die Anschrift hatte der Absender einen Kugelschreiber benutzt. Yates entnahm dem Kuvert einen einzelnen blauen Bogen.

Yates las mit halblauter Stimme: »Du schmutziger Mörder. Wenn du glaubst, du wirst ungestraft davonkommen –« Er hörte auf zu lesen und warf Hopedean einen verwunderten Blick zu. »Das ist aber ein sehr unfreundlicher Brief, Sir, um mich gelinde auszudrücken.«

»Das ist nicht der erste dieser Sorte«, sagte Hopedean. »Ich habe davon schon mindestens ein halbes Dutzend bekommen.«

»Mit dem gleichen Wortlaut?« fragte Yates.

»Mehr oder weniger. Einige waren nicht ganz so schlimm, andere – wenn das überhaupt noch möglich ist – waren noch krasser abgefaßt.« Hopedean schüttelte seinen Kopf, als wollte er sich von einer lästigen Erinnerung befreien. Er fuhr fort: »Ich bin auch mehrmals angerufen worden. Gestern abend zum Beispiel meldete sich ein merkwürdiges Frauenzimmer am Apparat.«

»Was hat sie gesagt?«

»Nun, so ziemlich die gleichen Dinge, die in dem Brief stehen – ›gemeiner Mörder, Würger‹ . . . Inspektor, zuerst habe ich mich nicht groß darum gekümmert, aber jetzt beginnt meine Frau sich zu sorgen, und offengestanden, es fängt allmählich an, mir auf die Nerven zu gehen.« Hopedean holte tief Luft und blickte den Inspektor erwartungsvoll an.

»Das ist nur zu begreifen, Sir«, murmelte Yates. »Haben Sie die anderen Briefe mitgebracht?«

Hopedeans Nasenflügel bebten voller Abscheu. »Selbstverständlich nicht. Für Schmutz dieser Art gibt es nur eins – das Feuer. Ich habe sie alle verbrannt.«

Yates wies auf den Brief in seiner Hand. »Wann ist dieser eingetroffen?«

»Heute morgen«, sagte Hopedean. »Dieser Brief war zugleich an mich und an meine Frau adressiert, und deshalb ist er unglücklicherweise –«

»Ihrer Frau in die Hände gefallen«, ergänzte Yates und lächelte mitfühlend.

»Hm, ja«, sagte Hopedean mit saurer Miene. »Sie wissen ja, wie Frauen sind.«

»Das weiß ich, Sir«, meinte Yates. Und ein wenig boshaft fügte er hinzu: »Und Sergeant Jeffreys hier, der weiß es auch.«

Jeffreys sagte: »Kann ich mir den Brief mal ansehen, Inspektor?« Yates reichte ihm den zerknitterten Bogen.

Jeffreys studierte die Handschrift für eine Weile. »Das scheint die Handschrift einer Frau zu sein«, erklärte er schließlich. »Hmm . . . aufgegeben in Hampstead gestern morgen.« Er wandte sich an Hopedean. »Sie haben natürlich keine Ahnung, von wem dieses Schreiben stammen könnte, nicht wahr?«

»Und die Stimme am Telefon kam Ihnen auch nicht bekannt vor?« fragte Yates.

Hopedean schüttelte seinen Kopf. »Leider nicht. Das Gespräch dauerte nur ein paar Sekunden – das war mehr als genug.«

»Ganz recht, Sir«, murmelte Yates. Er deutete auf einen Sessel. »Bitte nehmen Sie doch Platz.«

Hopedean ließ sich schwerfällig in den Sessel sinken. Er fuhr sich mit der Hand durch die Künstlermähne. »Sie werden verstehen, Inspektor«, sagte er, »daß die ganze Geschichte mir äußerst unangenehm ist.«

»Selbstverständlich, Sir«, pflichtete Yates ihm mit ernster Stimme bei. »Und nun sagen Sie mir bitte, was ich in dieser Angelegenheit unternehmen soll. Möchten Sie, daß ich versuche, den Absender ausfindig zu machen?«

»Im Grunde genommen ist es mir völlig einerlei, wer mir die Briefe ins Haus schickt«, sagte Hopedean verdrossen. »Ich will nur, daß es endlich aufhört.«

»Das zu erreichen, dürfte nicht ganz einfach sein, Sir«, meinte Yates. Er hielt den Brief sekundenlang gegen das Licht. »Letzten Endes ist so etwas ganz und gar nicht ungewöhnlich!«

»Ein ganz alltäglicher Fall, natürlich, Inspektor«, sagte Hopedean schneidend. »Was mir die Angelegenheit nicht weniger unerträglich erscheinen läßt.«

»Sie wären überrascht, wenn Sie wüßten, wie viele Menschen solche anonymen Giftbriefe erhalten«, fuhr Yates fort. »Ich selber habe bereits welche bekommen.«

»Das tut nichts zur Sache«, sagte Hopedean irritiert. »Diese Briefe beunruhigen mich keinesfalls, nicht mich persönlich. Es ist nur –«

»Sie wirken aber doch recht beunruhigt, Sir«, bemerkte Yates.

Hopedean beugte sich unversehens vor. »Inspektor, ich will ganz aufrichtig mit Ihnen reden.«

»Das würde ich sehr begrüßen, Sir«, murmelte Yates. Sein aufmerksamer, durchdringender Blick wich keinen Augenblick von dem geröteten Gesicht seines Gegenübers.

»Die Sache liegt so«, begann Hopedean zögernd. »Nun äh – ich weiß nicht, wie ich es sagen soll.«

Yates erwiderte nichts und wartete.

Plötzlich kamen die Worte in rascher Folge. »Inspektor, ich habe wegen dieser Fay Collins bereits einen Zusammenstoß mit meiner Frau gehabt, und ich will auf keinen Fall, daß es noch einmal dazu kommt.«

»Aber Miss Collins ist doch tot, Sir«, gab Jeffreys zu bedenken.

»Einen Moment, Jeff.« Yates hob seine Hand. »Wann haben Sie diesen Zusammenstoß – wie Sie es nennen – mit Ihrer Frau denn gehabt?«

Hopedean zögerte wieder. Offensichtlich bereute er bereits, dieses Thema überhaupt angeschnitten zu haben. Vielleicht, dachte Yates zynisch, kommt doch noch etwas Vernünftiges dabei heraus, eine Spur, ein Anhaltspunkt. Zumindest erfahren wir einiges über das Privatleben des Mr. Hopedean – und vielleicht auch über das der toten Fay Collins.

Hopedean sagte nach längerer Pause: »Vor etwa einem Jahr.«

»Und wie ging das vor sich?« fragte Yates.

»Meine Frau hat mich verlassen.«

Yates nickte. »Und danach?«

Hopedean zuckte hilflos mit den Schultern. »Nun, sie hat mich eben verlassen, das ist alles.«

»Ich nehme doch an«, sagte Yates vorsichtig, »daß Ihre Frau Sie verlassen hatte, weil sie glaubte, Sie hätten eine Affäre mit dieser Fay Collins.«

Hopedean befingerte nervös seine Fliege. »Ja, das war wohl der Grund.«

»Und entsprach diese Annahme den Tatsachen?« fragte Yates unbekümmert.

Hopedeans ausdrucksvolles Gesicht überzog sich mit dunkler Röte. »Wirklich, Inspektor«, sagte er hölzern, »die Frage finde ich äußerst – äh – unpassend.«

»Es ist nicht immer ganz einfach, im Verlaufe der Untersuchung eines Mordfalles den guten Ton zu wahren«, sagte Yates.

»Nun, es war nichts Wahres daran«, murmelte Hopedean mit gekränkter Miene. »Ich war – befreundet mit Fay, das stimmt. Wir waren sehr gute Freunde, das kann man wohl sagen. Uns verband viel Gemeinsames. Aber wir hatten kein Liebesverhältnis miteinander.«

»Schon gut, Sir, schon gut«, sagte Yates vergnügt. »Schließlich sind wir beide Männer von Welt, und Ihre Freundschaft mit Fay Collins gehört nicht zur Sache. Aber da Sie nun schon einmal hier sind, hätte ich gerne noch eine Frage beantwortet.«

»Und die wäre?« fragte Hopedean, wachsam wie ein Hofhund.

»Wenn ich mich recht besinne, haben Sie Sergeant Jeffreys hier erklärt, Sie hätten Fay Collins im August vergangenen Jahres zum letztenmal gesehen.«

»Das ist richtig«, sagte Hopedean.

»Das war kurz vor ihrem Umzug nach London, nicht wahr?«

Hopedean nickte. »Ja.«

»Mit anderen Worten«, sagte Yates gedehnt, »Sie haben Miss Collins nie mehr zu Gesicht bekommen, nachdem sie aus Littleshaw fortgezogen war?«

Hopedean zögerte. »Ah – ja, so ist es, Inspektor.«

Die Augen des Inspektors blickten scharf und durchdringend, doch seine Stimme hatte nichts von ihrer Freundlichkeit verloren, als er fragte: »Und Sie sind kein einziges Mal mit ihr in der Stadt zusammengetroffen?«

»Nein.«

»Sie haben Fay Collins niemals in ihrer Wohnung aufgesucht?«

Dieses Mal zögerte Hopedean noch auffälliger. »Nein, das habe ich nicht.«

»Ich möchte, daß Sie dessen ganz sicher sind, Sir«, drängte Yates.

Hopedeans Blick wanderte von Yates zu Jeffreys und wieder zurück. Sie trugen beide den gleichen Gesichtsausdruck zur Schau – höflich erwartungsvoll. Diese verheirateten Romeos mittleren Alters gleichen einander aufs Haar, dachte Yates nachsichtig. Sie wollen von beiden Seiten das beste. Mr. John Hopedean war ohne Zweifel ein Experte auf diesem Gebiet.

»Genaugenommen«, sagte Hopedean vorsichtig, – »ich habe Fay vor etwa sechs Wochen in ihrer Wohnung aufgesucht. Ich war in London mit einigen Arbeiten, die ich für Zeitschriften angefertigt hatte. Dabei traf ich sie zufällig, als ich aus einem Café kam.«

»Erzählen Sie weiter«, ermunterte Yates den Kunstmaler.

»Nun, sie lud mich zu sich in ihre Wohnung ein. Wir leerten ein paar Gläser zusammen und haben uns etwa eine halbe Stunde lang angeregt miteinander unterhalten.«

»Was für einen Eindruck machte Fay Collins auf Sie? War sie niedergeschlagen? Litt sie an Depressionen?«

»Ganz im Gegenteil«, sagte Hopedean. »Sie war bei bester Laune und machte den Vorschlag, wir sollten gemeinsam dinieren. Wir ließen uns im *Le Lavencher* einen Tisch reservieren.«

»Im *Le Lavencher?«* fragte Yates.

»Ja, das ist ein Restaurant in der Dover Street. Es ist recht bekannt – eine Menge Theaterleute verkehren dort. Na, ich war jedenfalls, wie verabredet, um ein Uhr dort, aber zu meiner Überraschung fand ich lediglich eine Nachricht von Fay vor. Sie ließ mir bestellen, sie könnte die Verabredung leider nicht einhalten.«

»Hatte sie ihre Absage begründet?« fragte Jeffreys.

»Nein«, erwiderte Hopedean. »Ich rief sie in ihrer Wohnung an, doch niemand meldete sich.«

»Haben Sie vielen Dank, Mr. Hopedean«, sagte Yates freundlich. Er überlegte einen Augenblick und fuhr dann fort: »Wie mir mein Sergeant Jeffreys mitgeteilt hat, sind Sie Kunstmaler.«

Hopedean zupfte an seiner Fliege. »Das bin ich.«

»Sie arbeiten für Zeitschriften und Tageszeitungen?»

»Ja«, erwiderte Hopedean. »Fast alle meine Arbeiten fertige ich für irgendwelche Presseorgane an.«

»Dann ist Ihnen vielleicht auch ein Mann namens Clifton Morris bekannt?« fragte Yates, als handelte es sich um eine Nebensächlichkeit.

Hopedeans Miene spiegelte Überraschung wider. »Clifton Morris?«

»Ja.«

Hopedean lachte verächtlich. »Natürlich habe ich von ihm gehört, aber er gehört zur Geldaristokratie. Mit Leuten seiner Gattung komme ich nicht zusammen – die liegen weit außerhalb meiner finanziellen Möglichkeiten.«

»War Fay Collins mit ihm bekannt?«

Hopedean lachte wieder. »O nein. Wohl kaum.«

»Wissen Sie das genau?«

»Ich bin fest davon überzeugt«, sagte Hopedean. »Wenn Fay und Clifton befreundet gewesen wären, wüßte die Öffentlichkeit davon.«

Yates erhob sich und streckte seinem Besucher die Hand entgegen. »Das wäre dann wohl alles, Mr. Hopedean, und nochmals vielen Dank.« Er ließ den Mittelfinger gegen den Brief in seiner Hand schnipsen. »Und wegen dieser Briefschreiberei würde ich mir an Ihrer Stelle nicht allzu viele Gedanken machen. Sagen Sie Ihrer Frau, daß es noch eine Reihe von anderen Leuten gibt, die gleichfalls mit Überraschungen dieser Art beglückt wurden nach der Ermordung des Mädchens.«

Hopedean machte ein erstauntes Gesicht. »Ist das der Fall?«

Yates lächelte. »Jedenfalls können Sie Ihrer Frau das sagen.«

Hopedean schien erleichtert. »Ausgezeichnete Idee, Inspektor! Das werde ich ganz gewiß tun.«

Sie gingen zusammen zur Tür, und Yates sagte: »Sollten Sie noch mehr von diesen Briefen erhalten, so händigen Sie sie unverzüglich an mich aus. Werden Sie daran denken?«

»Wird gemacht, Inspektor.«

»Das ist von großer Wichtigkeit«, sagte Yates bedeutungsvoll.

»Ich verstehe, Inspektor.«

Als Hopedean gegangen war, kam Jill Yates in das Zimmer. Sie trug die Miene einer in ihr Schicksal ergebenen Hausfrau zur Schau. Jeffreys sagte in übermäßig freundlichem Tonfall: »Könnte ich wohl noch eine Tasse Tee haben?«

»Ja, natürlich«, sagte Jill.

»Ich nehme auch noch eine, Darling«, ließ sich der Inspektor vernehmen.

»Pah!« sagte Jill. »Dir sollte man Arsen in den Tee schütten, du Mann von Welt!«

Yates setzte eine zerknirschte Miene auf und zwinkerte gleichzeitig dem Sergeanten zu.

Das Telefon läutete, und Yates meldete sich.

»Hier ist P. C. Shaw, Sir, von der Savile Row Revierwache«, sagte die Stimme am anderen Ende der Leitung. »Spreche ich mit Inspektor Yates?«

»Ja«, antwortete Yates.

»Bitte entschuldigen Sie die Störung, Sir, aber Inspektor Rowland hat mir aufgetragen, mich mit Ihnen in Verbindung zu setzen. Wir haben den Mantel von Mr. Morris gefunden.«

»Gut«, sagte Yates.

»Wenn ich richtig verstanden habe, wünschen Sie den Mantel erst zu sehen, bevor wir Mr. Morris Bescheid geben.«

»Das stimmt«, sagte Yates. Er warf einen Blick auf seine Armbanduhr. »Ich werde um sieben Uhr dreißig bei Ihnen sein.«

Shaw sagte: »In Ordnung, Sir«, und hängte auf.

Yates trank seinen Tee aus und wandte sich an Jill. »Es tut mir leid, Darling. Ich fürchte, ich muß auf dem schnellsten Weg in die Stadt.«

Jill war es gewohnt, an den freien Nachmittagen ihres Mannes nur wenig von ihm zu haben. Von Zeit zu Zeit jedoch bestand sie hartnäckig darauf, abends von ihm ausgeführt zu werden.

Sie seufzte betrübt, doch dann zwang sie sich zu einem Lächeln des Verzichts. Bis der Mörder der armen Fay Collins gefunden war, würden die gemeinsamen Stunden spärlich gesät sein, und sie mußte sich damit abfinden. So sagte sie: »Ist schon gut, Harry. Bleib nicht so lange . . .«

4

Inspektor Rowland saß in seinem Büro in der Savile Row Revierwache und brütete über einem umfangreichen Aktenbündel. Er sah ein wenig müde und abgespannt aus, und seine Augen blinzelten von dem unbarmherzig grellen Licht der hochkerzigen Glühbirne. Ein Blick auf seine Uhr sagte ihm, daß es bereits nach halb sieben war. Verflixt spät am Tage, wenn man bedachte, daß er bereits seit neun Uhr morgens im Amt war.

Er wollte gerade nach seiner Uniformmütze am Garderobenhaken greifen, als an seine Tür geklopft wurde. Wachtmeister Shaw kam herein mit einem Blatt Papier in der Hand. Rowland setzte sich schicksalsergeben und hängte die Mütze zurück an den Haken ... Shaws leicht erregter Gesichtsausdruck verriet dem Inspektor, daß es den Feierabend noch für eine Weile aufzuschieben galt.

»Das ist gerade hereingekommen, Sir«, sagte Shaw.

Rowland nickte geistesabwesend und griff nach dem maschinenbeschriebenen Blatt. Es handelte sich um den Bericht des Wachtmeisters Jackson, der einen Einbrecher auf dem Welbeck Square gestellt hatte. Rowland las den zweiten Absatz und blickte auf. »Was ist das?« fragte er. »Jackson ist gefallen und hat sich verletzt? Ist es schlimm?«

Shaw grinste. »Nein Sir – nur ein paar Prellungen. Er verfolgte den Mann bis in den Hyde Park und stolperte dort.«

»Stolperte über was?« fragte Rowland.

»Über ein Liebespaar«, sagte Shaw in spöttischem Tonfall. »Meiner Meinung nach ist es noch reichlich kalt für so etwas in dieser Jahreszeit. Aber Sie wissen ja, wie die's dort treiben.«

»Schon gut, Shaw«, winkte Rowland ab. »Sie können mir die Einzelheiten ersparen. Lassen Sie mich wissen, wenn Jackson sich wieder einfindet.«

»Ja, Sir«, sagte Shaw. Er deutete auf den Bericht. »Inspektor Yates würde sich sicherlich brennend dafür interessieren.«

»Warum?« wollte Rowland wissen.

»Nun, das ist die Adresse von dem Mädchen, das ermordet wurde.«

»Welches Mädchen?«

»Diese Fay Collins, die in Littleshaw erdrosselt wurde. Ihre Wohnung war es, in die der Mann einbrechen wollte.«

Rowland las weiter. »Sie haben ihren schlauen Abend«, sagte er nach einer Weile. »Welbeck Square 28a ... ganz recht, Shaw.«

Shaw lächelte geschmeichelt und verließ den Raum. Kaum war er gegangen, als Yates eintrat. Rowland erhob sich, und die beiden Männer schüttelten sich die Hände. »Freut mich, Sie wieder einmal zu sehen«, sagte Rowland.

»Vielen Dank für den Anruf«, meinte Yates. »Es wäre sehr zu begrüßen, wenn alle Polizeistellen so gut zusammenarbeiten würden.«

»Das gehört zu den Gepflogenheiten dieses Reviers«, brummte Rowland. »Ich werde den Mantel herschaffen lassen.« Er drückte auf einen Knopf seiner Sprechanlage und gab ein paar Anordnungen durch. Danach griff er nach dem Bericht von Jackson. »Dieses hier dürfte für Sie von noch größerem Interesse sein als der Mantel, Yates. Vor etwa einer Stunde versuchte ein Mann in Fay Collins Wohnung am Welbeck Square einzubrechen. Die Alarmanlage setzte ein, und einer meiner Leute – Wachtmeister Jackson – nahm die Verfolgung des Einbrechers auf.«

»Hat er ihn gefaßt?« fragte Yates.

Rowland lächelte bedauernd. »Unglücklicherweise stolperte Jackson über ein Liebespaar im Gras, und der Mann konnte entkommen.«

»Haben Sie eine Personenbeschreibung von ihm?«

»Die finden Sie in diesem Bericht«, sagte Rowland. »Allerdings kann man nicht sehr viel damit anfangen. Es war dunkel, und Jackson konnte ihn nicht allzu deutlich erkennen.«

Yates las den Bericht, dem er entnehmen konnte, daß es sich bei dem Einbrecher um einen jüngeren Mann mittlerer Größe handelte. »Da haben Sie recht«, bemerkte er. »Das ist wirklich nicht viel.«

Wachtmeister Shaw kam herein mit dem Mantel. Er war schwarz und hatte einen Samtkragen.

Rowland sagte: »Clifton Morris hat vor ungefähr einer halben Stunde angerufen.«

»Was wollte er?« fragte Yates.

Rowland lächelte. »Glücklicherweise erkundigte er sich nicht nach dem Mantel. Er fragte nur, ob wir sein Feuerzeug gefunden hätten.«

»Befand es sich nicht in dem Mantel?«

Rowland schüttelte seinen Kopf. »Nein. Nur ein Paar Handschuhe, sonst nichts.«

Yates strich nachdenklich über den Samtkragen des eleganten Mantels. »Wo haben Sie ihn aufgespürt?«

»Ein Parkplatzwächter brachte ihn – er hatte ihn auf einem Trümmergrundstück gefunden. Der Dieb wird die Taschen geleert und ihn dort hingeworfen haben.«

»Hm«, Yates starrte gedankenverloren auf seine streichelnden Finger. »Rowland, würden Sie mir einen Gefallen erweisen?«

»Ich kann es versuchen«, meinte Rowland.

»Nun«, fuhr Yates behutsam fort, »Sie könnten es als einen Übergriff in Ihr Territorium betrachten.«

»Ach, greifen Sie ruhig über, wenn es Ihnen Spaß macht«, sagte Rowland vergnügt. »Uns bleibt immer noch genug zu tun. Sie erweisen mir einen Gefallen, wenn Sie mir Arbeit abnehmen.«

»Aus einem ganz bestimmten Grunde möchte ich diesen Mantel persönlich bei Clifton Morris abliefern – heute abend noch.«

Rowland blickte Yates fragend an. Er antwortete nicht sofort. Nach einer Weile sagte er: »In Ordnung. Das ist Ihr Fall. Ich brauche Sie wohl nicht darüber zu belehren, wie vorsichtig unsereiner mit Leuten seines Schlages umspringen muß.«

»Nein. Vielen Dank, Rowland«, sagte Yates.

Shaw kam herein. »Jackson ist eben gekommen«, sagte er. »Dr. Thompson ist bei ihm.«

»Ich komme«, sagte Rowland, und an Yates gewandt: »Gehen Sie noch nicht. Ich bin gleich wieder hier.«

Rowland schloß die Tür hinter sich, und Yates zog das Halstuch aus seiner Tasche und verstaute es in der Manteltasche des Modeverlegers Clifton Morris . . .

Der Jaguar raste in halsbrecherischer Geschwindigkeit die Fulham Road entlang. Vor einer Telefonzelle trat der Fahrer auf das Bremspedal, und der Wagen kam schleudernd und unter grellem Reifenkreischen zum Stehen. Eric, das Hausfaktotum von Clifton Morris, sprang aus dem Sportwagen und begab sich eiligst in das Telefonhäuschen. Schweratmend lehnte er sich sekundenlang gegen den großen, schwarzen Münzapparat. Er durchsuchte seine Taschen nach passenden Geldstücken, fand sie und wählte eine Nummer. Auf seiner Stirn formten sich kleine Schweißtropfen, obwohl es eine bitterkalte Nacht war. Die Stimme einer Frau meldete sich und zwitscherte ›Acorn Café‹ durch die Leitung. Eric knallte den Hörer wieder auf die Gabel und wählte noch einmal.

Clifton Morris rannte nervös auf dem dicken Teppich in seinem Arbeitszimmer hin und her. Er trug eine bequeme Flanelljacke und pelzgefütterte Hausschuhe. Von Zeit zu Zeit sog er an einer schwarzen Zigarre, die in einer Elfenbeinspitze steckte. Zweimal griff er nach der Whiskyflasche, doch jedesmal stellte er sie wieder zurück auf den Tisch zu den anderen Flaschen. Beim drittenmal endlich entschloß er sich, sein Glas zu füllen, als das Telefon klingelte. Er griff nach dem Hörer und nannte die Nummer seines Anschlusses statt seinen Namen. Erics Stimme klang erregt durch die Leitung. Morris sagte: »Wo zum Teufel sind Sie, Eric? Was ist geschehen?«

»Ich spreche von einer Telefonzelle in der Fulham Road aus«, sagte Eric. Seine Stimme klang, als hätte er einen Marathonlauf hinter sich.

»Was um alles in der Welt treiben Sie denn in der Fulham Road?«

»Ich konnte nur mit knapper Not entwischen«, erwiderte Eric. »Ein Polizist sah mich aus ihrer Wohnung kommen.«

»Sie Wahnsinniger! Hat er Sie gesehen?«

»Gesehen hat er mich, aber ich konnte ihm entkommen.«

»Wird er Sie wiedererkennen?«

»Das bezweifle ich; dazu war es zu dunkel. Aber es war verdammt knapp.«

Morris fragte gespannt: »Haben Sie den –?«

Die Stimme seines Butlers unterbrach ihn: »Nein, er ist nicht dort – nicht in der Wohnung.«

»Verdammt« fluchte Morris. »Haben Sie überall nachgesehen?«

»Überall. Ich habe jeden Schrank und jedes Schubfach durchwühlt. Wenn Sie mich fragen – Sie haben zu lange gewartet, Mr. Morris!«

Morris sagte nachdenklich: »Sieht ganz so aus. Welchen Wagen haben Sie, Eric?«

»Den Jaguar.«

»Dann fahren Sie nach Angmering und bleiben Sie dort, bis Sie von mir hören.«

Morris hängte ein. Bevor er nach seinem Drink griff, warf er seine halb aufgerauchte Zigarre in das Kaminfeuer. Er trank und starrte mit dem Glase in der Hand in die Flammen. Die Türglocke läutete und durchbrach schrill die lähmende Stille in der Wohnung. Hastig, mit nervösen Fingern, steckte er sich eine Zigarette an, inhalierte mehrere Male den Rauch und ging schließlich zur Haustür, um zu öffnen. Yates begrüßte ihn mit höflich gleichgültigem Lächeln. Den Mantel trug er über dem Arm. Er hätte genausogut ein Bote von der Reinigungsanstalt sein können.

Morris stand regungslos und wartete darauf, daß Yates sein Kommen erklärte. Der sagte lediglich: »Guten Abend, Sir.« Morris erholte sich schnell von seiner Überraschung.

»Hallo, Inspektor«, sagte er nicht unfreundlich. »Was führt Sie zu mir?«

Yates deutete auf den Mantel. »Wir haben Ihren Überzieher gefunden, Mr. Morris.«

Sein Tonfall war weder ironisch noch aggressiv. Er sprach mit gleichgültiger, ausdrucksloser Stimme.

»Ich verstehe«, sagte Morris. »Wollen Sie nicht nähertreten?«

»Danke, Sir.« Yates folgte Morris in das Studio. »Ein Parkwächter hat ihn auf einem Trümmergrundstück in der Nähe des Ludgate Circus aufgelesen.«

Morris nahm den Mantel und betrachtete ihn. »Der gehört mir, daran besteht kein Zweifel«, sagte er. »Aber wie, um alles in der Welt, ist er in die Gegend von Ludgate gekommen?«

»Ich habe keine Ahnung, Sir«, sagte Yates. Sein Blick löste sich von seinem Gesprächspartner und wanderte durch den Raum. »Leider hat sich das Feuerzeug immer noch nicht eingefunden.«

»Oh, verdammt!« sagte Morris mit gespielter Verärgerung. »Nur daran war ich wirklich interessiert.« Er legte den Mantel über einen Stuhl. Yates sah aufmerksam zu, wie er erst die Handschuhe und dann das Halstuch aus den Taschen nahm – das Halstuch, das Yates dort hineingesteckt hatte. Morris streifte Handschuhe und Schal mit gleichgültigem Blick und warf sie nachlässig auf den Tisch.

»Haben wir eine Beschreibung des Feuerzeuges, Sir?« unterbrach Yates das Schweigen.

»Oh, ja«, erwiderte Morris. Er deutete die Größe des Feuerzeugs mit Finger und Daumen an. »Es ist etwa so groß – eine sehr feine Arbeit.« Er lächelte, als er sah, wie Yates sich mit seinem eigenen Feuerzeug abquälte, um seine Zigarette anzustecken. Offensichtlich bedurfte der Feuerstein dringend der Erneuerung. »Und es hat immer funktioniert.« Morris griff nach einem Tischfeuerzeug und versorgte den Inspektor mit Feuer. »Es ist aus achtzehnkarätigem Gold«, fuhr er fort. »Mit einem Regimentswappen darauf.«

»Welches Regiment, Sir«, fragte Yates.

»Middlesex Regiment«, sagte Morris. »Waren Sie jemals beim Militär, Inspektor?«

»Nein, Sir«, murmelte Yates, und es klang, als wäre er tief betrübt über diese Tatsache. »Das Glück ist mir nie zuteil geworden. Na, vielleicht spüren wir das Feuerzeug doch noch auf. Der Mantel und die Aktentasche haben sich ja auch gefunden.«

»Ja. Welch ein Glück«, sagte Morris gleichgültig.

Yates blickte prüfend in die Runde. »Ist Ihr Angestellter nicht zu Hause heute abend?«

»Äh – nein«, antwortete Morris nach kaum merklichem Zögern. »Er ist für zwei oder drei Tage nach Schottland gereist – gestern ist er abgefahren. Seine alte Mutter oder seine Schwester leben dort oben im Norden.«

Yates nickte. Er griff nach dem Tischfeuerzeug und ließ es mehrere Male hintereinander aufflammen.

»Wie steht es mit einem Drink, Inspektor?« fragte Morris.

»Nicht für mich, Sir. Vielen Dank«, sagte Yates.

»Sie trinken nicht im Dienst, was?« spöttelte Morris. Er musterte Yates mit unerschütterlichem Gleichmut.

Yates deutete auf den Mantel. »Sind Sie felsenfest davon überzeugt, daß es sich um Ihren Mantel handelt, Sir?«

»Oh, ja«, sagte Morris. »Darüber besteht kein Zweifel.«

»Und das Halstuch?«

Morris strich mit der Hand über das rot und blau gemusterte Seidentuch. »Doch, ich denke, es gehört mir. Das ist der eigentliche Grund für Ihren Besuch, nicht wahr?«

»Ist das Ihr Halstuch?« fragte Yates mit tonloser Stimme.

Morris sah erst den Schal an und dann Yates. »Ja«, wiederholte er. »Das ist mein Halstuch.«

Yates nickte bedächtig. Er nahm Morris den Schal aus der Hand. »Ich glaube, Sie sollten wissen, was es mit diesem Schal für eine Bewandtnis hat, Mr. Morris.«

»Wirklich?« Morris war gelangweilt.

»Zunächst einmal«, sagte Yates ruhig, »haben wir das Halstuch gar nicht in dem Mantel gefunden. Zum anderen–«

»Sie haben es nicht in dem Mantel gefunden?« fragte Morris ungläubig. »Wo zum Teufel haben Sie es dann entdeckt?«

»In einem Geigenkasten, der einem jungen Mann namens Gerald Quincey gehört«, sagte Yates leichthin.

»In einem Geigenkasten –«, Morris lachte schallend. »Aber das ist ja lächerlich, Inspektor! Sie belieben zu scherzen!«

Yates schüttelte seinen Kopf. »Ich habe es von Scotland Yard untersuchen lassen. Fay Collins wurde damit erdrosselt, Mr. Morris. Mit diesem Halstuch.«

Morris' Unterlippe schob sich vor. »Ich verstehe«, sagte er. »Also haben Sie das Halstuch in meine Manteltasche gesteckt –«

»Das habe ich«, bekannte Yates freimütig.

»– und mich bewußt dazu verleitet, zuzugeben, daß es das meine ist.«

Yates runzelte die Stirn. »Ich Sie dazu verleitet, Sir? Entweder es handelt sich um Ihren Schal oder nicht. Ich verlange nichts weiter von Ihnen, als diesen Seidenfetzen zu identifizieren.«

Morris steckte sich eine Zigarette an. Jede seiner Bewegungen zeugte von seiner Verärgerung. Er sagte: »Nun hören Sie, Inspektor. Angenommen, jemand bringt Ihnen Ihren Mantel, und Sie finden ein Halstuch in der Tasche, ein Halstuch, das dem Ihren aufs Haar gleicht –?«

Yates betrachtete angelegentlich seine Fingernägel. »Und?«

»Würden Sie nicht automatisch erklären, das Halstuch gehört Ihnen?«

Yates lächelte. »Ich bemühe mich angestrengt, keine automatischen Rückschlüsse zu ziehen, Sir.«

»Wenn Sie mich fragen«, sagte Morris kalt, »so tun Sie genau das und nichts anderes. In meinem ganzen Leben hat man mir noch keinen solchen Blödsinn aufgetischt!«

Der Inspektor zuckte nur mit den Achseln und sagte nichts.

Morris trat einen Schritt vor. Er stand nun unmittelbar vor Yates. »Sie glauben, ich hätte Fay Collins ermordet, nicht wahr?«

Yates sagte: »Das ist Ihr Halstuch, oder nicht?«

Morris wandte sich abrupt ab. »Das ist nicht mein Halstuch«, sagte er hastig. Den gequälten Gesichtsausdruck des Inspektors ignorierte er.

»Ich habe mich geirrt«, erklärte Morris. »Die ganze Sache ist sowieso geradezu absurd. Ich habe Fay Collins nicht einmal gekannt, und in der Mordnacht war ich von diesem Nest Littleshaw so weit entfernt, wie in diesem Augenblick.«

»Zu dumm, daß Sie das nicht beweisen können, Sir«, sagte Yates im Gesprächston.

Morris drehte sich langsam um und betastete sein Kinn. »Nun, vielleicht kann ich das doch«, sagte er. »Seit Ihrem ersten Besuch habe ich angestrengt darüber nachgedacht, was sich an jenem Abend abgespielt hat. Ich habe versucht, mir die Einzelheiten ins Gedächtnis zurückzurufen, scheinbar nebensächliche Dinge.«

»Und wie weit sind Ihre Bemühungen gediehen?« fragte Yates.

»Nun, erst heute morgen fiel mir ein . . .«

»Das Gedächtnis ist doch eine seltsame Institution«, lächelte Yates.

»An dem Abend, als Fay Collins ermordert wurde, bin ich ins Kino gegangen.«

»Wann war die Vorstellung aus?«

»Etwa um viertel vor zehn. In dem Augenblick, als ich in ein Taxi stieg, kam ein Mädchen aus dem Kino. Ich schenkte ihr keine besondere Beachtung, obwohl ich sie kannte.«

»Hat dieses Mädchen Sie denn auch erkannt?« fragte Yates.

Morris nickte. »Ich glaube schon.«

»Wer ist die Dame?«

»Sie heißt Diana Winston. Sie ist Journalistin!«

»Ist sie für Sie tätig?«

»Nein«, sagte Morris. »Sie arbeitet freischaffend. Vor einigen Jahren hat sie verschiedene Artikel für eines meiner Blätter geschrieben, aber sie waren nicht besonders.«

»Haben Sie seitdem mit Miss Winston in Verbindung gestanden?«

»Du lieber Himmel! Nein! Ich habe Ihnen doch gerade eben erklärt – die ganze Geschichte ist mir erst heute morgen eingefallen.«

»An Ihrer Stelle würde ich mich unverzüglich mit der Dame in Verbindung setzen, Sir«, sagte Yates. »Ich möchte beinahe behaupten, daß die Aussage dieses Mädchens von entscheidender Bedeutung für Sie sein könnte.«

»Ist gut, Inspektor«, sagte Morris.

Yates ließ das Halstuch in seiner Hosentasche verschwinden. »Wann haben Sie Miss Winston kennengelernt, Mr. Morris?«

»Kennengelernt habe ich sie eigentlich gar nicht richtig. Ich traf sie zufällig anläßlich einer Party vor fünf Jahren.«

»Vor fünf Jahren?« Yates schien verblüfft. »Sie müssen ein erstaunlich gutes Gedächtnis für Gesichter haben, Sir.«

»Das ist eine hervorstechende Eigenschaft erfolgreicher Geschäftsleute«, erwiderte Morris.

Yates schüttelte verzweifelt seinen Kopf. »Nun, dann wollen wir nur hoffen, daß Miss Winston nicht weniger talentiert ist auf diesem Gebiet als Sie. Gute Nacht, Mr. Morris.«

Als Yates gegangen war, stellte Morris ein paar eilige Überlegungen an. Er überzeugte sich von der Uhrzeit und ließ sich an seinem Schreibtisch nieder. Nach kurzem Suchen fand er die Nummer in seinem Notizbuch und hob den Hörer ab. Er wählte, und wenig später meldete sich eine förmliche, kultivierte Stimme. »Hier ist Hyde Park 31832 . . .«

Das war Norman Thackerey, einer von Morris' engsten Mitarbeitern. Thackerey war jung und ehrgeizig und für seinen Chef zu jeder Schandtat bereit. Morris hatte ihn in letzter Zeit mit mehreren sehr heiklen Aufgaben betraut und es bisher noch nicht bereut.

Morris sagte: »Norman? Hier Morris . . .«

»Oh, guten Abend, Sir«, sagte Thackerey. »Ich wollte Sie gerade anrufen. Ich habe vor einer Stunde ein Telegramm aus Montreal erhalten, wegen dieser Syndikatsgeschichte, wissen Sie –«

»Das ist im Augenblick uninteressant, Norman«, unterbrach Morris den jungen Mann. »Erinnern Sie sich an ein Mädchen namens Diana Winston?«

Thackerey schien etwas überrascht, doch er antwortete sofort. »Das ist eine freie Journalistin – hat früher einmal ein paar Sachen für uns geschrieben.«

»Das ist sie«, sagte Morris zufrieden. »Veranlassen Sie, daß sich diese Dame morgen früh in meinem Büro einfindet. Nach zehn Uhr, wenn es geht –«

»Geht es nicht vielleicht morgen nachmittag?« fragte Thackerey.

»Warum erst morgen nachmittag?« ereiferte sich Morris.

»Nun, ich muß mich erst mit ihr in Verbindung setzen«, erklärte Thackerey. »Und dann benötigt sie auch noch etwas Zeit um herzukommen.«

»Wieso denn das?« fragte Morris. »Wo ist sie denn?«

»In Paris. Sie arbeitet dort für Flaubert.«

Morris überlegte. Das hatte er nicht erwartet. »Seit wann ist sie denn bereits in Paris?«

»Seit anderthalb Jahren, wenn ich richtig informiert bin.«

Eine kleine Pause entstand. »Ich werde sie gewiß ausfindig machen können«, meinte Thackerey.

»Schon gut, Norman«, sagte Morris. »Vergessen Sie die ganze Sache.«

Kaum hatte Morris aufgelegt, als das Telefon klingelte. Er zögerte einen Augenblick, bevor er abhob.

Eine angenehm weiche Frauenstimme meldete sich. Unter anderen Umständen wäre Morris gewiß erfreut gewesen. So sagte er nur mürrisch: »Hier ist Clifton Morris. Was wünschen Sie?«

Die Stimme sagte: »Sind Sie immer noch an dem Brief interessiert, Mr. Morris?«

»An was für einem Brief?« fragte Morris.

»Den Sie sich heute nachmittag aneignen wollten«, erklärte die Stimme.

»Ich weiß nicht, wovon Sie sprechen«, knurrte Morris wütend. »Bitte, drücken Sie sich etwas deutlicher aus. Wer spricht denn dort eigentlich?«

Morris vernahm die Andeutung eines Seufzers vom anderen Ende der Leitung her. »Wenn Sie nicht wissen, wovon die Rede ist, Herzchen, dann hat es auch wenig Zweck, Ihnen zu sagen, wer ich bin. Auf Wiederhören ...«

»Halt! Einen Augenblick«, sagte Morris hastig. »Hängen Sie noch nicht auf!« Er sprach nun ruhiger. »Bitte, sagen Sie mir doch, wer Sie sind.«

»Fay Collins war eine Freundin von mir«, sagte die Stimme, als wenn damit alles erklärt wäre.

»Ich verstehe. Und was wollen Sie nun?«

»Es handelt sich nicht darum, was ich will, Herzchen«, flötete die Stimme mit aufreizender Gleichgültigkeit, »sondern vielmehr darum, was Sie wollen. Kennen Sie das *Finale?*«

»Nein«, sagte Morris. »Wo ist das?«

»Das ist ein Klub in der Helston Street.« Die Stimme klang leicht verwundert. »Das ist aber merkwürdig, daß ein Geschäftsmann von

Ihrem Format das *Finale* nicht kennt. Kommen Sie doch mal vorbei, Honey« – die Stimme nahm unvermutet einen durchdringenden, scharfen Klang an – »heute abend noch, wenn es Ihnen recht ist.«

Morris fragte nervös: »Aber wie kann ich Sie finden?«

»Fragen Sie nur nach Kim«, sagte die Stimme.

»Aber hören Sie –« begann Morris. Doch am anderen Ende antwortete nur noch ein Klicken, das merkwürdig herausfordernd klang ...

Das *Finale* ist ein Klub, wie es deren viele gibt in London. Eine diskrete Ankündigung draußen an der unauffällig vornehmen Eingangspforte verrät dem Interessenten, daß es sich bei den Mädchen in diesem Klub um die schönsten und attraktivsten der Stadt handelt und daß nur demjenigen der Zutritt gestattet wird, der sich als Klubmitglied ausweisen kann. Ferner verspricht man dem Besucher den Genuß der gewagtesten Show auf Erden. Um dieser Behauptung Nachdruck zu verleihen, hat man diverse Fotos von sich an- und auskleidenden Damen hinzugefügt.

Wenige Formalitäten sind erforderlich, um Mitglied dieses Klubs zu werden. Von entscheidender Bedeutung ist, daß man in der Lage ist, die Aufnahmegebühr zu entrichten. Sie entspricht etwa der Höhe des Wochenlohnes, den die Direktion dem muskulösen Türhüter auszahlt. Das *Finale* war ein vielversprechendes Unternehmen, weil der Eigentümer – ein Ausländer mit großen Erfahrungen auf diesem Gebiet – genau wußte, was einer gewissen Schicht von männlichen Interessenten am begehrenswertesten erschien in bezug auf Freizeitgestaltung. Je mehr die jungen Damen von ihren ohnehin spärlichen Umhüllungen abzustreifen bereit waren, um so umfangreicher wurde die Mitgliederliste.

Clifton Morris bezahlte seine Aufnahmegebühr und zählte somit zum exklusiven Kundenkreis dieses wenig exklusiven Klubs. Lautes Gelächter und anfeuernde Rufe schollen ihm aus dem Innern der Räumlichkeiten entgegen. Offensichtlich war die ›gewagteste Show auf Erden‹ bereits in vollem Gange. Morris wurde gerade noch Zeuge, wie der Star der Vorstellung einen Zylinderhut vom Garderobenständer nahm, seinen Büstenhalter dort hineinverschwinden ließ und die Kopfbedeckung dem verblüfften Eigentümer zurückreichte. Diesen Trick hatte sich der Lokalbesitzer höchst persönlich einfallen lassen. Zwar war der Verbrauch von Büstenhaltern auf die Weise nicht unerheblich, doch konnte er sie im Großhandel recht preisgünstig beziehen.

Clifton Morris tastete sich durch einen halbdunklen Korridor und begegnete Hector, dem Manne, der zwei Berufe zur gleichen Zeit ausübte – den des Hausdieners und den des Rausschmeißers. Er war fett, unansehnlich und hatte sich an diesem Tage ganz entschieden noch nicht rasiert. Er saß auf einer leeren Whiskykiste, studierte die Rennergebnisse und führte sich von Zeit zu Zeit Kartoffelchips aus einer halbvollen Tüte zu Gemüte.

Hector bedachte Morris mit einem finsteren Seitenblick. »Was wollen Sie?« fragte er. »Gästen ist der Zutritt verboten.«

»Ich hätte gerne mit einer jungen Dame namens Kim gesprochen«, erklärte Morris.

»Wie lustig«, sagte Hector mit einem Anflug von Ironie. »Und wie kommen Sie auf die Schnapsidee, daß Kim ihrerseits Sie zu sprechen wünscht?«

Morris entnahm seiner Brieftasche eine Pfundnote und glättete sie herausfordernd zwischen Daumen und Zeigefinger. Hector beäugte den Schein mit aufkeimendem Interesse. »Verdoppeln Sie den Einsatz, und ich werde Ihnen den Umkleideraum zeigen«, ließ er sich schließlich vernehmen.

Morris seufzte und holte eine weitere Pfundnote hervor. Hector ließ die beiden Scheine in der Außentasche seiner speckigen Weste verschwinden und deutete mit dem Daumen auf eine Tür. »Sie ist dort drinnen«, sagte er kurzangebunden.

Das erste, was Morris zu sehen bekam, als er nach kurzem Klopfen die Tür öffnete, war ein ungewöhnlich hübsches, wohlproportioniertes blondes Mädchen, das vor dem Frisiertisch saß und seine vollen Lippen nachzog. Ihr spärliches Kostüm bestand aus einer schwarzen Strumpfhose aus fischernetzartigem Gewebe, hochhackigen Schuhen, einem Büstenhalter, der einen ungemein wohlgeformten Busen in seine Schranken verwies und einer einsamen roten Blume in der Gegend ihres Nabels. Sie vervollständigte ihr Make-up und schenkte ihm auf dem Umweg über den Spiegel ein strahlendes Lächeln.

Morris sagte zögernd: »Sind Sie Kim?«

»Das bin ich, Herzchen«, sagte das Mädchen. Sie wies auf einen zerbrechlichen Stuhl. »Machen Sie sich's bequem.«

Morris entfernte einen Morgenmantel und ein Päckchen mit Zigaretten von der Sitzfläche und ließ sich vorsichtig nieder.

»Wie steht's mit einem Drink?« fragte Kim. Mit einladender Geste deutete sie auf einen Ecktisch, auf dem mehrere halbvolle Flaschen standen. »Es ist alles da.«

»Nein, vielen Dank«, sagte Morris hölzern.

»Sie haben wohl nichts dagegen, wenn ich mir einen genehmige, oder? Die Jungens haben mir heute ziemlich arg mitgespielt.« Mit lässigen Bewegungen mixte sie sich einen Drink aus einer großen Portion Gin und einem kleinen Schuß Sodawasser. »Diese senilen Geschäftsleute können einen manchmal zur Verzweiflung bringen«, klärte sie ihn auf. »Nur weil sie sich von ihren Ehefrauen mißverstanden glauben, sind sie der Ansicht, ich hätte die Lösung aller ihrer Probleme zur Hand. Na, bis zu einem gewissen Grade kann man das ja verstehen, nicht wahr?« Sie betrachtete wohlgefällig ihre Beine.

Morris räusperte sich. »Miss – äh – ich frage mich –« begann er stockend.

»Marshall ist mein Name«, sagte sie. »Aber Sie können mich ruhig Kim nennen. Warum sollen wir einander nicht als Freunde betrachten?« Die Worte waren leichthin gesprochen, doch Morris glaubte, eine versteckte Drohung herauszuhören.

»Miss Marshall«, versuchte er es vorsichtig. »Ich habe nicht allzuviel Zeit.«

Kim Marshall beobachtete ihn unter halbgeschlossenen Lidern hervor. »Ist das wahr, Honey?«

»Ja, das ist wahr«, sagte Morris mit etwas mehr Nachdruck. »Ich bin ein vielbeschäftigter Mann, und um halb elf habe ich eine andere Verabredung. Deshalb würde ich es sehr begrüßen, wenn –«

»Immer mit der Ruhe, Herzchen«, fiel ihm Kim ins Wort. »Entspannen Sie sich – nehmen Sie sich Zeit!« Sie nippte genußvoll an ihrem Drink. »Haben Sie die Show gesehen?«

»Nein«, erwiderte Morris.

»Das sollten Sie aber«, sagte Kim. Ihr Tonfall deutete an, daß Morris kaum gelebt haben konnte, bevor er Mitglied des *Finale* wurde. »Kommen Sie doch mal nachmittags. Das ist die beste Zeit. Es wird Ihnen Spaß machen.«

»Ich bin kein großer Theaterfreund«, sagte Morris frostig.

Kim lachte – ein unbeschwertes, fröhliches Lachen. »Sie belieben zu scherzen«, sagte sie. »Dies ist kein Theater, Herzchen. Sie würden sich hier wie zu Hause fühlen – an manchen Nachmittagen ist es wie bei einer Vorstandssitzung oder so etwas Ähnlichem – lauter Wirtschaftskapitäne.«

Morris verharrte schweigend. Kim warf ihm einen prüfenden Blick zu und sagte: »Nun, vielleicht sind Sie nicht sehr interessiert an echter Kunst, aber ich habe hier etwas, von dem ich annehme, daß es Ihr Interesse finden wird.« Sie erhob sich und begab sich in eine Ecke des Raumes. Als sie zurückkehrte, hielt sie ein Tonbandgerät in der Hand.

»Feine Sache, so etwas«, bemerkte Kim. Sie stellte das Gerät auf den Frisiertisch und mixte sich einen neuen Drink. »Aber vermutlich haben Sie viel bessere und größere in Ihrem fabelhaften Büro, nicht wahr?«

Morris rutschte ungeduldig auf seinem Stuhl hin und her. »Sie erwähnten etwas von einem Brief«, murmelte er.

Kim nickte. »Ganz recht«, sagte sie. Sie setzte sich wieder hin, faltete ihre Hände über der roten Blume und musterte ihn mit herausfordernder Frivolität.

»Um was für einen Brief handelt es sich denn?« fragte Morris.

Kim zog die Augenbrauen hoch. »Das wissen Sie nicht?»

»Nein«, sagte Morris gedehnt. »Nein, das weiß ich nicht.«

Kim streifte achtlos die Zigarettenasche auf den schäbigen Teppich, der den Zementfußboden bedeckte. »Warum sind Sie dann überhaupt gekommen?«

Morris zuckte mit den Achseln. »Ich war neugierig.«

Kim warf ihren Kopf in den Nacken und lachte. Offensichtlich hielt sie die drei Worte für den Witz des Tages. »Neugierig?« prustete sie. »Sie reden daher wie einer von unseren Stammkunden.«

»Ich verstehe nicht, was Sie damit sagen wollen.«

Morris senkte den Blick und sagte: »War Fay Collins eine Freundin von Ihnen?«

»Das war sie allerdings«, bestätigte Kim mit Nachdruck. »Eine sehr gute Freundin.« Sie zwinkerte mit den Augen. »Waren Sie auch mit ihr befreundet, Herzchen?«

»Nein«, sagte Morris.

Kim blickte in den Spiegel und unterzog ihre linke Augenbraue einer eingehenden Untersuchung. »Warum haben Sie dann mit ihr telefoniert – und ihr einen Brief geschrieben? Ein liebes, kleines Briefchen ...?«

Morris erhob sich halb von seinem Stuhl und setzte sich wieder. »Woher wissen Sie, daß ich mit ihr telefoniert habe?«

Kim lächelte. Können Katzen lächeln? Fast schien es so. »Jedenfalls haben Sie mit ihr telefoniert, oder etwa nicht?«

»Also gut, ich habe sie angerufen«, sagte Morris irritiert. »Aber nur einmal – von einer öffentlichen Telefonzelle aus.«

»Einmal war genug«, meinte Kim beziehungsvoll.

»Wie meinen Sie das?«

Sie bedachte ihn mit einem durchdringenden, starren Blick. Dann setzte sie das Tonbandgerät in Betrieb. »Hören Sie sich das an, Honey.«

»Was ist das?« fragte Morris besorgt.

»Warten Sie nur ab.«

Aus dem Gerät drangen merkwürdige Geräusche. Es hörte sich an, als betätigte jemand die Wählscheibe eines Fernsprechers. Münzen fielen in einen Metallbehälter.

Er hörte eine Frauenstimme, unwirklich, wie aus weiter Ferne. »Hallo?«

Dann vernahm er seine eigene Stimme, angespannt und eindringlich. »Fay? Hier ist Terry . . .«

Die Stimme des Mädchens klang plötzlich erregt. »Was gibt es? Was willst du von mir?«

»Hast du meinen Brief erhalten?«

»Ja, ich habe ihn bekommen – und ich habe mich nicht gerade darüber gefreut. Drohbriefe gehören nicht zu meiner Lieblingslektüre, Terry.«

Morris klammerte sich an seinen Stuhl, als er seine eigene Stimme wieder hörte. Es war, als wollte er verhindern, daß er aufsprang und davonlief.

»Also – was schlägst du vor?«

Eine kleine Pause entstand. Dann erklang wieder Fays Stimme. »Können wir uns nicht treffen und die Angelegenheit besprechen?«

»Wenn du glaubst, dadurch etwas zu erreichen – warum nicht?«

»Das glaube ich, Terry. Können wir an einem Tag im Laufe der nächsten Woche zusammentreffen?«

»Gut. Mir soll es recht sein«, sagte Morris mit ruhiger Stimme. »Wann und wo?«

Morris blickte zu Kim hinüber, doch die schien vollauf damit beschäftigt zu sein, ihre Augenbrauen nachzuziehen.

Die Stimme der toten Fay Collins fuhr fort: »Also gut. Wir treffen uns nächsten Mittwoch in Littleshaw.« Sie sprach nun in geschäftsmäßigem Tonfall, ohne jede Erregung. »Ich werde um neun Uhr an der Ecke Layton Avenue und High Street auf dich warten . . .«

Morris hörte sich sagen: »Ich werde kommen, Fay.« Danach das Klicken des Hörers, der aufgelegt wurde. Kim drückte auf eine Taste, und das Tonbandgerät schwieg. »Was halten Sie davon?« fragte sie erwartungsvoll.

Morris antwortete nicht. Kim fuhr fort: »Dies ist nicht das einzige Band – es existiert noch ein anderes. Es ist noch deutlicher als dieses.« Sie sprach, als unterhielte sie sich über das Wetter.

Hector steckte seinen Kopf zur Tür herein. Er musterte Morris mit neugierigem Blick und sagte. »Drei Minuten, Kim.«

»Okay, Hector«, rief Kim vergnügt. Sie stand auf und streckte sich, wodurch ihre vollendeten Formen voll zur Geltung kamen.

Morris starrte auf den Teppich. »Haben Sie den Brief?« fragte er.

»Nein«, sagte Kim gleichgültig. »Aber ich kann ihn beschaffen.«

Morris sah sie an. »Wieviel?«

»Ihr Interesse scheint tatsächlich erwacht zu sein, was?« spöttelte Kim. Sie bückte sich, um die Nähte ihrer Strümpfe zurechtzuziehen, und ging auf die Tür zu. Über die Schulter hinweg sagte sie: »Ich werde mich mit Ihnen in Verbindung setzen, Herzchen.«

Die Tür fiel leise hinter ihr ins Schloß, und Morris blieb allein zurück, den Blick unverwandt auf das Tonband gerichtet.

Yates saß an seinem Schreibtisch und las ein Protokoll, als Wachtmeister Kent hereinkam. Yates blickte auf. »Ist Mr. Matthews eingetroffen?« fragte er.

»Nein, Sir«, erwiderte Kent. »Aber Mr. Goodman wünscht mit Ihnen zu sprechen.«

»Goodman? Hat er gesagt, was er will?«

»Nein, Sir. Er meinte nur, es wäre dringend.«

»Ist gut, Kent. Er soll hereinkommen.«

Bevor Kent aus dem Zimmer ging, drehte er sich noch einmal um. »Oh, Inspektor«, sagte er schwerfällig. »Da ist etwas, worüber Sie Bescheid wissen sollten.«

»So?«

»Meine Frau und ich, wir waren gestern abend im *Fox and Goose.*«

»Ja?«

»Mr. Collins war auch dort. Er hielt große Reden an sein Volk und beschimpfte die Polizei und Sie im besonderen, Sir. Er sagte, der Mörder seiner Schwester würde immer noch frei herumlaufen, und die Polizei würde auf ihren Bürosesseln hocken und keinen Finger krümmen.«

»Hoffentlich haben Sie ihm die Augen geöffnet«, bemerkte Yates, den die Sache nicht weiter anzufechten schien.

Kent zögerte. »Äh – nein, Sir – das habe ich nicht, Sir. Er hatte tüchtig einen sitzen, und meine Frau wollte nicht, daß ich mich einmische. Dadurch würde nur unnötig Staub aufgewirbelt, sagte sie.«

Yates nickte zustimmend. »Ganz recht, Kent. Wir haben so schon genug Schwierigkeiten mit den Leuten. Und nun schicken Sie mir Goodman herein, ja?«

Alistair Goodman rauschte herein, die Leutseligkeit in Person. »Guten Morgen, Sir«, begrüßte Yates den wohlhabenden Farmer. »Nehmen Sie Platz.«

»Morgen, Inspektor«, sagte Goodman herzlich. »Entschuldigen Sie die Störung. Ein elendes Sauwetter, nicht wahr?«

»Ja, es ist nicht gerade schön«, pflichtete Yates ihm bei.

Goodman ließ sich schnaufend auf dem Besucherstuhl nieder. Seine Reithosen, die Schaftstiefel und die knappsitzende Lodenjoppe standen ihm wie eine Uniform zu Gesicht.

»Was kann ich für Sie tun, Mr. Goodman?« fragte Yates.

»Ich habe ein paar Neuigkeiten für Sie, Inspektor. Natürlich weiß ich nicht, ob es wichtig ist, aber ich dachte, Sie sollten es trotzdem wissen. Heute morgen hatte einer meiner Leute – ein Bursche namens Kelsey – etwas auf dem Viertacker zu erledigen. Das ist der Acker, wo Fay Collins . . .«

Yates nickte. »Ich weiß.«

»Kurz und gut, ich hatte Kelsey gesagt, er solle die vordere Hälfte des Feldes umpflügen. Ist'n verdammt hartes Stück Arbeit bei dem schlechten Wetter, und der Boden ist noch steinhart gefroren. Na, was sage ich, hat der alte Trottel doch das Paraffin zu Hause vergessen – der würde seinen Hintern vergessen, wenn er nicht angeschraubt wäre – und muß zur Farm zurücklaufen. Kelsey kommt ein bißchen in die Jahre, wissen Sie, aber wenn er will, kann er den jungen Burschen immer noch was vormachen –«

»Würden Sie bitte zur Sache kommen, Sir?« murmelte Yates geduldig.

»Aber ja. Natürlich! Also, um es kurz zu machen –«

»Sie brauchen sich nicht kurz zu fassen, Sir. Schildern Sie mir die Dinge, auf die es ankommt, in allen Einzelheiten.« Die Geduld des Inspektors schien merklich nachzulassen.

Goodman ließ seine große, mit Sommersprossen bedeckte Hand in der schrägen Seitentasche seiner Jacke verschwinden. »Also, um es kurz zu machen – ich wollte sagen, der alte Kelsey fand dieses Ding hier in der Nähe des Grabens, in dem die Handtasche gefunden wurde.« Er brachte ein Feuerzeug zum Vorschein und gab es Yates.

Das kleine Gerät sah sehr kostspielig aus. Allem Anschein nach war es aus purem Gold. Auf einer Seite war ein Regimentswappen eingraviert. Yates untersuchte es sorgfältig und deutete schließlich auf das Wappen. »In Militärdingen bin ich nicht sehr bewandert. Waren Sie Soldat während des Krieges?«

»Das kann man wohl sagen!« erwiderte Goodman erfreut. »Ich

war bei der Infanterie, wissen Sie? Den ganzen Afrika-Feldzug und später Italien habe ich mitgemacht. Unmittelbar nach der Invasion –«

Wenn ich ihn reden lasse, dachte Yates, erfahr ich während der nächsten drei Stunden alles über seine Erlebnisse. »Dieses Wappen hier, Mr. Goodman«, fiel er dem Gutsbesitzer ins Wort, »können Sie mir sagen, zu welchem Regiment es gehört?«

Goodman betrachtete es für eine Weile. »Lassen Sie sehen ... hm ... früher habe ich sie alle gekannt ... Green Howards? Nein, die nicht ... Ah, jetzt hab' ich's! Das Wappen gehört zum alten Middlesex Regiment, war 'ne verdammt gute Truppe, das. In Afrika hatten wir einen von ihnen bei uns in der Kompanie –«

»Wissen Sie genau, daß es sich um das Middlesex Regiment handelt?« fragte Yates.

»Wie bitte? Oh, ja – ganz sicher. Das waren Kerle. Ich erinnere mich –«

»Vielen Dank, Mr. Goodman«, sagte Yates ruhig.

Jeffreys kam herein. Als er Goodman sah, blieb er überrascht stehen. »Verzeihung, Sir«, sagte er, an Yates gewandt. »Ich dachte, Sie wären alleine.«

»Sie können bleiben«, sagte Yates erleichtert. »Mr. Goodman wollte gerade gehen.«

Goodman zog sich jovial grüßend zurück, und Jeffreys blickte ihm mit gerunzelter Stirn nach. »Ich möchte wissen, was Marian Hastings an dem Kerl findet. Erstens ist er ein Schwätzer, und zweitens ist er um Jahre älter als sie.«

»Und sitzt auf einem Topf voller Gold«, ergänzte Yates.

»Ist er wirklich so vermögend?«

»Nun, auf alle Fälle wird ihm das nachgesagt. Die Kingsbury Farm gehört ihm, und außerdem besitzt er drei- oder vierhundert Morgen Land auf der anderen Seite der Stadt. Marian Hastings wird schon wissen, was sie an dem alten Quasselkopf hat.« Er zeigte dem Sergeant das Feuerzeug. »Das hat Goodman gebracht. Einer seiner Leute hat es gefunden.«

Jeffreys nahm das Feuerzeug an sich und betrachtete es. »Wo?«

»Auf dem Acker, ganz in der Nähe von der Stelle, wo die Handtasche gefunden wurde.«

Jeffreys kniff die Augen zusammen. »Dieses Ding hier kann keinem anderen als Clifton Morris gehören. Allerdings hat er behauptet, es hätte in dem Mantel gesteckt, der ihm gestohlen wurde.«

»Richtig«, sagte Yates. »Die Sache mit dem gestohlenen Mantel ist natürlich höchst seltsam.« Er nahm Jeffreys das Feuerzeug aus der Hand und legte es auf den Schreibtisch.

»Was hat es heute morgen gegeben? Haben Sie mit dem jungen Mann aus dem Geschäft gesprochen?«

»Ja, ich habe mich eine halbe Stunde lang mit ihm unterhalten. Er heißt Ripley.«

»Und?«

Jeffreys zog das Halstuch aus seiner Manteltasche und hängte es über die Stuhllehne. »Er kann sich daran erinnern, dieses Halstuch oder ein ähnliches an Fay Collins verkauft zu haben.«

»Wann?«

»Vor mehreren Wochen – einige Tage vor dem Mord. Das stimmt mit dem Wortlaut des Telegramms überein, nicht wahr?«

»Das könnte sein«, meinte Yates.

»Also haben wir ihn!« sagte Jeffreys triumphierend. »Wenn wir beweisen können, daß Morris das Telegramm abgesandt hat –«

Yates hob seine Hand. »Einen Augenblick! Nicht so eilig . . . dieser Ripley wird doch eine ganze Menge von diesen Halstüchern verkauft haben. Wieso erinnert er sich ausgerechnet an Fay Collins?«

»Ich habe ihm eine Fotografie von ihr gezeigt.«

»Und er hat sie wiedererkannt?«

»Mit Bestimmtheit«, antwortete Jeffreys. »Aber auch ohne das Bild konnte er sich recht gut an sie erinnern. Wie es scheint, konnte Fay Collins sich nicht dazu entschließen, welches Halstuch sie nehmen sollte. Sie setzte dem Verkäufer auseinander, daß es für einen Freund von ihr bestimmt war, der sehr vermögend und sehr eigensinnig in der Wahl seiner Kleidungsstücke sei. Ripley sagte, sie hätte sich mehrmals anders besonnen. Einmal wollte sie einen Morgenmantel, dann wieder ein Paar Hausschuhe, einen Pyjama, einen Pullover und ein Sporthemd. Es hat nicht viel gefehlt, und sie wäre mit einer Smokingjacke abgezogen.«

»Eine Smokingjacke, heh?« meinte Yates nachdenklich.

»Ja«, knurrte Jeffreys. »Ich wollte, ich hätte 'ne Freundin wie die.«

»Vielleicht blüht Ihnen auch noch einmal das Glück«, lächelte Yates. Er nahm das Halstuch und verschloß es in seiner Schreibtischschublade. »Ich habe Ihnen zu danken, Jeff«, sagte er. »Sie haben einen großen Fang gemacht.«

Jeffreys schien ein wenig verdattert ob des unerwarteten Lobes. Letzten Endes hatte es sich doch lediglich um eine Routinearbeit gehandelt. In diesem Augenblick betrat Reverend Matthews das Büro.

»Guten Morgen, Sir«, sagte Yates liebenswürdig. Er nickte Jeffreys zu. »Wir sehen uns später.«

Jeffreys ging, und Yates bot seinem Besucher einen Stuhl an.

»Sie müssen ein vielbeschäftigter Mann sein, Inspektor,« meinte Matthews.

»Ja«, sagte Yates. »Das kann man wohl behaupten.«

»Was meine Neugierde nicht gerade verringert«, sagte Matthews. »Ich frage mich, was Sie wohl bewogen haben mag, mich hierherzubitten.«

»Dafür habe ich einen sehr triftigen Grund«, erklärte Yates. Er blickte dem Geistlichen fest in die Augen. »Mr. Matthews, wenn ich richtig informiert bin, sind Sie mit einem Manne namens Clifton Morris bekannt oder befreundet.«

»Terry Morris?« fragte Matthews verwundert. »Den kenne ich allerdings. Recht gut sogar.«

»Sein Name ist Clifton, Sir, und nicht Terry.«

Matthews lächelte. »Ich weiß. Aber ich finde, Eltern, die ihre Kinder mit solchen Namen behaftet auf die Menschheit loslassen, sind sehr engherzig. Sie machen sich keinen Begriff davon, mit welch ausgefallenen Namen die Eltern manchmal bei mir erscheinen, um ihre Kinder taufen zu lassen –«

»Wir sprachen über Clifton Morris«, bemerkte Yates lächelnd.

»Ah, ja, natürlich. Nun, vermutlich läßt er sich lieber Terry nennen statt Clifton, und daraus kann man ihm wohl keinen Vorwurf machen. Ob seine Verwandten ihn auch Terry nennen, weiß ich nicht. In Cambridge wurde er nur Terry genannt, und ich nehme an, das ist bis auf den heutigen Tag so geblieben.«

»Sind Sie näher befreundet mit ihm?« fragte Yates.

Der Vikar überlegte einen Augenblick. »Nein, das würde ich nicht sagen. Er ist ein Mann, der mir sympathisch ist und den ich bewundere.«

»Warum bewundern Sie ihn, Sir?«

»Na ja, er hat sich sehr gut herausgemacht, müssen Sie wissen. Er ist, was man landläufig Selfmademan nennt. In Cambridge war er alles andere, nur kein erfolgreicher Student. Zugegeben, er bestand irgendein Examen, aber auch nur mit knapper Not. Dann kam der Krieg. Terry mußte einrücken, aber ich zweifle daran, daß seine Teilnahme an den militärischen Aktionen unserer glorreichen Armee in irgendeiner Weise zum Endsieg beigetragen hat.«

»Was wollen Sie damit sagen, Sir?« fragte Yates.

Matthews lächelte. »Ich glaube, er hat alles darangesetzt, einen gewissen Clifton Morris unbeschadet für die harten Friedenszeiten zu erhalten.«

Yates nickte. »Wie ging es nach dem Krieg weiter?«

»Im Jahre 1946 gelang es Terry, einen von diesen Textilmillionären zu überreden, einer ganz neuartigen Zeitschrift finanzielle Rückendeckung zu gewähren. Einige Fachleute hielten das für reine Geldverschwendung, aber Terry hatte einige ausgezeichnete Ideen aus Paris importiert, und er verstand es glänzend, die allgemeine Sucht nach Luxus und Eleganz, die den Kriegsjahren folgte, finanziell auszuschlachten. Innerhalb von zwei Jahren hatte er ein zweites, ihm allein gehörendes Modejournal lanciert, und heute dürfte er sich zu den besonders wohlhabenden Kreisen unseres Landes zählen.«

»Wann haben Sie zum erstenmal seine Bekanntschaft gemacht?« fragte Yates.

Matthews überlegte einen Augenblick. »Das muß 1938 gewesen sein. Ich kannte seinen Bruder recht gut – Wrenson . . .«

»Wrenson?«

»Ja; komischer Name, nicht wahr? Die Eltern der Morris-Kinder hatten wirklich einen ausgefallenen Geschmack: Clifton und Wrenson!« Matthews hob unversehens den Kopf und blickte den Inspektor durchdringend an. »Warum sind Sie eigentlich so interessiert an Terry?«

»Im Vertrauen, Sir«, sagte Yates leise. »Wir haben gewisse Informationen, die darauf schließen lassen, daß Morris etwas mit dem Mord an Fay Collins zu schaffen hatte.«

Matthews machte ein erschrockenes Gesicht. »Aber das ist doch absurd, Inspektor!« protestierte er. »Sie irren sich ganz bestimmt!«

Yates schüttelte seinen Kopf. »Das glaube ich nicht, Sir. Wir vermuten, daß er in der Mordnacht mit Fay Collins zusammengetroffen ist.«

»Was sagt Terry denn dazu? Haben Sie bereits mit ihm darüber gesprochen?«

»Er behauptet, in der fraglichen Nacht einer Filmvorstellung in London beigewohnt zu haben. Als Zeugin dafür hat er eine gewisse Diana Winston benannt.«

»Und hat sie seine Angaben bestätigt?«

»Bisher noch nicht – leider.«

»Aber wie sind Sie denn überhaupt auf Terry gekommen?« fragte Matthews, der seinen Ohren nicht trauen wollte.

»Miss Hastings hat uns auf ihn aufmerksam gemacht«, erklärte

Yates. »Vor einigen Tagen entdeckte sie auf einem Zeitungsbild einen Mann, der ihrer Meinung nach identisch war mit der Person, die sie in der Mordnacht zusammen mit Fay Collins gesehen hat.«

»Ich verstehe«, sagte der Vikar, der sich anscheinend große Sorgen um seinen Freund machte.

»Selbstverständlich hat sie uns den Mann gleich nach ihrer Rückkehr von der Europa-Reise beschrieben«, fuhr der Inspektor fort, »aber damit konnten wir leider nicht viel –«

»Sagten Sie – Europa-Reise?« unterbrach Matthews den Inspektor.

»Das sagte ich«, erwiderte Yates.

Matthews schien verwundert. »Wann hat sich Miss Hastings denn auf dem Kontinent aufgehalten?«

»Am Morgen nach dem Mord ist sie nach Genf geflogen«, antwortete Yates.

Der Vikar zog ein verblüfftes Gesicht. »Ich fürchte, ich kann Ihnen da nicht ganz folgen, Inspektor. Ich war der Ansicht, der Mord an Fay Collins wurde in der Nacht vom 7. auf den 8. Januar begangen?«

»Sie haben recht«, bestätigte Yates. »Mittwoch, den 7. Januar.«

»Und wann ist sie aus Genf zurückgekommen?«

»Noch am gleichen Tage, als sie aus der Zeitung von dem Mord an Fay Collins erfuhr. Ich glaube, das war eine Woche später, am 12. oder 13. Januar.«

Matthews schüttelte verwundert seinen Kopf. »Aber das ist sonderbar, sehr sonderbar ...«

»Was ist sonderbar, Sir?« fragte Yates. Er stand auf und ging um den Schreibtisch herum.

Matthews sagte langsam: »Miss Hastings war Freitag morgen in London, Freitag, den 9. Januar. Ich habe sie in der Regent Street in ein Taxi steigen sehen.«

»Hat Miss Hastings Sie ebenfalls gesehen?«

»Nein.«

»Und Sie sind fest davon überzeugt, daß es Miss Hastings war, die in das Taxi stieg?«

»Felsenfest«, versicherte Matthews mit Nachdruck.

»Und das Datum wissen Sie auch mit Bestimmtheit?«

Wieder nickte Matthews. »Ganz sicher. Es war am 9. Januar.«

Yates bedachte den Vikar mit einem zweifelnden Blick. Matthews befingerte nervös seinen Pastorenkragen. »Inspektor«, sagte er. »Ich versichere Ihnen, daß ich diese Sache mit Miss Hastings nicht erfunden habe. Ich bleibe dabei, Marian Hastings in London am 9. Januar gesehen zu haben. Sie glauben mir doch, oder?«

»Ja, Mr. Matthews«, sagte Yates mit leiser Stimme, so leise, als spräche er zu sich selber. »Ich glaube Ihnen . . .«

5

Die Blicke der beiden Männer begegneten einander über der hellgelben Flamme des Feuerzeugs, als Clifton Morris dem Inspektor Feuer gab für dessen Zigarette. Weder der eine noch der andere wollte irgend etwas zum Ausdruck bringen mit seinem Blick. Morris wog das Feuerzeug in seiner rechten Hand, bevor er es in der Tasche verschwinden ließ. »Ich kann Ihnen gar nicht sagen, wie dankbar ich bin für die Wiederbeschaffung des Feuerzeugs«, meinte er. »Mein Kommandeur hat es mir während des Krieges geschenkt, und der Verlust dieses Erinnerungsstückes hätte mich schmerzlich berührt.«

Sie saßen einander in der Wohnung des Modeverlegers gegenüber, und die Zeiger der Wanduhr gaben die Zeit mit sechs Uhr dreißig an. Morris trug einen eleganten Abendanzug und äußerste Gelassenheit zur Schau. Yates fragte sich, was geschehen müßte, um diesen Mann aus dem Gleichgewicht zu bringen.

»Falls es Sie interessieren sollte, Sir«, sagte Yates. »Dieses Feuerzeug wurde auf einem Acker in Littleshaw gefunden.« Das, dachte der Inspektor, sollte ihn zumindest ein wenig nachdenklich stimmen.

Aber Morris reagierte lediglich mit höflicher Verwunderung. »In Littleshaw?«

»Ja«, sagte Yates. Er wartete einen Augenblick, bevor er weitersprach. »Etwa zwanzig Meter von der Stelle entfernt, an der Fay Collins ermordert wurde.«

Morris saß sekundenlang bewegungslos auf dem Sofa. Dann nahm er das Feuerzeug aus der Tasche und betrachtete es. »Und jetzt glauben Sie, ich hätte gelogen, nicht wahr?« fragte er. »Sie haben sich die Ansicht zu eigen gemacht, ich könnte das Ding nur zu dem Zeitpunkt verloren haben, als Fay Collins erdrosselt wurde.«

»Ist das der Fall?« fragte Yates.

Morris schüttelte seinen Kopf. »Tut mir leid, Inspektor. Die Antwort lautet *nein.*«

Yates beugte sich ein wenig vor. »Mr. Morris, erinnern Sie sich an das Halstuch, das ich Ihnen gestern gezeigt habe?«

»Natürlich«, sagte Morris achselzuckend. »So etwas vergißt man doch nicht.«

»Angenommen, dieses Halstuch gehört Ihnen nicht – dann besitzen Sie sicherlich eines, das dem Tuch, das ich Ihnen zeigte, aufs Haar gleicht, nicht wahr?«

»Ja, das habe ich. Es hat sich noch nicht wieder eingefunden.«

»Wo haben Sie es gekauft, Sir?«

Morris überlegte sekundenlang. »In einem Geschäft in der Bond Street. Briggs & Howland heißt der Laden, wenn ich mich recht besinne.«

»Wann?« fragte Yates.

»Oh, das wird vor einem Jahr gewesen sein«, erwiderte Morris leichthin.

»Ich habe sogar zwei von diesen Tüchern gekauft.«

»Zwei?«

»Ja. Das eine, das mir abhanden gekommen ist, und ein anderes, weißes.« Er wies auf ein Seidentuch, das über der Rückenlehne des Sofas ausgebreitet lag.

»Dort liegt es. Eines für den Tag, eines für den Abend.«

»Aha«, sagte Yates. »Miss Collins hat ebenfalls ein Halstuch bei Briggs & Howland gekauft« – er ließ seine Finger über den Seidenschal gleiten – »nicht weiß wie dieses, sondern bunt.«

»Und?« sagte Morris. Seine Stimme klang uninteressiert.

Yates zog ein Telegramm aus der Tasche. »Sie schickte das Halstuch ihrem Freund, und der bedankte sich dafür mit diesem Telegramm. Wollen Sie wissen, was darin stand?«

»Sagen Sie es mir«, schlug Morris vor und lächelte spöttisch.

Yates las: »Vielen Dank für das Halstuch. Gruß Terry.« Er verstaute das Telegramm wieder in seiner Rocktasche. »Der Inhalt scheint Sie nicht sehr zu überraschen, Sir«, bemerkte er. »Soll das heißen, daß Sie es abgesandt haben?«

»Selbstverständlich nicht«, sagte Morris. »Und zwar aus gutem Grunde.«

»Der wäre?«

Morris unterdrückte ein Gähnen. »Sie hat mir das Halstuch nicht geschickt.«

»Ich verstehe«, sagte Yates ruhig. »Ich danke Ihnen von ganzem Herzen, Sir.«

Morris zog seine Augenbrauen in die Höhe. »Zumindest habe ich versucht, Ihnen behilflich zu sein, Inspektor.«

»Übrigens, Sir«, sagte Yates. »Kennen Sie zufällig ein Restaurant *Le La . . .* Jetzt habe ich den Namen vergessen. Jedenfalls war es irgend etwas Französisches.«

»*Le Lavencher«,* kam ihm Morris zu Hilfe. »Ich gehe oft dorthin. Ist ein sehr nettes Lokal.«

»Miss Collins schien der gleichen Ansicht zu sein. Sie verkehrte auch dort.«

Morris war nicht zu schlagen. »Eine ganze Anzahl von Leuten besucht das *Le Lavencher* regelmäßig, Inspektor. Es ist sehr beliebt.«

»Das glaube ich«, murmelte Yates. »Äh – würden Sie den Namen des Restaurants bitte noch einmal wiederholen?«

»*Le Lavencher.«* Morris sprach das französische Wort akzentfrei.

»Würden Sie die Güte haben, es für mich aufzuschreiben, Sir?« fragte Yates. »Französisch war noch nie mein Fall.« Er reichte Morris einen Kugelschreiber und einen Umschlag.

Morris blickte Yates durchdringend an. Dann schrieb er den Namen auf den Umschlag und gab ihn zurück.

»Vielen Dank«, sagte Yates.

Morris erhob sich von dem Sofa und stand in der Mitte des Raumes mit auf dem Rücken verschränkten Händen. »Inspektor«, sagte er freundlich. »Sie haben mir während der letzten vierundzwanzig Stunden eine Unmenge von Fragen gestellt. Darf ich zur Abwechslung mal eine Frage an Sie richten?«

»Aber selbstverständlich«, sagte Yates. »Nur zu!«

»Warum haben Sie mich noch nicht verhaftet?« wollte Morris wissen. »Sie sind doch zweifellos der Ansicht, daß ich und kein anderer Fay Collins ermordete. Mit den Beweisen, die Sie in der Hand halten, könnten Sie doch jederzeit einen Haftbefehl gegen mich erwirken.«

Yates lächelte vielsagend. »Vor zwölf Monaten war ich zum Scotland Yard abgestellt«, sagte er. »Eines Tages ließ ich mir aufgrund einiger Indizien, die ich in der Hand hielt, und gegen meine innere Überzeugung einen Haftbefehl ausstellen. Das war ein Fehler, und nun erfreue ich mich wieder der frischen Landluft in Littleshaw. Mir gefällt es dort ganz gut, und deshalb möchte ich, wenn es irgend geht, nicht noch einen Fehler dieser Art begehen. Ist Ihre Frage damit beantwortet, Mr. Morris?«

»Ja«, sagte Morris frostig.

»Dann werde ich mich verabschieden«, sagte Yates vergnügt. »Schon gut, Sir. Ich finde den Weg allein.« In der Tür drehte er sich noch einmal um. »Ich nehme doch an, daß Sie das Mädchen noch nicht gefunden haben, oder?«

»Mädchen?« fragte Morris verwundert. »Welches Mädchen meinen Sie denn?«

»Das Mädchen aus dem Kino. Diana – wie war ihr Name doch gleich?«

»Oh, Sie sprechen von Diana Winston«, sagte Morris. »Nein, ich fürchte, die Dame habe ich noch nicht auftreiben können. Hält sich gut versteckt, das Mädchen.«

»Ich würde an Ihrer Stelle alles daransetzen, um sie aufzuspüren«, sagte Yates und zog geräuschlos die Tür hinter sich ins Schloß.

Morris wartete, bis Yates das Gebäude verlassen hatte. Dann warf er einen Blick auf seine Uhr und schlüpfte in seinen Mantel. Als er sich zum Gehen wandte, klingelte das Telefon.

»Hier ist Norman«, meldete sich der Anrufer. »Ich habe mich mit den Steuerberatern in Verbindung gesetzt. Die Berechnungen und Angaben, die Sie angefordert haben, sind bereits unterwegs. Morgen früh mit der ersten Post können Sie damit rechnen.«

»Danke, Norman«, sagte Morris.

»Da ist noch etwas, Sir«, fuhr Thackerey fort. »Es handelt sich um das Mädchen, von dem Sie sprachen – Diana Winston.«

»Was ist mit ihr?«

»Bedauerlicherweise ist mir da ein Fehler unterlaufen, Sir«, sagte Thackerey. »Sie hält sich gar nicht mehr in Paris auf. Flaubert hat sie bereits vor über einem Jahr an die Luft gesetzt.«

»Und wo befindet sich diese Dame jetzt?«

»Sie ist wieder in London und arbeitet als freie Journalistin.«

Morris sagte schnell: »Rufen Sie die Winston sofort an und vereinbaren Sie ein Zusammentreffen mit ihr –«

»Das ist bereits geschehen«, unterbrach Thackerey seinen Chef. »Sie wird morgen nachmittag in Ihrem Büro vorsprechen.«

»Gut«, sagte Morris. »Sowie sie sich blicken läßt, rufen Sie eine Taxe und schicken die Dame zu mir in die Wohnung. Ist das klar?«

»Wenn sie pünktlich ist, können Sie um viertel nach drei mit ihrem Eintreffen rechnen«, sagte Thackerey.

Morris' angespannte Gesichtszüge glätteten sich, und er begann zu lächeln. Es sah ganz so aus, als würde zu guter Letzt doch noch alles nach Wunsch verlaufen. »Vielen Dank, Norman«, sagte er.

Kriminalinspektor Yates war ein wenig verbittert. Zur Abwechslung, so dachte er, könnte einer der mit dem Mordfall in Verbindung gebrachten Leute ruhig einmal die Wahrheit sagen, oder zumindest ein einziges Mal nicht versuchen, sich hinter billigen Ausflüchten zu verstecken und die Polizei an der Nase herumzuführen. Marian Hastings machte jedenfalls keinerlei Anstalten, diesem Wunsch zu entsprechen.

Sie saß ihm gegenüber in seinem Büro, tadellos frisiert und nach der neuesten Mode gekleidet. Sie war sich ihrer selbst sicher, hoheitsvoll, verächtlich auf ihre Umgebung herabblickend und keinesfalls bereit, dem geplagten Inspektor bei der Aufklärung des Mordfalles irgendwelche Hilfestellung zu gewähren.

Yates beglückwünschte sich im stillen zu der Tatsache, daß er nicht Alistair Goodman hieß, und sagte geduldig: »Sie haben meine Frage nun immer noch nicht beantwortet, Miss Hastings.«

»Das hat seinen guten Grund«, sagte sie spitz. »Ich habe sie nämlich nicht begriffen.«

»Aber das kann doch nicht so schwer sein«, stöhnte Yates. »Ich will nichts weiter von Ihnen, als daß Sie mir ausführlich darüber Rechenschaft ablegen, wo Sie sich in der Zeit vom 7. bis zum 13. Januar, also in der Mordnacht aufhielten. Miss Hastings, wo waren Sie am 8. Januar?«

»Das habe ich Ihnen doch bereits mitgeteilt«, sagte Marian. »Ich bin nach Genf gereist und von dort aus mit dem Wagen nach Chamonix weitergefahren. Warum allerdings diese Tatsache für irgend jemanden von Interesse sein soll, ist mir völlig schleierhaft.«

»Wo haben Sie in Chamonix gewohnt?« fragte Yates.

»In einem Hotel, das den Namen *La Petite Bohème* trägt«, antwortete Marian.

Yates verewigte den Namen in seinem Notizbuch. »Danke sehr, Miss Hastings.«

»Es befindet sich in der Avenue de Gaulle, da Sie sich ja so sehr dafür interessieren.«

Yates verkniff sich eine bissige Bemerkung und lächelte stattdessen. »Vielen Dank, Miss Hastings. Jetzt wollen wir die Termine zur Sicherheit noch einmal durchgehen, damit ein Irrtum ausgeschlossen ist. Also – Sie verließen Littleshaw am Abend des 7. Januar, einem Mittwoch. Sie übernachteten in London und flogen dann am nächsten Morgen – Donnerstag, dem 8. Januar . . .«

Marian Hastings lächelte hoheitsvoll. »Das ist ein Irrtum«, flötete sie.

»Das ist was?«

Sie schüttelte indigniert ihren wohlfrisierten Kopf. »Ich bin zwar Donnerstag morgen nach Genf abgereist, aber ich bin nicht geflogen. Ich benutzte den Zug.«

»Aber wenn ich mich recht erinnere«, sagte Yates, »so haben Sie mir bei Ihrem ersten Besuch erklärt, Sie wären geflogen.«

»Das ist völlig ausgeschlossen. Ich habe den Zug genommen. Ich verabscheue Flugzeuge, und wenn ich es irgend einrichten kann, dann reise ich mit der Bahn.« Sie bedachte Yates mit einem herausfordernden Blick.

Yates gestattete sich die Andeutung eines Seufzers. »Soso. Und dann sind Sie also Freitag, am 9. Januar, in Genf eingetroffen.«

Sie nickte. »Das stimmt. Eine Freundin von mir nahm mich auf dem Bahnhof in Empfang, und wir fuhren mit dem Wagen nach Chamonix. Dort sind wir gegen vier Uhr nachmittags eingetroffen.«

Yates klappte sein Notizbuch zu und stand auf. Er setzte sich auf eine Ecke seines Schreibtisches und kreuzte die Arme über der Brust. »Miss Hastings«, sagte er. »Was würden Sie dazu sagen, wenn ich Ihnen erklärte, daß Sie von einem Freund von mir am Morgen des 9. Januars in London gesehen wurden?«

Marian schüttelte energisch ihren Kopf. »Ich würde sagen, daß Ihr Freund entweder einen über den Durst getrunken oder sich vom Augenarzt eine Brille verschreiben lassen sollte, vielleicht sogar beides.« Sie erhob sich und rückte ihre Nerzstola zurecht. »Sie können leicht herausfinden, ob ich die Wahrheit gesagt habe. Sie brauchen sich ja nur mit dem Hotel in Verbindung zu setzen.«

»Ich danke Ihnen, Miss Hastings«, sagte Yates liebenswürdig.

»Jedenfalls«, fuhr sie fort, »ist es mir nach wie vor unbegreiflich, warum Sie wissen wollen, wo ich mich am Freitag, dem 9. oder 10. oder welcher Tag es auch immer gewesen sein mag ...«

»Es war der 9.«, sagte Yates freundlich.

Ihr Blick war eine offene Kriegserklärung. »Also gut, dann war es der 9. Und was ist, wenn ich an diesem Tag in London gewesen bin?«

»In dem Fall«, sagte Yates, »hätten Sie aus den Zeitungen noch an dem betreffenden Morgen von dem Mord erfahren.«

»Und?«

»Sie haben sich bei mir jedoch erst sechs Tage nach dem Mord eingefunden.« Er sprach in leicht vorwurfsvollem Tonfall. »In dem Fall würde ich wissen wollen, warum Sie sechs Tage lang gewartet haben.«

»Jetzt verstehe ich, was Sie meinen.« Sie entledigte sich des Problems mit arrogantem Achselzucken. »Nun, Sie wissen ja, was sich in Wirklichkeit zugetragen hat. Ich war in der Schweiz und wußte nichts von der ganzen Affäre.«

»Natürlich«, beeilte sich Yates ihr beizupflichten.

Marian Hastings öffnete ihren geschminkten Mund, um etwas zu sagen, besann sich jedoch eines besseren und schwieg. Jeffreys betrat das Büro mit einem langen Umschlag in der Hand. »Verzeihung, Sir«, sagte er. »Dies hier ist gerade eben eingetroffen.«

»Danke«, sagte Yates. Er bedachte Marian mit einem entwaffnenden Lächeln.

»Miss Hastings wollte gerade gehen, Sergeant.« Sie funkelte erst Yates und dann Jeffreys an und rauschte majestätisch zum Zimmer hinaus.

Jeffreys schloß die Tür hinter ihr. »Nun, was haben Sie erreicht?« fragte er.

»Was würden Sie erreichen bei einer Frau wie der?« entgegnete Yates.

»Hm.« Jeffreys überlegte einen Augenblick. »Wenn ich genügend Zeit hätte, würde ich ...«

»Ich kann mir schon denken, was Sie würden«, sagte Yates und wurde plötzlich geschäftig. »Rufen Sie sofort Scotland Yard an. Die sollen sich mit dem *Petite-Bohème*-Hotel in Chamonix in Verbindung setzen und anfragen, ob Marian Hastings sich dort aufgehalten hat und wann. Wenn sie keine befriedigende Antwort erhalten können, sollen sie bei der Paßkontrolle Erkundigungen einziehen. Wenn diese junge Dame denkt, ich ließe mir von ihr einen Wollstrumpf über den Kopf ziehen, dann soll sie sich getäuscht haben. Wissen Sie, was Sie zu tun haben?«

Jeffreys nickte. »Jawohl.«

Yates schlitzte den Umschlag auf und entnahm ihm ein einzelnes Blatt Papier. »Allmählich kommen wir vorwärts«, sagte er und tippte mit dem Finger auf den Bogen. »Die Handschrift unseres Freundes Clifton Morris ist mit derjenigen verglichen worden, die uns Edward Collins gebracht hat – die von dem Glückwunsch, der dem Armband beilag. Clifton Morris hat die Karte geschrieben.«

»Das überrascht mich nicht weiter«, meinte Jeffreys.

»Mich auch nicht«, sagte Yates. Er legte den Bogen in eines der Schreibtischfächer und streckte sich. »Ich verschwinde jetzt. Heute möchte ich endlich einmal wieder zu Hause mittagessen – ewig diese belegten Brote und der lauwarme Tee, das kann der gesündeste Magen auf die Dauer nicht aushalten. Wir sehen uns heute nachmittag.«

»Nur noch eine Frage, Inspektor«, sagte Jeffreys.

»Ja?«

»Was ist mit Marian Hastings? Hat sie die Wahrheit gesagt?«

Yates schüttelte seinen Kopf. »Das möchte ich bezweifeln, Jeff. Ich setze mein Geld auf den Vikar. Aber bei diesem verschrobenen Fall weiß man wirklich nicht mehr, wem man glauben soll und wem nicht.«

»Aber was mag sie nur in London getrieben haben?« fragte Jeffreys. Yates schwieg und warf dem Sergeanten lediglich einen bedeutsamen Blick zu. Jeffreys grinste. »Ich kapiere. Sie vermuten, das alte Mädchen hat einen kleinen Freund in London und setzt ihrem Alistair Goodman Hörner auf, was?«

»Stellen Sie sich vor. An so etwas Ähnliches habe ich tatsächlich gedacht«, lächelte Yates. »Wir werden doch noch einen brauchbaren Kriminalbeamten aus Ihnen machen, Sergeant . . .«

Die Szene genügte, um jeden noch so abgebrühten Kriminalbeamten alle seine unaufgeklärten Fälle vorübergehend vergessen zu lassen. Ein Mädchen lag auf einem Anhänger, der auf einem Acker abgestellt worden war. Man hatte sie mit einigem Geschick so gebettet, daß sie die gleiche Stellung einnahm wie Fay Collins, als man sie ermordet auffand. Ein Bein hatte sie ein wenig angezogen, und ihr rechter Arm lag in einem seltsamen Winkel ausgestreckt. Sogar den Rock hatte man so weit hochgeschoben, daß dem Kenner die vollendete Form des Beines nicht verborgen bleiben konnte.

John Hopedean hockte auf einem winzigen Klappstuhl und brachte die Szene zu Papier. Er arbeitete mit hastigen Bewegungen. Von Zeit zu Zeit legte er eine Pause ein, lehnte sich zurück und betrachtete kritisch prüfend sein Werk. Als Yates aus dem Polizeiwagen herauskletterte, ließ der Künstler sich keinesfalls stören. So sah er auch nicht, wie der Inspektor das Gatter öffnete und ein Stück weit auf den Acker hinausging.

Yates schlenderte auf den Anhänger zu und studierte die schreckeinflößende Pose des Mädchens mit einigem Interesse. Danach trat er hinter den Stuhl des Kunstmalers. »Guten Tag, Sir«, murmelte er. »Was geht denn hier vor?«

Beim Klang der unbekannten Männerstimme richtete sich das Mädchen auf und zog ihren Rock zurecht. Hopedean skizzierte die Busenlinie des Mädchens zu Ende, betrachtete die Angelegenheit mit zusammengekniffenen Augen und blickte auf. »Hallo, Inspektor«, sagte er. Nicht ohne Stolz wies er auf sein halbfertiges Machwerk. »Dieses hier ist fürs Sonntagsblatt bestimmt. Zugegeben, es ist nicht sehr geschmackvoll, aber man muß ja sehen, daß man sich auf irgendeine Art die Wurst in die Suppe verdient.«

»Aber es ist doch sehr gut gelungen«, sagte Yates anerkennend. Er deutete auf das Mädchen auf dem Anhänger. »Ist das nicht die Kleine aus dem Zigarettenladen?«

»Das ist sie«, erwiderte Hopedean. »Maggie White. Sie möchte sich als Modell Geld verdienen.«

»Nun, da würde ich ihr eine große Zukunft voraussagen«, meinte Yates fachmännisch und betrachtete das Bild mit kritisch angewinkeltem Kopf.

»Vermutlich gibt es über den Fall selbst noch keine Neuigkeiten zu berichten, nicht wahr, Inspektor?« fragte Hopedean nach einer kurzen Pause.

»Leider nicht«, sagte Yates. »Sie haben doch hoffentlich nicht noch mehr von diesen anonymen Briefen erhalten, Sir?«

»Nein, Gott sei's gedankt. Übrigens bin ich gestern abend zufällig mit Edward Collins zusammengetroffen.«

»So?«

»Ich war gestern abend mit meiner Frau in dem Lokal *The Bear* in Belton«, fuhr Hopedean fort. »Edward saß in der Bar, und wie es den Anschein hatte, nicht erst seit fünf Minuten. Dem Vernehmen nach soll er in der letzten Zeit sehr viel trinken.«

Yates nickte. »Ich weiß.«

»Er ließ seiner Meinung freien Lauf, und das nicht gerade auf sehr diskrete Weise«, sagte Hopedean.

»Wer war denn die Zielscheibe seiner Indiskretionen?« wollte Yates wissen.

»Ich fürchte, Sie, Inspektor. Er schimpfte, Sie würden überhaupt nichts unternehmen, um den Mord an seiner Schwester aufzuklären. Sie säßen von morgens bis abends auf Ihrem – äh – Bürostuhl und rührten sich nicht von der Stelle. Natürlich drückte er sich weniger gewählt aus.«

»Was Sie nicht sagen«, murmelte Yates.

»Er befindet sich in einem fürchterlichen Zustand«, fuhr Hopedean fort. »Eigentlich ist es ein Jammer, daß man nichts für ihn tun kann. Im Grunde seines Herzens ist er ein feiner Bursche. Ich wollte, ich könnte ihm helfen.«

»Nun, vielleicht können Sie das«, sagte Yates trocken. Er deutete auf das halbfertige Bild. »Das dort sollte ein wenig zu seiner seelischen Gesundung beitragen.«

Yates wandte sich ab und ging zum Wagen zurück. Hopedean, der nichts mit der letzten Bemerkung des Inspektors anzufangen wußte, blickte ihm verwundert nach. Dann machte er sich an die Vollendung seines Kunstwerkes. »Vorwärts, Maggie«, rief er. »Wir wollen sehen, daß wir weiterkommen.«

Maggie White ließ gehorsam den Rocksaum um einige Zentimeter nach oben rutschen und streckte sich wieder auf dem Anhänger aus ...

Clifton Morris saß in lässiger Haltung auf dem Sofa in seinem Wohnzimmer und betrachtete sein attraktives Gegenüber mit Kennermiene. Diana Winston war schlank, dunkelhaarig und genau das, was man landläufig eine Schönheit nennt. Ihr glänzend schwarzes Haar und ihr weißes Gesicht verliehen ihr ein fast madonnenhaftes Aussehen, doch war sie in Wirklichkeit ganz und gar keine Madonna, sondern eine ausgekochte, junge Journalistin mit einem beträchtlichen Spürsinn für gute Stories.

Sie saß fast ein wenig herausfordernd auf ihrem Stuhl und erwiderte gelassen den prüfenden Blick ihres Gastgebers.

Er schob ihr ein silbernes Zigarettenetui zu und ließ sein Feuerzeug aufflammen. Lächelnd sagte er: »Vermutlich werden Sie sich fragen, was diese ganze Angelegenheit eigentlich bedeuten soll.«

Diana Winston sog genüßlich den Rauch in ihre Lungen. Sie erwiderte sein Lächeln und antwortete nach kurzer Pause: »Zugegeben, Mr. Thackereys Anruf hat mich ein wenig überrascht. Noch erstaunter freilich war ich, als er mich in ein Taxi verfrachtete und hierher zu Ihnen entführte.«

»Und warum waren Sie überrascht?« fragte Morris.

»Norman Thackerey hat nicht viel übrig für mich, Mr. Morris, und noch viel weniger für meine Arbeiten.«

»Aber, aber«, sagte Morris geschmeidig. »Soviel ich weiß, hat er eine sehr hohe Meinung von Ihnen.«

»Wenn das der Fall ist, versteht er ausgezeichnet, diese seine Meinung geheimzuhalten.«

Morris zuckte mit den Achseln. »So ist das Leben nun einmal, nicht wahr? Um ehrlich zu sein, ich stimme mit Norman auch nicht immer überein, vor allen Dingen, was seine Ansichten über freischaffende Journalisten betrifft. Ich persönlich schätze Ihre Arbeiten sehr hoch ein – dieser Artikel über Monte Carlo war ganz ausgezeichnet.«

»Vielen Dank. Ich wollte, ich hätte ihn geschrieben.«

»Das ist doch sonderbar. Ich hätte schwören können, er stammt aus Ihrer Feder.«

Sie schüttelte ihren Kopf.

»Was kann es denn sein, woran ich denke?«

Sie lächelte. »Das möchte ich auch wissen, Mr. Morris.«

Morris ließ seine Finger zusammenschnappen. »Aber natürlich, wie dumm von mir! Die französische Riviera war es ja gar nicht. Sie haben für mich einen Artikel über die italienische Riviera geschrieben, nicht wahr?«

»Richtig.«

»Das war etwa vor vier Jahren . . .«

Diana Winston nickte. »Stimmt auch.«

»Es war sehr gut«, sagte Morris herzlich. »Ein ausgezeichneter Artikel, wirklich.«

Diana Winston zog die Stirn in Falten. »Ich bin erstaunt, daß Sie sich überhaupt an die Story erinnern. Ich meinerseits erinnere mich lediglich an den hübschen Scheck, den ich dafür bekommen habe.«

»Ich pflege ordentliche Arbeit gut zu bezahlen«, sagte Morris. »Und weil Ihr Artikel sehr gut war, habe ich ihn auch nicht vergessen. Offengestanden haben wir mit dem Gedanken gespielt, Sie eine ganze Serie von Artikeln für uns schreiben zu lassen. Leider war irgend jemand – ich weiß nicht mehr wer – dagegen, und deshalb wurde nichts daraus.«

»Norman Thackerey war dagegen, nicht wahr?« erkundigte sich Diana.

Morris sagte: »Ich kann mich nicht mehr darauf besinnen, wer es war.«

»Na ja, das ist letzten Endes einerlei«, meinte Diana Winston. »Und was verschafft mir jetzt die Ehre Ihres Interesses?«

»Ich habe Sie nicht hergebeten, um mit Ihnen über Ihre Vergangenheit zu sprechen«, sagte Morris. »Ich möchte Ihnen vielmehr einen sehr konkreten Vorschlag unterbreiten. Sicherlich werden Sie mein Angebot verlockend finden.«

»Erzählen Sie mir mehr darüber«, forderte sie ihn auf.

Morris wirkte bei weitem nicht mehr so selbstsicher wie zuvor. Ihm war inzwischen klar geworden, daß diese wenig kompromißbereite junge Frau ihm so gut wie keine Gelegenheit geben würde, sich und seine Absichten in ein gutes Licht zu setzen. Sie war nach wie vor äußerst wachsam und ließ deutlich genug durchblicken, daß sie mehr hinter diesem Zusammentreffen vermutete als bloßes Interesse an ihrer Arbeit. Er sagte ein wenig schwerfällig: »Nun, zunächst einmal – äh – habe ich Ihnen überhaupt schon einen Drink angeboten?«

»Nein«, erklärte Diana Winston. »Das haben Sie nicht.«

»Darf ich Ihnen etwas mixen?«

»Ja. Dry Martini – so trocken wie möglich.«

Morris machte sich an dem Getränkeschrank zu schaffen. Er füllte Gin und Wermut in ein Glas und fügte Eis hinzu. Während er die Flüssigkeit umrührte, fragte er über die Schulter hinweg: »Was haben Sie in den letzten Jahren getrieben?«

»Eine Zeitlang war ich in Paris für ein Modejournal tätig.«

Morris schenkte sich selber einen Whisky ein und reichte der jungen Frau das Glas mit dem Martini.

»Skoal!« sagte er lächelnd. Diana nippte an ihrem Drink und sah Morris über den Rand ihres Glases hinweg an.

»Warum sind Sie dort fortgegangen?« fragte Morris.

»Der Verleger und Diana Winston waren verschiedener Meinung«, sagte sie fröhlich.

Morris mußte lächeln. »So etwas soll vorkommen«, sagte er.

»Ganz besonders in Paris«, fügte Diana Winston hinzu.

Morris betrachtete nachdenklich die goldbraune Flüssigkeit in seinem Glas und ließ die Eisstückchen zusammenklirren. »Miss Winston«, sagte er schließlich. »Vermutlich werden Sie meine Frage als recht außergewöhnlich empfinden.«

»Versuchen Sie's«, lud sie ihn ein. »Mir ist in meinem bewegten Leben schon eine Menge außergewöhnlicher Fragen gestellt worden.«

»Können Sie sich daran erinnern, wo Sie sich am 7. Januar dieses Jahres aufgehalten haben und was Sie an diesem Tage gemacht haben?«

Diana Winston schien nicht sonderlich überrascht. Sie griff in ihre Handtasche und entnahm ihr ein kleines Tagebuch. Sie sagte: »Einige Leute halten die Angewohnheit, ein Tagebuch zu führen, für außerordentlich gefährlich, Mr. Morris.«

»Das kommt auf den Inhalt an«, meinte Morris.

Sie blätterte einen Augenblick in den Seiten herum, bevor sie sagte: »Hier haben wir's. Vormittags war ich beim Friseur. Was ich nachmittags und abends getrieben habe, geht aus meinen Aufzeichnungen nicht hervor.« Sie warf Morris einen fragenden Blick zu. »Das ist in der Tat eine sonderbare Frage. Warum wollen Sie das denn wissen?«

»Ich stecke in einer etwas kniffligen Situation«, sagte Morris vorsichtig. »In diesem Zusammenhang möchte ich Sie um einen Gefallen bitten. Die ganze Angelegenheit ist mir natürlich furchtbar unangenehm.«

»Früher habe ich einmal für irgendeine Illustrierte die Rubrik *Einsame Herzen* gemacht«, spöttelte Diana. »Schreiben Sie an Tante

Di und vermerken Sie unter der Adresse ›persönlich!‹.«

»Außerdem habe ich Ihnen, wie bereits zuvor erwähnt, einen interessanten Vorschlag zu unterbreiten«, fuhr Morris fort.

»Ein Gefallen und ein Vorschlag«, sagte sie. »Das hört sich nicht übel an. Hängt das eine von dem anderen ab?«

»Nein.«

»Sind Sie sich dessen auch ganz sicher?« Sie schien überrascht.

»Ganz sicher.«

»Da muß es sich aber um einen einmaligen Vorschlag handeln«, sagte sie.

»Das klingt sehr zynisch.«

»Kann schon sein. Nun lassen Sie erst einmal Ihren Vorschlag hören.«

Das kann heiter werden, dachte Morris. Die weiß alle Antworten im voraus und läßt sich so leicht nicht aufs Glatteis führen. Laut sagte er: »Ich trage mich mit dem Gedanken, noch ein weiteres Modejournal auf die Beine zu stellen. Die Firma Romano in Italien will die Sache mit mir gemeinsam machen, wobei die Grundidee ist, die Zeitschrift gleichzeitig in Italien und in England herauszubringen.«

Sie nickte. »Das hört sich gut an. Erzählen sie mir mehr darüber.«

»Das könnte eine gesunde Sache werden«, fuhr Morris fort. »Aber natürlich ist auch ein erhebliches Risiko damit verbunden.«

»Auf alle Fälle nicht zu riskant für Sie, was?«

Morris lächelte. »Das nehme ich nicht an. Nun würde ich Sie gerne für sechs Monate nach Rom schicken, nach außen hin zu dem Zweck, einige Artikel für uns zu schreiben. In Wirklichkeit sollen Sie die Romano-Leute kennenlernen – deren ganze Arbeitsweise, ihre Möglichkeiten und ihre Stabilität. Nach Ablauf des halben Jahres sollen Sie mir einen detaillierten Bericht über diese Firma liefern.«

Diana Winston nahm einen kleinen Schluck von ihrem Martini. »Wie kommen Sie darauf, daß ich so etwas könnte?«

»Sind Sie nicht dazu in der Lage?«

»Doch, ich glaube schon«, erwiderte sie. »Außer mit Norman Thackerey komme ich mit allen Leuten sehr gut zurecht, und ich spreche auch ganz ordentlich Italienisch. Im Herumschnüffeln bin ich auch nicht die Schlechteste.«

»Also sind Sie interessiert?« fragte Morris.

»Das bin ich«, erwiderte Diana.

»Also abgemacht. Dreihundert Pfund im Monat und Spesen. Wie hört sich das an?«

»Nicht schlecht. Ich denke, damit haben wir die Sache mit dem Angebot hinter uns gebracht, nicht wahr? Wie steht es nun mit dem Gefallen?«

Morris drückte seinen Zigarettenstummel aus. »In der Nacht zum 8. Januar wurde ein Mädchen namens Fay Collins ermordet, und zwar nicht sehr weit von London, in Littleshaw. Unsinnigerweise neigt die Polizei zu der Ansicht, ich könnte den Mord begangen haben.«

»Und haben Sie ihn begangen?« Die Frage klang wie eine völlig nebensächliche Bemerkung, aber der Gesichtsausdruck des Mädchens verriet, wie sehr sie auf der Hut war.

Morris schüttelte energisch seinen Kopf. »Nein, das habe ich nicht. Ich habe Fay Collins nicht einmal gekannt. An dem betreffenden Abend war ich im Kino – in dem Theater in der Curzon Street. Bedauerlicherweise bin ich allein dorthin gegangen.«

»Keine Zeugen, heh?«

»Ich habe der Polizei gegenüber behauptet, daß ich beim Verlassen des Kinos von einer bekannten Person gesehen wurde. Ich weiß nicht, ob man mir glaubt oder nicht, aber auf alle Fälle würde ein Zeuge meiner Geschichte bedeutend mehr Rückhalt verleihen.«

»Das ist verständlich«, sagte Diana Winston. »Und nun wollen Sie also, daß ich Ihnen das begehrte Alibi verschaffe, oder?«

»Das ist es, worum ich Sie bitten wollte.«

»Ich soll der Polizei erzählen, ich hätte Sie aus dem Kino kommen sehen?«

»Ja.«

Diana Winston verhalf sich zu einer Zigarette aus dem silbernen Etui. Als Morris sich zu ihr hinüberneigte, um ihr Feuer zu geben, sagte sie: »Und das ist alles?«

»Ja«, sagte Morris. »Das ist alles.«

»Und wenn ich Ihr Alibi auffliegen lasse?«

»Was meinen Sie damit?« fragte Morris in scharfem Tonfall.

»Sie werden schon wissen, was ich meine, Mr. Morris. Wenn ich sage, ich hätte Sie im Kino gesehen, bekomme ich den Job in Italien. Falls nicht –«

»So ist das ganz und gar nicht«, ereiferte sich Morris. »Wie ich Ihnen bereits sagte, haben die beiden Dinge nichts miteinander zu schaffen.«

Diana Winston nickte, scheinbar zufriedengestellt. »Sind Sie wirklich in das Kino gegangen?« fragte sie.

»Ja.«

»Wie hieß der Film?«

»Die Kraniche fliegen südwärts.«

»Hat er Ihnen gefallen?«

»Sehr.«

Diana lachte unversehens. Es war ein fröhliches, sorgloses Lachen, das den ganzen Raum heller erscheinen ließ. Mit einem atemlosen Schluck trank sie den Rest ihres Martinis aus. »Mir hat der Film auch sehr gut gefallen, Mr. Morris«, sagte sie.

Morris atmete erleichtert auf. »Ich danke Ihnen«, sagte er leise. »Und nun gibt es noch verschiedene Dinge zu besprechen, die Ihre Italienreise betreffen. Ich würde vorschlagen, Sie kommen morgen früh in mein Büro, oder« – er hielt einen Augenblick inne und sah sie fragend an – »oder vielleicht würden Sie vorziehen, Freitagabend mit mir zu soupieren und bei der Gelegenheit alle weiteren Fragen mit mir zu diskutieren – ich stelle das ganz in Ihr Ermessen.«

Diana Winston erhob sich mit unnachahmlicher Grazie von ihrem Stuhl. »Pranzianno assienel, Signor Morris«, sagte sie.

Morris lächelte ein wenig hilflos. »Was soll denn das heißen?«

Sie trat einen Schritt auf ihn zu, und der angenehm dezente Duft ihres Parfüms stieg ihm in die Nase. »Auf alle Fälle heißt es nicht, daß ich morgen früh in Ihr Büro kommen werde . . .«

Sergeant Jeffreys war mit sich allein im Dienstzimmer. Yates war unterwegs, und er hatte seinen Untergebenen nicht darüber informiert, warum und wohin er unterwegs war. Er hatte Jeffreys lediglich angewiesen, am Telefon sitzen zu bleiben und darauf aufzupassen, daß sich der Hörer nicht selbständig machte. Das war um halb zwei gewesen. Der Apparat hatte sich immer noch nicht gerührt, obwohl es inzwischen vier Uhr geworden war.

Jeffreys legte seine Füße auf den Schreibtisch, steckte sich eine Zigarette an und breitete die Abendzeitung aus. Als erstes nahm er zur Kenntnis, daß ein Pferd, auf das er noch vor einer Woche zehn Schilling gesetzt und verloren hatte, gestern als Sieger durchs Ziel gelaufen war. Die Wettquote war zwanzig zu eins. Jeffreys stieß einen Fluch aus, der so verboten war, daß er ihn nicht einmal sich selber wiederholen konnte, und widmete seine Aufmerksamkeit den Schlagzeilen auf der Titelseite.

Allem Anschein nach hatte die Presse jegliches Interesse an dem Mord an Fay Collins verloren. Lediglich ein paar Zeilen unterhalb des Wettberichtes waren dem Fall gewidmet. Die Schlagzeilen befaßten sich mit dem bedeutendsten Ereignis seit Jahrzehnten, nämlich dem Befahren des Nordpols vermittels eines Unterseebootes, das sich unter das Eis gewagt hatte. An zweiter Stelle rangierte die Lebensgeschichte eines arbeitslosen Metallarbeiters, der den höchsten Fußballtotogewinn aller Zeiten einstreichen konnte. Wie ungerecht die Welt doch war!

Das Telefon klingelte. Jeffreys meldete sich. Die Stimme am anderen Ende der Leitung gehörte unverkennbar Clifton Morris. »Kann ich mit Inspektor Yates sprechen, bitte?« fragte Morris.

»Er ist leider nicht in seinem Büro«, sagte Jeffreys. »Kann ich irgend etwas für Sie tun – hier spricht Sergeant Jeffreys?«

»Ja«, sagte Morris. »Vielleicht haben Sie die Güte, Inspektor Yates zu bestellen, daß ich Miss Winston endlich ausfindig machen konnte. Sie wartet auf seinen Besuch. Ihre Adresse ist Chelsea, Rylands Close 14.«

Jeffreys notierte hastig Straße und Hausnummer und sagte: »Ich habe es aufgeschrieben, Sir. Ich werde ihm Bescheid geben.«

Morris hängte auf. Jeffreys legte den Hörer langsam und nachdenklich auf die Gabel zurück. Er fragte sich, warum Morris sich wohl so selbstzufrieden gegeben hatte.

6

Clifton Morris überflog den Wortlaut des Telegrammes noch einmal, bevor er es zusammenknüllte und den Flammen übergab. Der Text war kurz gehalten und nicht mißzuverstehen. ›Erwarte Sie heute abend, Schätzchen. Kim.‹ Morris nahm Hut und Mantel und verließ sein Appartement. Als er auf die Straße hinaustrat, blickte er etliche Male um sich, um sicher zu gehen, daß ihm niemand folgte.

Das *Finale* machte den gleichen schauderhaften Eindruck auf Morris wie bei seinem ersten Besuch. Er betrat das Klublokal durch einen Seiteneingang und fand sich sogleich in einem Schwarm von jungen Damen wieder, die außer hohen, schwarzen Zylinderhüten nur sehr wenig anhatten. Jede einzelne von ihnen musterte ihn mit unverhohlenem Interesse.

Hector wälzte seinen Fleischkloß von einem Körper den Gang entlang auf Morris zu. Er schenkte den Mädchen so wenig Beachtung, als wären sie in unförmige Säcke gekleidet. Er rief Morris zu: »Wollen Sie Kim besuchen?«

»Ja«, erwiderte Morris.

»Hier entlang, Bruderherz«, sagte Hector und zwinkerte vertraulich mit den Augen.

Hector öffnete die Tür zu Kims Umkleideraum ohne zu klopfen und steckte seinen Kopf durch den Spalt. Morris konnte die Stimme der jungen Dame hören, und was er vernahm, klang nicht gerade ermutigend. »Was, zum Teufel, willst du schon wieder? Und warum klopfst du nicht an?«

Hector kümmerte sich nicht um den Protest und schob Morris in den Raum hinein. »Du hast 'nen Besucher«, sagte er lakonisch.

»Das sehe ich«, sagte Kim. Sie war respektierlicher gekleidet als bei Morris' erstem Besuch. Morris mußte sich eingestehen, daß sie in dem grünen Kostüm nicht nur äußerst attraktiv, sondern sogar elegant aussah.

Hector lümmelte sich immer noch an der Tür herum. »Na, warum verschwindest du nicht?« rief Kim. »Heute abend gibt es nichts zu sehen.«

Hector grinste. »Monty sagt, er will die Reihenfolge ab morgen ändern. Du mußt dann nach der Montmartre-Szene auftreten.«

»Du kannst Monty bestellen, er soll sich zum Teufel scheren«, sagte Kim übelgelaunt. »Und nun mach, daß du fortkommst!«

Der bullige Rausschmeißer griente und verschwand. Kim wandte sich ihrem Gast zu. »Haben Sie heute abend die Show gesehen?«

»Nein«, erwiderte Morris.

Kim deutete mit dem Kopf die Richtung zur Bühne an. »Was für ein Publikum! Und wenn ich mir die Haut vom Leibe ziehen würde, dieses Volk würde immer noch auf den Händen sitzen. Setzen Sie sich. Ich bringe Ihnen einen Drink.«

»Miss Marshall, ich habe nicht allzuviel Zeit«, mahnte Morris.

»Nun hören Sie doch endlich damit auf, mich Miss Marshall zu nennen«, sagte Kim. Sie stemmte die Hände in die Hüften und neigte sich vornüber. Die sich ihm bietenden Aussichten wirkten irgendwie beunruhigend auf sein Nervensystem. »Haben Sie immer noch Ameisen in den Hosen?« fragte sie mit heiserer Stimme. »Was ist denn mit mir – habe ich die Pest?« Sie füllte ein großes Glas fast bis zum Rand mit Gin, fügte einen Tropfen Sodawasser hinzu und reichte Morris das Getränk. »Hier, führen Sie sich das zu Gemüte.«

»Nein, vielen Dank«, sagte Morris hölzern.

»Ach, nun tauen Sie doch endlich auf!« sagte Kim ungeduldig. Sie trank selber aus dem Glas.

»Ich habe Ihr Telegramm erhalten«, meinte Morris vorsichtig.

»Das glaube ich Ihnen aufs Wort«, sagte Kim. »Sonst wären Sie nicht gekommen.« Sie ließ sich in einen Sessel sinken. Der Rocksaum ihres hautengen Kleides verlagerte sich aufwärts und gab den Blick frei auf den weitaus größten Teil ihrer formvollendeten Beine. »Also, Mr. Eiszapfen. Ich kann Ihnen einen Vorschlag unterbreiten. Ich habe mit meinem Freund gesprochen.«

»Ihrem Freund?«

»Dem Mann, der im Besitz des Briefes ist.«

»Ich war der Ansicht, Sie hätten den Brief«, sagte Morris.

»Aber nein«, erwiderte Kim. »Ich sagte, ich könnte ihn für Sie beschaffen. Sie fragten: ›Wieviel?‹ Erinnern Sie sich?«

Er nickte.

Kim wechselte zur Sitzbank vor ihrem Toilettentisch über. Sie nahm einen Lippenstift und versah ihren Mund mit einer dicken Schicht flammendroter Farbe. In den Spiegel hinein sagte sie mit leiser, jedoch deutlicher Stimme: »Sie werden achtzehntausend Pfund dafür auf den Tisch des Hauses legen müssen.«

Morris starrte einen Augenblick verblüfft auf ihr Spiegelbild und lachte.

»Habe ich Sie achtzehntausend Pfund sagen hören?«

»Wie schön für Sie. Ihr Gehör funktioniert einwandfrei.« Sie beäugte kritisch das Produkt ihrer Malarbeit und begann, sich mit ihrer linken Augenbraue zu beschäftigen.

»Halten Sie mich für übergeschnappt?«

Kim fuhr herum und blickte ihn aus schmalen Augen an. »Sie haben doch den Brief geschrieben, oder nicht?«

»Das habe ich«, sagte Morris.

Sie drehte ihr Gesicht wieder zum Spiegel hin. »Dann sind *Sie* übergeschnappt.«

Morris überlegte einen Augenblick. »Wie soll ich wissen, ob Ihr Freund den Brief wirklich hat? Die Tatsache, daß Sie im Besitze eines Tonbandes mit einem Telefongespräch sind, bedeutet noch lange nicht –«

»Dann sehen Sie sich dieses hier einmal an«, unterbrach Kim ihn. Sie zauberte ein zusammengefaltetes Blatt Papier aus ihrem Ausschnitt hervor. Morris erhob sich und nahm es ihr ab. »Mit herzlichem Gruß von meinem Freund«, sagte sie. »Das ist eine Photokopie. Was halten Sie davon, heh?«

Morris studierte das Dokument mit größter Sorgfalt. »Also gut«, meinte er nach längerer Pause. »Er hat den Brief, und er will achtzehntausend Pfund dafür haben. Und was geschieht, wenn er das Geld nicht bekommt?«

»Dann wird er den Brief der Polizei übergeben, weiter nichts«, sagte Kim. »Die werden einen Freudentanz aufführen.«

»Und ich schwöre, dieses Schreiben niemals verfaßt zu haben.«

»Oh, wie raffiniert!« höhnte Kim. »Ich werde Ihnen etwas sagen, Mr. Großprotz. Sie können so lange schwören, bis ihr Gesicht blau anläuft. Das ist Ihre Handschrift. Der Brief beweist, daß Sie Fay Collins kannten und daß Sie sich mit ihr treffen wollten.«

»Ja, aber aus der Zusammenkunft ist nichts geworden.«

»O doch, daraus ist etwas geworden. Sie haben den Treffpunkt per Telefon vereinbart.« Sie tippte auf das Tonbandgerät. »Mich können Sie nicht für dumm verkaufen.«

»Ich habe die Verabredung nicht eingehalten.«

Kim wandte ihm ihr Gesicht zu. »Wer soll Ihnen das glauben?«

Morris lächelte. »Ich kann es beweisen. Es tut mir leid, Ihren Freund enttäuschen zu müssen, aber ich habe ein Alibi. An dem Abend, an dem Fay Collins ermordet wurde, war ich im Kino. Zu meinem Glück wurde ich dort von jemandem gesehen.«

»Ach, erzählen Sie doch keine faulen Witze«, sagte sie. »Wissen Sie was? Ich glaube Ihnen kein Wort. Bei mir verfangen Ihre Geschäftsmethoden nicht. Mit Leuten wie Ihnen habe ich meine Erfahrungen.«

»Zu schade um Ihre Erfahrungen«, sagte Morris. »Ich habe nämlich die Wahrheit gesagt.«

»Und wenn«, meinte Kim etwas weniger zuversichtlich. »Der Brief ist trotzdem wichtig, selbst wenn Sie ein Alibi haben.«

»Das läßt sich nicht ableugnen«, sagte Morris. »Aber nicht mehr so wichtig wie noch vor kurzem. Ganz gewiß werde ich keine achtzehntausend Pfund dafür bezahlen.«

Kim versuchte es mit einer neuen Taktik. »Nehmen Sie doch Vernunft an, Herzchen«, sagte sie. »Sie sind doch ein vermögender Mann, Sie schwimmen doch im Geld! Was sind schon achtzehntausend Pfund für Sie?«

»Wissen Sie auch, warum ich ein vermögender Mann bin?« fragte Morris zurück.

»Nein; aber ich lasse mir das gerne verraten von Ihnen, Mr. Großprotz. Ein paar Unterrichtsstunden über dieses Thema können nicht schaden.«

»Weil«, sagte Morris mit eisiger Stimme, »Leute wie Sie und Ihr ehrenwerter Freund mich ständig unterschätzen. Sie können ihm bestellen, ich zahle achthundert Pfund und keinen Pfennig mehr, für den Brief und das Tonband.«

Kim schien ihren Ohren nicht zu trauen. »Achthundert?«

Morris nickte. »Sie haben recht gehört. Und ich werde das Angebot nicht allzulange aufrechterhalten.«

Kim schluckte einige Male, bevor sie sagte: »Sie sind total verrückt. Glauben Sie etwa, er wird das akzeptieren?«

Morris zuckte mit den Achseln und griff nach seinem Hut. »Schikken Sie mir wieder ein Telegramm, Schätzchen«, sagte er lächelnd und ging hinaus.

Kim Marshall tat einen sehr unfeinen Ausspruch. Dann nahm sie ihr leeres Glas und schleuderte es gegen die Tür . . .

Clifton Morris kletterte aus dem Taxi, bezahlte den Chauffeur und fuhr mit dem Lift in seine Wohnung hinauf. Er war müde, doch sein Verstand funktionierte einwandfrei. Im großen und ganzen, sagte er sich, brauchte er sich um den weiteren Verlauf der Angelegenheit mit Fay Collins keine erheblichen Sorgen mehr zu machen. Er kam zu dem Schluß, daß er Kim gegenüber genau die richtige Taktik angewandt hatte.

Er fischte seinen Wohnungsschlüssel aus der Tasche und schloß die Tür auf. Verwundert stellte er fest, daß in seinem Wohnzimmer das Licht brannte. Er stieß die angelehnte Tür auf und sah als erstes den Körper einer Frau auf seinem Sofa liegen. Morris erkannte sie sofort. Diana Winston war es. Es bedurfte nicht der Bestätigung durch Inspektor Yates, zweier weiterer Männer in Zivil und eines uniformierten Polizeibeamten, daß die Frau auf dem Sofa tot war . . .

Wie aus weiter Ferne hörte Morris die Stimme von Hauptkommissar Nash. »Sind Sie Clifton Morris?« fragte Nash.

»Ja«, sagte Morris. Er kannte seine eigene Stimme nicht wieder.

Nash wies auf den Leichnam. »Kennen Sie diese Frau?«

Morris trat einen Schritt vor und zwang sich dazu, das Gesicht der Frau anzusehen. »Ich kenne sie«, sagte er gequält. »Ihr Name ist Diana Winston.« Er wandte sich an Yates. »Um Gottes willen, Inspektor – was ist denn geschehen?«

»Hauptkommissar Nash erhielt einen anonymen Anruf«, sagte Yates. »Der Unbekannte teilte mit, daß in dieser Wohnung ein Mädchen umgebracht wurde.«

Morris blickte bestürzt von einem zum anderen. Nash ließ ihn nicht aus den Augen. »Aber das verstehe ich nicht! Wer hat sie hierhergebracht?«

»Die Wohnungstür war nur angelehnt«, erklärte Nash. »Wir kamen herein und fanden die Frau.«

»Ist sie tot?« fragte Morris unnötigerweise.

Der Polizeiarzt ließ sich zum erstenmal vernehmen. »Sie wurde erdrosselt.«

»Aber wie? Ich meine, warum – – –«

Yates steckte eine Hand in seine Manteltasche und brachte ein Halstuch zum Vorschein, das er Morris vor die Nase hielt.

»Sie wurde mit Ihrem Halstuch ermordet, Mr. Morris«, sagte er.

Der uniformierte Sergeant, der eifrig in einer Kartei herumblätterte, musterte Jeffreys ohne großen Enthusiasmus.

»Guten Abend«, grüßte Jeffreys liebenswürdig. »Dem Vernehmen nach soll Inspektor Yates hier sein?«

»Und wer sind Sie?« knurrte der Sergeant bedeutend weniger freundlich.

»Sergeant Jeffreys von der Hertfordshire Country Kriminalpolizei.« Er zeigte dem uniformierten Beamten seinen Ausweis.

»Er ist beim Chef«, sagte der Sergeant. »Ich kann ihn im Augenblick nicht stören.«

»Ich fürchte, das werden Sie doch müssen«, sagte Jeffreys. Er holte sein Notizbuch hervor, kritzelte ein paar Worte auf eine Seite und riß sie heraus. »Bitte geben Sie das dem Chef, ja?« Lächelnd ließ er seinen Blick über die Unordnung auf dem Schreibtisch des Sergeanten gleiten. »Sie machen Überstunden, was?«

»Überstunden?« Der Sergeant lachte schneidend. »Heute ist mein freier Tag. Ihr Zivilisten wißt überhaupt nicht, was Arbeit ist.«

Hauptkommissar Nash saß mit grimmiger Miene an seinem Schreibtisch. Zu seiner Linken saß Yates und ihm gegenüber Clifton Morris. Ein uniformierter Wachtmeister schrieb eilig.

»Ihren Angaben zufolge«, sagte Nash, »befand sich dieses Halstuch in einem Schubfach im Ankleidezimmer?«

Morris nickte. »Das stimmt. Im allgemeinen trage ich es nur zum Abendanzug, aber merkwürdigerweise hätte ich es beinahe heute nachmittag angelegt.« Seine Lippen preßten sich reuevoll aufeinander. »Leider habe ich es mir dann doch anders überlegt.«

»Um wieviel Uhr verließen Sie Ihre Wohnung?« fragte Nash.

»Gegen halb fünf.«

»Das war nach Ihrer Unterredung mit Diana Winston?«

»Ja.«

Nash informierte sich aus dem Notizblock, der vor ihm auf dem Schreibtisch lag. »Im Anschluß an den Besuch Diana Winstons gingen Sie in ihr Büro und hielten sich dort bis sechs Uhr dreißig auf. Danach aßen Sie in Ihrem Klub zu Abend und kehrten gegen acht Uhr fünfundvierzig in Ihr Büro zurück.«

»So ist es«, sagte Morris.

»Und wie lange sind Sie dann in Ihrem Büro geblieben?« wollte Nash wissen.

Morris blickte auf seine Armbanduhr. »Vor einer Stunde bin ich gegangen.«

»Befand sich außer Ihnen noch jemand anders in den Geschäftsräumen? Ihre Sekretärin vielleicht?«

Morris schüttelte seinen Kopf. »Nein; ich hatte sehr viel zu tun und wollte allein sein.«

Nash lehnte sich ein wenig vor. »Also hat Sie kein Mensch gesehen?«

»Im Büro hat mich niemand gesehen«, erwiderte Morris leicht verärgert. »Aber im Klub bin ich von einer ganzen Reihe von Leuten gesehen worden.«

»Das war viel früher«, bemerkte Nash. »Uns interessiert vor allen Dingen, was Sie nach halb zehn getrieben haben.«

»Von halb zehn bis zu dem Zeitpunkt, in dem ich meine Wohnung betrat, saß ich in einem sehr großen Büro an einem sehr großen Schreibtisch und beschäftigte mich mit einer äußerst umfangreichen Spesenabrechnung – nicht der meinigen, möchte ich noch hinzufügen.«

Yates lächelte flüchtig. »Wie man mir mitteilte, haben Sie mich heute nachmittag angerufen, Mr. Morris«, sagte er.

»Das habe ich. Ich wollte Sie mit Miss Winston zusammenbringen. Sie konnte sich darauf besinnen, mich an dem Abend, an dem Fay Collins ermordet wurde, im Kino gesehen zu haben.«

»Ich verstehe«, sagte Yates ruhig.

»Ich kann nur ein Stoßgebet zum Himmel schicken, daß Sie mich tatsächlich verstehen«, entgegnete Morris. »Denn jetzt, nachdem sie tot ist, haben Sie nur mein Wort als Unterpfand dafür, daß ich die Wahrheit gesagt habe.«

»Daran habe ich auch schon gedacht«, meinte Yates unverbindlich.

Der Sergeant kam mit dem Zettel Jeffreys herein. »Ein gewisser Sergeant Jeffreys wartet draußen, Sir. Er hat mir dieses hier für Sie gegeben.«

Yates nahm den Zettel und las, was darauf stand. Dann gab er ihn an Nash weiter. Nash studierte die gekritzelten Worte mit gefurchter Stirne und sah Morris unter buschigen Augenbrauen hervor an. »Es ist gut, Mr. Morris«, sagte er. »Haben Sie vielen Dank. Ich glaube, für den Augenblick wäre das alles. Falls wir Sie brauchen sollten, wissen wir ja, wo wir Sie erreichen können. Auf alle Fälle werden Sie uns über jeden Wohnungswechsel informieren, nicht wahr?«

Morris, dem diese unverhoffte Verabschiedung offensichtlich die Sprache verschlagen hatte, erhob sich von seinem Stuhl, nickte Yates kurz zu und verließ den Raum.

Als Morris gegangen war, sagte Nash zu dem Sergeanten: »Lassen Sie Jeffreys hereinkommen.« Er las noch einmal, was Jeffreys auf den Zettel geschrieben hatte. »Warum um alles in der Welt hat er uns denn nicht gesagt, daß er im *Finale* gewesen ist?«

»Das ist eine gute Frage, Sir«, meinte Yates.

Kaum hatte Jeffreys einen Fuß in das Büro gesetzt, als Nash ihn auch schon fragte: »Wie spät war es, als er aus dem Klub kam?«

»Halb neun, Sir.«

»Und wann hat er sein Büro verlassen?«

»Er hat sich dort bis zehn Uhr aufgehalten, dann hat er eine Taxe genommen und ist zum *Finale* gefahren. Da blieb er bis viertel vor elf.«

Nash kratzte sich nachdenklich sein wuchtiges Kinn. »Und Sie wissen ganz genau, daß er sein Büro nicht vor zehn Uhr verlassen hat?«

»Positiv, Sir.«

»Wo ist sein Büro?«

»In der South Audley Street, einen Block von der Park Lane entfernt.«

»Ist es ein modernes Geschäftshaus?«

»Ja, Sir.«

»Wieviel Eingänge?«

»Zwei, Sir. Aber ich hatte einen Mann vor jeder Tür aufgestellt. Er war überaus vorsichtig. Anscheinend ahnte er, daß wir ihn überwachten.«

Nash nickte. Yates zwinkerte Jeffreys beruhigend zu. Hauptkommissar Nash stand im Ruf, mit seinen Untergebenen nicht eben sanft umzuspringen. Yates wollte seinem Sergeanten andeuten, daß er sich gut aus der Affäre gezogen hatte.

»Vielen Dank, Sergeant«, sagte Nash.

7

Kann man nach hartem, aufreibendem Tagewerk endlich aufatmen und sich der wohlverdienten Erholung widmen, so ist ein steifer Whisky mit Soda genau das richtige, um die müden Lebensgeister etwas aufzufrischen; vor dem Zubettgehen hingegen gibt es wohl kaum einen idealeren Schlaftrunk. Schierer Whisky jedoch, am hellen Mittag und auf nüchternen Magen getrunken, kann nur Unheil zur Folge haben – gewöhnlich nicht nur für den Trinker, sondern auch für den Unglücklichen, der mit ihm in Tuchfühlung gerät.

Edward Collins hatte sich zwischen elf Uhr und zwölf Uhr die größere Hälfte einer ganzen Flasche dieses unheilvoll-heilsamen Getränkes zu Gemüte geführt, welches dadurch nicht gerade an Sanftheit gewonnen hatte. Mit finsterer Miene und einem nahezu leeren Glas in der Hand, saß er Inspektor Yates gegenüber und harrte der Dinge, die da kommen sollten. Sein leicht getrübter Blick fiel auf die fette Überschrift der Zeitung, die auf dem Tisch ausgebreitet lag.

Collins' ausgestreckter Finger deutete auf die Schlagzeile. »Haben Sie das gesehen?« fragte er.

»Ich habe die Zeitung gelesen«, erwiderte Yates gleichgültig.

Collins fegte die Zeitung mit unbeherrschter Geste vom Tisch und stürzte den Rest der Flüssigkeit in einem Zug hinunter. Unverzüglich füllte er wieder nach. »Es ist ein Skandal!« erklärte er. »Ein völliges Versagen der Polizei! Wie viele Beweise brauchen Sie noch, bevor Sie diesen Kerl verhaften? Zwei Menschen hat er bereits umgebracht – vermutlich bedarf es noch einiger weiterer Opfer, damit Sie sich imstande sehen, ihm zumindest einen Strafzettel wegen falschen Parkens ins Haus zu schicken.«

»Diese Ansicht vertreten Sie, Sir«, sagte Yates freundlich.

»Welche Ansicht?«

»Daß er bereits zwei Morde auf dem Gewissen hat.«

»Aber der Fall liegt doch sonnenklar«, rief Collins. »Nur weil es sich um einem Millionär handelt – – –«

»Einen Augenblick, Mr. Collins«, sagte Yates. »Ich bin hergekommen, weil Sie mir eine Mitteilung machen wollten.«

»Ich habe Ihnen eine ganze Menge mitzuteilen«, knurrte Collins. Er nahm einen Schluck aus seinem Glas und holte tief Atem. »In erster Linie möchte ich meiner Unzufriedenheit über die Art und Weise Ausdruck verleihen, mit der Sie den Mord an meiner Schwester aufzuklären gedenken.«

»Das nehme ich zur Kenntnis.«

Collins funkelte ihn wütend an. »Damit dürfte es nicht getan sein. Werden Sie endlich aktiv und verhaften Sie dieses Schwein!«

Yates betrachtete angelegentlich seine Fingernägel. »Und was, würden Sie vorschlagen, sollen wir ihm zum Vorwurf machen, Sir?«

»Kommen Sie mir nicht damit!« erregte sich Collins. »Sie wissen recht gut, was Sie ihm vorwerfen können – den Mord an meiner Schwester! Jedermann weiß, daß er sie umgebracht hat, nur die Polizei tappt im dunkeln! Ist er nicht hier in Littleshaw zusammen mit Fay gesehen worden?«

»Und was wird dadurch bewiesen?«

»Verfügen Sie denn über keinerlei Vorstellungskraft?« explodierte Collins. »Akzeptieren Sie denn nur die Dinge als Tatsache, die Sie mit Ihren eigenen Augen leibhaftig vor sich sehen können? Ich werde Ihnen sagen, was dadurch bewiesen wird.«

»Bitte tun Sie sich keinen Zwang an, Sir.« Yates hatte nichts von seiner Gelassenheit eingebüßt.

»Dadurch wird bewiesen, daß er meine Schwester gekannt hat«, sagte Collins. »Außerdem lieferte er den Beweis dafür, daß er in der Mordnacht ein Stelldichein mit meiner Schwester verabredet hatte.«

»Fahren Sie fort, Sir«, murmelte Yates. »Ich bin ganz Ohr.«

Collins trank zunächst einmal von seinem Whsiky. »Er ist ganz Ohr!« höhnte er. »Nahezu drei Wochen nach dem Mord ist Inspektor Yates ganz Ohr! Das finde ich aber außerordentlich beruhigend, Inspektor.« Ein wenig mühselig erhob er sich von seinem Stuhl und näherte sich Yates. »Nun, was wünschen Sie zu hören, Inspektor? Möchten Sie wissen, was ich fühle, was ich durchgemacht habe, während der vergangenen drei Wochen? Sind Sie interessiert daran« – er tippte sich mit dem Zeigefinger gegen die Stirn – »was hier drinnen vor sich geht?«

»Das können Sie mir glauben, Sir«, sagte Yates mitfühlend.

»Ich habe mir darüber Gedanken gemacht«, sagte Collins mit unnachahmlicher Überheblichkeit, »was für ein hoffnungslos unfähiger Beamter Sie sind.«

Yates gestattete sich die Andeutung eines Lächelns. »Schön, nachdem Sie sich das endlich von der Seele gesprochen haben, fühlen Sie sich hoffentlich besser.«

»Ich verbitte mir Ihren väterlichen Tonfall!« knurrte Collins.

»Falls Sie sich daran erinnern sollten, warum Sie mich hergebeten haben«, sagte Yates vorsichtig, »würde ich Sie mit größtem Vergnügen erneut aufsuchen.« Er bückte sich und hob einen glimmenden Zigarettenstummel vom Teppich auf. Er zerdrückte ihn im Aschbecher, nickte Edward Collins freundlich lächelnd zu und verließ den Raum.

Collins stand leicht schwankend in der Mitte des Zimmers. Mit dumpfem Blick starrte er auf das leere Glas in seiner Hand und füllte es bis zum Rand mit Whisky. Danach trat er an den Telefontisch und nahm den Hörer ab. Er sagte: »Verbinden Sie mich mit Mayfair 18749 . . .«

Eine verhaltene Frauenstimme meldete sich mit den Worten: »New World Verlag!«

»Geben Sie mir Mr. Clifton Morris«, sagte Collins im Befehlston.

»Und wen darf ich melden?« fragte die Stimme.

»Sagen Sie ihm, mein Name ist Edward Collins, und ich wünsche unverzüglich mit ihm zu sprechen«, kommandierte Collins.

»Einen Augenblick, bitte, Mr. Collins«, trillerte die Stimme.

Yates ließ sich Zeit auf dem Rückweg in die Stadt. Gemächlich schlenderte er die Straße entlang und genoß die saubere, frische Landluft. Er hatte zu viele Jahre im Polizeidienst hinter sich, um sich über Vorhaltungen und Beschimpfungen, wie er sie gerade eben zu hören bekommen hatte, sonderlich aufzuregen. Er brachte sogar ein gewisses Maß an Mitgefühl auf für Edward Collins, dessen Verbitterung er durchaus begreiflich fand. Auf den ersten Blick und noch dazu für einen Laien schienen wirklich ausreichende Beweise für eine Verhaftung Clifton Morris' vorzuliegen. Eine ganze Reihe von Indizien sprach eindeutig gegen ihn, aber, verdammt noch einmal, nicht eindeutig genug!

»Hallo, alter Freund!« hörte er einen melodischen Bariton neben sich, und als er den Kopf zur Seite drehte, blickte er in das freundlich lächelnde Gesicht von Reverend Nigel Matthews, der hinter dem Steuer seines kleinen Wagens saß.

»Kann ich Sie irgendwohin mitnehmen?« fragte der Vikar.

»Nun, meiner Leber zu Gefallen wollte ich eigentlich zu Fuß gehen«, sagte Yates. »Wie es der Zufall will, wollte ich mich jedoch sowieso mit Ihnen unterhalten.« Er öffnete die Wagentür und setzte sich neben den Vikar.

»Sind Sie auf dem Weg zur Dienststelle?« fragte Matthews und lockerte die Handbremse.

»Nein, ich bin auf dem Heimweg. Wenn Sie mich an der Ecke Layton Avenue absetzen wollen, bin ich Ihnen sehr dankbar.«

»Mit dem größten Vergnügen«, sagte Matthews.

»Ich komme gerade von Mr. Collins«, bemerkte Yates.

Matthews überholte einen mit Baumstämmen beladenen Lastzug mit größter Vorsicht. »Und wie war das Befinden unseres gemeinsamen Freundes?«

»Oh, er war sehr aggressiv.«

Der Vikar seufzte. »Ich fürchte, er benimmt sich in letzter Zeit allen Leuten gegenüber recht angriffslustig, um mich milde auszudrücken. Ich habe ebenfalls einige recht unangenehme Auftritte mit ihm erlebt. Neuerdings trinkt er sehr viel, wissen sie.«

»Das weiß ich«, sagte Yates. »Während der halben Stunde, die ich bei ihm war, hat er fast eine ganze Flasche Whisky geleert.«

Matthews schüttelte betrübt seinen Kopf. »Es ist wirklich ein Jammer um ihn. Er ist so ein feiner Kerl, wenn man ihn näher kennenlernt.«

»Das Vergnügen steht mir hoffentlich noch bevor«, bemerkte Yates, nicht ganz ohne Ironie. »Bis dahin wird mir Ihr Wort genügen müssen.«

»Mein lieber Freund, ich kann Ihnen nachfühlen, wie Ihnen zumute sein muß«, sagte der Vikar. Er sah Yates von der Seite an. »Äh – meinten Sie nicht vorhin, Sie hätten etwas zu besprechen mit mir?«

»Ja. Haben Sie heute einen Blick in die Zeitung geworfen?«

»Nein«, antwortete Matthews. »Tatsächlich hatte ich in letzter Zeit sehr viel um die Ohren – meine Haushälterin ist verreist, müssen Sie wissen, und wenn ich erst einmal anfange, die Morgenzeitung zu lesen, ist der Vormittag auch schon halb herum – äh – warum fragten Sie?«

»Ein Mädchen namens Diana Winston wurde erdrosselt in der Wohnung Ihres Freundes Clifton Morris gefunden«, sagte Yates. »Zu Morris' Leidwesen handelt es sich ausgerechnet um die Person, die ihn am 7. Januar im Kino gesehen hat.«

»Aber das ist ja furchtbar«, murmelte der Vikar erschüttert.

»Für Morris war das natürlich ein schwerer Schlag«, sagte Yates.

Matthews runzelte verwundert die Stirn. »Aber was, um alles in der Welt, hatte denn das Mädchen in seiner Wohnung zu suchen? Hatte Terry sie eingeladen?«

»Anscheinend nicht.« Yates steckte sich eine Zigarette an. »Mr. Matthews, als ich mich neulich mit Ihnen über Clifton Morris unterhielt, habe ich auch das Mädchen erwähnt.«

»Das haben Sie. Jetzt kann ich mich daran erinnern.«

»Sie haben den Namen der Frau doch sicherlich keinem Dritten gegenüber genannt?«

Matthews überlegte einen Augenblick. »Hm – nein . . . warum sollte ich auch?«

»Ach, das war nur so ein Gedanke.«

Der Vikar biß sich plötzlich auf die Lippen und schnitt ein unglückliches Gesicht. »Himmel, da fällt mir etwas ein . . .!«

»Irgend etwas von Bedeutung, Sir?« fragte Yates.

»Nun, im Anschluß an unsere Unterhaltung traf ich zufällig mit Alistair Goodman zusammen, und er begann, über Fay Collins und Clifton Morris zu reden. Ich wurde recht ärgerlich und habe ihn das – bedauerlicherweise – auch spüren lassen. Ich will Ihnen gegenüber ganz offen sein in dieser Beziehung, Inspektor. Jedermann sollte sich beherrschen können, und ganz besonders ein Geistlicher. Aber – nun, mir war das einfach ein bißchen zuviel.« Matthews zögerte, und sein ohnehin gerötetes Gesicht nahm eine noch dunklere Tönung an.

»Worum ging es denn bei diesem – Zusammenstoß?« fragte Yates.

»Wissen Sie, Alistair Goodman schien es als eine unumstößliche Tatsache hinzunehmen, daß nur Terry und kein anderer den Mord begangen haben konnte, und er weigerte sich beharrlich, die Meinung eines anderen neben seiner eigenen gelten zu lassen. Das schien mir doch recht unverzeihlich«, fuhr der Vikar fort. »Selbstverständlich verteidigte ich Terry – ich fühlte mich einfach verpflichtet dazu. Leider entschlüpfte mir in der Erregung der Name dieses Mädchens, Diana Winston.«

»Ach, das ist nicht weiter schlimm, Sir«, meint Yates begütigend. »Damit haben Sie keinen Schaden angerichtet.«

»Ich bedaure das wirklich ganz außerordentlich, Inspektor«, sagte Matthews zerknirscht. »Es liegt mir fern, Ihr Vertrauen zu mißbrauchen.«

»Machen Sie sich keine unnötigen Sorgen deswegen, Sir«, beruhigte Yates den Vikar. »Ich hätte sicherlich nicht anders gehandelt an Ihrer Stelle.«

Für eine Weile schwiegen sie beide, während der Vikar den Wagen durch den Verkehr steuerte. Yates sog nachdenklich an seiner Zigarette, und Reverend Matthews schien sich mit irgendwelchen nicht sehr erfreulichen Problemen zu beschäftigen.

Yates war es, der das Schweigen brach. »Mr. Matthews«, sagte er. »Wissen Sie noch, daß Sie mir erzählt haben, Sie hätten Miss Hastings in London gesehen?«

»Ja.«

»Ich habe mit Miss Hastings darüber gesprochen – selbstverständlich, ohne Ihren Namen zu erwähnen. Sie wies Ihre Behauptung mit aller Entschiedenheit zurück. Am 9. Januar, so schwor sie, hätte sie sich bereits in Chamonix aufgehalten. Sie hat mir den Namen des Hotels genannt, in dem sie gewohnt hat.«

»Und haben Sie sich mit dem Hotel in Verbindung gesetzt?«

»Wir haben dort angerufen. Miss Hastings war tatsächlich in Chamonix. Sie ist dort am 9. Januar eingetroffen.«

Matthews schien höchst verwundert.

»Aus diesem Grunde können Sie Miss Hastings unmöglich in London gesehen haben«, schloß Yates.

»Aber ich habe sie gesehen, Inspektor«, protestierte der Vikar ein wenig verzweifelt. »Ich versichere Ihnen, ich kann mich gar nicht geirrt haben.«

»Würden Sie mich bitte hier absetzen?« fragte Yates höflich.

Als Yates in die Layton Avenue einbog, sah er einen rassigen Sportwagen vor seinem Haus stehen. Das Gesicht des Mannes am Steuer war hinter einer aufgeschlagenen Zeitung verborgen, doch als Yates näherkam, senkte der Mann das Blatt für einen Augenblick, und der Inspektor konnte die herb-bäuerischen Gesichtszüge Alistair Goodmans erkennen.

»Guten Tag, Mr. Goodman. Was bringt Sie denn hierher?«

Goodmans Daumen deutete auf das Haus des Inspektors. »Ich warte auf meine Verlobte – sie hat gesagt, sie würde nur fünf Minuten bleiben. Das war vor zwanzig Minuten.«

»Ist sie bei meiner Frau?« erkundigte sich Yates.

»Ja. Ihre Gattin hat ein neues Kleid gekauft, und sie probiert es jetzt an.«

»Sie meinen, sie probiert es an, und ich habe es gekauft«, korrigierte Yates den Gutsbesitzer. »Kommen Sie mit herein und lassen Sie sich einen einschenken.«

»Das ist leider nicht möglich, mein Lieber«, bedauerte Goodman. Er warf einen Blick auf seine Armbanduhr. »Wir werden um halb eins in Amersham erwartet. Gehen Sie hinein und lassen Sie die Sitzung auffliegen. Legen Sie ihnen eine Bombe unter den Stuhl oder so etwas.«

»Ich werde es versuchen«, versprach Yates. Sein Blick blieb an der Zeitung in Goodmans Hand haften. »Sicherlich haben Sie schon alles gelesen über den neuesten Mord, nicht wahr?«

»Ja, das habe ich«, sagte Goodman. »Ist ja ein ganz ungewöhnlicher Fall, das ganze. Sicher handelt es sich um ein und denselben Burschen, oder?«

»Welcher Bursche?«

»Nun, der Bursche, den Marian mit Fay Collins zusammen gesehen hat – wie war sein Name doch gleich?« Er warf einen Blick auf seine Zeitung. »Hier steht es – Clifton Morris.«

Yates zog es vor zu schweigen.

Goodman strich sich über seinen Schnurrbart und steckte seinen Kopf zum Wagenfenster hinaus. Seine Stimme nahm einen plump-vertraulichen Tonfall an. »Ich will Ihnen gewiß nicht zu nahe treten, alter Freund, aber wie viele unschuldige Menschen müssen noch daran glauben, bevor ihr diesen Kerl endlich hinter Schloß und Riegel bringt?«

»Ach wir sind da nicht kleinlich«, meinte Yates leichthin.

Goodman sah ihn unsicher an. Er wußte mit der Bemerkung nichts anzufangen. »Jedenfalls«, sagte er mit Nachdruck, »dürfte es ja wohl einwandfrei erwiesen sein, daß er diesen Mord auf dem Gewissen hat. Das wird doch wohl sogar die Polizei erkennen können.«

»Meinen Sie, Sir?« fragte Yates und machte ein unbeteiligtes Gesicht.

Goodman durchbohrte den Inspektor mit seinen Blicken, als hätte er einen Rekruten vor sich. »Himmeldonnerwetter, Mann! Wer soll es denn sonst gewesen sein? Schließlich ist sie doch in seiner Wohnung gefunden worden, oder?« Er sah wieder auf seine Zeitung. »Und verdammt gut ausgesehen hat sie auch.«

»Ein sehr hübsches Mädchen«, pflichtete Yates ihm bei. »Haben Sie die Dame übrigens gekannt?«

Goodmans eckiges Kinn schob sich vor wie der Bug eines Schlachtschiffes. »Ich? Du lieber Himmel, nein! Wie kommen Sie denn auf die Idee?«

»Ach, das war nur so eine Frage, Sir.«

»Nun, Sie werden doch wohl einen Grund dafür gehabt haben, eine so außergewöhnliche Frage zu stellen«, knurrte Goodman.

»Ich dachte, vielleicht sind Sie ihr irgendwann einmal begegnet. Hätte ja sein können, nicht wahr?«

»Ja, aber warum?« bohrte Goodman. »Warum haben Sie das gedacht?«

»Sie ist in Littleshaw gewesen«, sagte Yates.

»Wann?«

»Das weiß ich nicht genau; aber sie ist hier gewesen und hat sich bei Ihrer Braut ein Kleid gekauft.« Yates nickte Goodman lächelnd zu und ging auf seine Gartenpforte zu.

»He, einen Augenblick –« protestierte Goodman.

»Ich will mal nachsehen, ob ich eine Bombe finden kann«, sagte Yates und ging weiter.

Das leise Geplätscher zweier schwatzender Frauenstimmen empfing ihn, als er seine Haustür öffnete. Er war sich darüber im klaren, daß männlicher Besuch in diesem Augenblick absolut unerwünscht war. Durch die angelehnte Wohnzimmertür hörte er, wie Marian Hastings sagte: »Meine Liebe, Sie machen sich kein Bild davon, was einige Leute heutzutage anziehen. Kleine, unansehnliche Frauen kommen zu mir ins Geschäft und versuchen mir weiszumachen, sie hätten eine Figur wie – wie Diana Dors und könnten deshalb auch das gleiche tragen wie diese Sexbombe. Nachdem ich all meinen Mut zusammengenommen habe und sie mit Hilfe eines Spiegels und meiner Überredungskunst eines Besseren belehren konnte, verlangen sie –« Sie hielt inne, als sie Yates sah, und winkte ihm höflich reserviert zu. »Guten Morgen, Inspektor.«

Yates ging auf sie zu. »Ich komme gerade von einer Unterhaltung mit einem Mann, der aussah, als würde er jeden Augenblick vor Wut platzen«, sagte er. »Der Mann saß hinter dem Steuer eines Sportwagens, der vor meinem Haus geparkt war. Kennen Sie ihn?«

Marian Hastings hob erschrocken die Hand vor den Mund. »Himmel, das ist Alistair!« rief sie. »Den Ärmsten habe ich ganz vergessen. Wir sollten um halb eins in Amersham sein.«

»Das werden Sie wohl kaum schaffen«, meinte Yates.

Jill drehte sich im Kreis herum, um die Aufmerksamkeit ihres Mannes auf sich zu lenken. »Dies ist das neue Kleid, von dem ich dir erzählt habe, Harry. Gefällt es dir?«

»Ja«, sagte Yates automatisch. »Wieviel kostet es?«

Jill zog ein beleidigtes Gesicht und wandte sich an Marian Hastings. »Ich bemühe mich, möglichst schön für ihn auszusehen, und alles, was ihn interessiert, ist die Kostenfrage. Kann einem da nicht das Herz im Leibe zerbrechen?«

»Ich bin begeistert«, beeilte sich Yates zu bemerken. Als er sah, daß Miss Hastings sich zum Gehen wandte, hob er die Hand. »Ich weiß, wie eilig Sie es haben, Miss Hastings. Trotzdem hätte ich gerne noch etwas mit Ihnen besprochen. Ich wollte Sie heute morgen in Ihrem Geschäft aufsuchen, aber Sie waren bereits gegangen.«

»Worum handelt es sich denn?«

»Vergangene Nacht ist wiederum ein Mord geschehen«, sagte Yates. »Eine gewisse Diana Winston ist erdrosselt worden.«

»Alistair hat mir davon erzählt«, sagte sie. »Offensichtlich war dieses Mädchen mit Clifton Morris befreundet.«

Yates nickte. »Ich habe das bedauernswerte Opfer kurz nach dem Mord gesehen. Sie war in ein blaues Kostüm gekleidet, das aus Ihrem Geschäft stammte.«

»Wissen Sie das genau?«

»In der Kostümjacke war ein Firmenschild mit Ihrem Namen.«

»Ich kann mich an niemanden dieses Namens erinnern«, sagte Marain Hastings nachdenklich. »Jedenfalls gehört sie nicht zu meinem festen Kundenstamm.«

Noch während sie sprach, erklang die Türglocke.

»Das wird Mr. Goodman sein«, meinte Jill und rannte zur Haustür.

»Dieses Mädchen«, sagte Marian Hastings, »wie hat sie ausgesehen?«

»Achtundzwanzig Jahre alt – brünett – ein Meter siebzig – sehr attraktiv. Sie war heute morgen in der Zeitung abgebildet.«

»Natürlich«, sagte sie. »Jetzt erinnere ich mich. Ich habe das Foto gesehen. Ich fürchte, ich habe sie nicht wiedererkannt.«

»Vielleicht können Sie sich auf das Mädchen besinnen, wenn Sie Ihre Konten durchsehen«, schlug Yates vor.

Sie nickte. »Das werde ich machen, Inspektor.«

Jill Yates kam zurück, jedoch nicht in Begleitung Alistair Goodmans. John Hopedean war es, der hinter ihr das Wohnzimmer betrat. Er sah ziemlich mitgenommen aus. In der Hand hielt er eine zerknüllte Zeitung. Er blickte unsicher von Marian Hastings zu Yates. »Hoffentlich störe ich nicht, Inspektor«, murmelte er.

»Ganz und gar nicht«, sagte Yates liebenswürdig. »Sie kennen sich doch, nicht wahr?«

»Ja, natürlich. Guten Tag, Marian.«

»Wie geht es Ihnen, John«, sagte Marian Hastings nicht sehr begeistert.

»Danke, ich kann nicht klagen« – er machte eine Kopfbewegung zur Tür hin – »Ihr Verlobter scheint einen schlechten Tag erwischt zu haben. Er hat nicht einmal meinen Gruß erwidert.«

»Ach, du liebe Güte«, rief Marian Hastings aufgeregt. »Das ist ein böses Zeichen. Jetzt aber nichts wie fort, sonst gibt es ein Unglück.«

Eilig klapperte sie auf hohen Absätzen zur Tür hinaus.

»Ich habe auch noch allerlei zu erledigen«, meinte Jill und folgte ihrer Schneiderin. Yates hörte, wie die beiden Frauen an der Haustür noch einige Worte wechselten. Lächelnd schüttelte er seinen Kopf.

»Und nun, Sir«, sagte Yates und wandte sich an Hopedean. »Was kann ich für Sie tun? Haben Sie wieder einmal einen Drohbrief erhalten?«

Hopedean setzte zu einem theatralischen Auftritt an, besann sich jedoch schnell eines Besseren. »Nein, das nicht, dem Himmel sei's gedankt. Ich wollte mit Ihnen über diesen neuen, schrecklichen Mordfall sprechen. Die Nachricht hat mich völlig niedergeschmettert. Sie müssen wissen, daß es sich auch dieses Mal um eine gute Bekannte von mir handelt.«

»Demnach haben Sie Diana Winston gekannt?«

»Nun ja«, meinte Hopedean nach einigem Zögern. »Wir waren nicht sehr – äh – intim befreundet – nicht so wie mit Fay Collins, um ein Beispiel zu nennen. Aber trotzdem kann man wohl sagen, daß wir einander sehr gut kannten.«

»Aha«, sagte Yates. »Jetzt verstehe ich auch, warum Sie die Nachricht von dem Mord so niedergeschmettert hat. Wann haben Sie Diana Winston zum letztenmal gesehen?«

»Oh, das ist schon sehr lange her – anderthalb Jahre vielleicht. Ich glaubte sie noch in Paris.«

»Soviel ich weiß, hat sie sich eine Zeitlang in Paris aufgehalten.«

»Sie hat dort für Flaubert gearbeitet«, erklärte Hopedean.

»Wann haben Sie Diana Winston kennengelernt?«

Hopedean fuhr sich mit der Hand durch seine Künstlermähne, als müsse er sich erst genau besinnen. Fast hätte er dabei in den Spiegel über dem Kamin geschaut.

»Vor drei Jahren etwa«, sagte er schließlich. »Ich fertigte seinerzeit einige Illustrationen für einen Artikel an, den sie geschrieben hatte. Danach planten wir, gemeinsam ein Buch herauszubringen. Wir haben damals sehr viel Kontakt gehabt, aber trotzdem ist nichts daraus geworden. Aus dem Buch, meine ich natürlich«, fügte er hastig hinzu.

»Wo haben Sie sich getroffen, in London?«

»Ja.«

»In Ihrer Wohnung?«

»Nein«, antwortete Hopedean. »Selbstverständlich bin ich gelegentlich auch in ihrer Wohnung gewesen, aber meistens trafen wir uns in Bars und Restaurants.«

»Ist sie jemals in Littleshaw gewesen?« fragte Yates.

»Soviel ich weiß, nicht.«

»Sie haben Diana niemals hierher eingeladen?«

Der bloße Gedanke daran schien Hopedean mit Schrecken zu erfüllen. »Großer Gott, nein! Auf eine solche Dummheit hätte ich mich niemals eingelassen. Es wird ohnehin schon genug geredet in dieser Stadt.«

»Ich nehme doch an, daß Ihre Frau nichts weiß über Ihre – äh – Bekanntschaft mit Diana Winston, oder?«

»Nein, sie hat keine Ahnung«, sagte Hopedean. Er tat vertraulich. »Das ist auch der Hauptgrund für meinen Besuch bei Ihnen, Inspektor. Ich dachte, wenn Sie unversehens herausfinden, daß ich mit Diana befreundet war, würden Sie sogleich bei mir erscheinen und eine Menge gräßlicher Fragen stellen.« Sein Lächeln war das eines Mannes von Welt, der sicher ist, auf allseitiges Verständnis zu stoßen.

Yates erwiderte das Lächeln. »Ich könnte immer noch eine Menge gräßlicher Fragen stellen«, meinte er.

Hopedean winkte erschrocken ab. »Aber bitte nicht in Gegenwart meiner Frau. Sie erregt sich so furchtbar leicht.«

»Ich weiß Ihre Offenheit in dieser Angelegenheit zu schätzen, Mr. Hopedean«, sagte Yates. »Allerdings wäre es mir noch lieber, Sie gäben alle Zurückhaltung auf und rückten mit der ganzen Wahrheit heraus.«

»Was meinen Sie denn damit?« fragte Hopedean gekränkt.

Yates sagte, ohne zu zögern: »Hatten Sie eine Affäre mit Diana Winston?«

»Wo denken Sie hin!« empörte sich Hopedean. »Ich habe Ihnen doch gesagt, daß wir lediglich zusammengearbeitet haben.« Er seufzte schicksalsergeben. »Wissen Sie, es ist wirklich seltsam. Jedermann scheint zu glauben, ich unterhalte sozusagen am laufenden Band außereheliche Beziehungen zu irgendeiner Dame – man hält mich für einen Kleinstadt-Casanova« – er lachte beziehungsvoll.

»In einer kleinen Stadt wie Littleshaw wird eben immer sehr viel geredet«, bemerkte Yates mitfühlend.

»Das ist gewiß nicht übertrieben«, erklärte Hopedean ernsthaft. »Ganz Littleshaw, meine Frau eingeschlossen, ist der festen Überzeugung, ich hätte ein Verhältnis mit Fay Collins gehabt, und nun sind Sie – und somit die gesamte Polizei dieser bezaubernden Stadt – der Ansicht, Diana Winston wäre ebenfalls meiner außerehelichen Abenteuerlust zum Opfer gefallen« – er schüttelte in gespielter Verzweiflung seinen Kopf. »Allmählich halte ich mich selbst schon für einen Exzentriker. Dabei gehe ich tatsächlich nur zum Schlafen ins Bett.«

Yates lachte. »Die Polizei interessiert sich lediglich für das – ahem – Liebesleben eines Mannes, wenn sie hofft, dadurch einem Verbrecher auf die Spur zu kommen«, sagte er. »Wußten Sie übrigens, daß Diana Winston mit Clifton Morris befreundet war?«

»Davon hatte ich keine Ahnung«, erwiderte Hopedean. »In der Zeitung steht, er habe sie nur flüchtig gekannt.«

»Sie wurde in seiner Wohnung gefunden«, meinte Yates.

»Das stimmt. Aber dadurch ist noch nicht erwiesen, daß er sie näher gekannt hat.«

»Welche Erklärung soll es denn sonst geben für ihre Anwesenheit in Morris' Wohnung?«

»Morris ist ein sehr vermögender Mann«, sagte Hopedean. »Wer heutzutage reich ist, hat Feinde, das ist so üblich. Wer weiß? Vielleicht wollte ihn jemand hereinlegen?«

»Sie meinen, jemand wollte ihm absichtlich den Mord an den beiden Frauen in die Schuhe schieben?«

»Das ist durchaus möglich. Ist Ihnen dieser Gedanke noch nicht gekommen, Inspektor?«

»Nur flüchtig«, sagte Yates unverbindlich. »Haben Sie vielen Dank für Ihren Besuch, Sir. Ich werde über Ihre Worte nachdenken.«

Als Hopedean gegangen war, rief Jill von der Küche her: »Heute ist Montag, Harry!« Er ging zu ihr und schloß die Tür hinter sich.

Auf dem Küchentisch standen Platten mit kaltem Fleisch und verschiedenen Salaten. Es sah alles sehr verlockend aus. »Wollen wir hier essen?« fragte Yates.

»Ganz recht, Darling«, sagte Jill vergnügt. »Wie jeden Montag.«

»Ach so«, murmelte Yates. Er trat an den Kühlschrank und schenkte sich ein Glas voll Milch ein.

Jill fragte: »Ist Picasso gegangen?«

»Ja.«

»Ich kann den Mann nicht ausstehen«, sagte Jill mit Bestimmtheit.

Yates füllte sich Salat auf einen Teller. »Du kennst ihn doch gar nicht.«

Unbeirrt wiederholte Jill: »Und trotzdem kann ich ihn nicht leiden. Er sollte sich einen Bart stehen lassen.«

»Welch ein Unsinn, Darling«, sagte Yates. »Zu dieser Sorte von Malern gehört er wirklich nicht.«

»Und was wollte er?« fragte Jill. »Hat er wieder einen dieser unheimlichen Briefe bekommen?«

»Er sagt nein.«

»Glaubst du ihm denn nicht?«

»Nein.«

»Warum nicht?«

»Weil er erst heute morgen einen erhalten hat.« Yates schob sich genußvoll ein Schinkenröllchen in den Mund.

Jill sah ihren Mann voller Überraschung an. »Bist du sicher?«

»Ganz sicher«, erklärte Yates kauend. »Weißt du, ich habe ihn selbst abgesandt ...«

»Es hat wohl wenig Zweck, die Unterhaltung fortzusetzen«, sagte Clifton Morris. Er stand in der Mitte von Edward Collins' Wohnzimmer und sah herab auf seinen Gastgeber, der mit einem Drink in der Hand in einem Armsessel hockte.

Morris sagte sich mit zunehmender Verärgerung, daß dieses Zusammentreffen wohl kaum zu einem positiven Ergebnis führen konnte. Collins' Benehmen grenzte an Unverschämtheit. Eine vernünftige Diskussion war völlig unmöglich.

Collins beantwortete Morris' Bemerkung mit feindseligem Schweigen und einem herzhaften Schluck aus seinem Whiskyglas. »Was immer ich auch vorbringen mag, Sie lassen sich von Ihrer vorgefaßten Meinung ja doch nicht abbringen«, fuhr Morris fort.

Collins erhob sich mühselig und stand, auf seinen Stock gestützt, vor seinem Gast. »Oh, ich weiß nicht«, sagte er. »Das will ich nicht einmal behaupten. Sie führen eine sehr beredte Zunge, und genau wie unser gemeinsamer Freund Yates lasse ich mich gerne von Ihnen belehren.«

»Ich kann Ihnen nur zum wiederholten Male versichern«, sagte Morris müde, »daß ich Ihre Schwester nicht umgebracht habe.«

»Worauf ich Ihnen nur von neuem erwidern kann, daß ich Ihnen nicht glaube«, entgegnete Collins.

»Aber warum glauben Sie mir denn nicht?«

»Weil Sie ein Lügner sind. Von Anfang an haben Sie nicht in einem einzigen Punkt die Wahrheit gesagt. Warum Sie immer noch frei herumlaufen, ist mir einfach unbegreiflich.«

»Vielleicht ist die Polizei anderer Meinung als Sie, was meine Person anbetrifft«, sagte Morris.

»O nein, das ist sie ganz gewiß nicht! Ich bin sogar fest davon überzeugt, daß Yates Sie für den Täter hält.«

»Aber wie können Sie mich für den Mörder halten, wenn ich Ihre Schwester nicht einmal gekannt habe!«

Collins fuhr auf. »Sie haben Fay nicht gekannt?«

»Nein«, sagte Morris.

»Aber warum sind Sie dann überhaupt gekommen?«

»Weil ich Sie gerne kennenlernen wollte« – Morris zögerte für einen Augenblick – »und weil Sie mich neugierig gemacht hatten. Sie haben gesagt, Sie wollten mir etwas zeigen.«

»Ja, richtig . . .« Collins humpelte mit seinem Glas zum Getränketisch hinüber und füllte es. »Aber nach dem, was Sie mir soeben mitgeteilt haben, ist das gegenstandslos geworden.«

»Was wollen Sie damit sagen?«

Collins stellte sein Glas ab. »Ich habe ein Buch gefunden, von dem ich glaube, es könnte Sie interessieren. Ich habe mich anscheinend geirrt.«

»Und?« fragte Morris.

»Meine Schwester hatte es im Besitz«, fuhr Collins fort. »Ich fand es in ihrem Schlafzimmer im ersten Stock. Vermutlich hat sie darin gelesen bei ihrem letzten Besuch.«

»Nun hören Sie doch endlich damit auf, in Rätseln zu reden«, stöhnte Morris. »Was ist es denn für ein Buch?«

»Ein Gedichtband.«

»Kann ich es mir ansehen?«

»Nein.«

Morris seufzte. »Warum nicht?«

»Weil – falls Sie mir soeben die Wahrheit gesagt haben – Sie an dem Buch gar nicht interessiert sein können.« Collins griff nach seinem Glas, trank von dem Whisky und starrte Morris höhnisch herausfordernd an.

»Ich würde es mir trotzdem gerne ansehen«, sagte Morris. Es klang wie ein Befehl.

»Also gut«, sagte Collins. »Ich werde es Ihnen zeigen.« Er trat an einen Ecktisch, auf dem mehrere Bücher unordentlich herumlagen, nahm eines davon und warf es Morris quer durch den Raum zu. Morris fing es geschickt mit der rechten Hand auf.

»Die erste Seite ist die interessanteste in dem ganzen Buch«, meinte Collins. Er beobachtete Morris mit schmalen Augen.

Morris warf seinem Gastgeber einen prüfenden Blick zu und schlug das Buch auf. Die untere Hälfte der ersten Seite war mit einem Zettel beklebt, auf dem die Worte Ex Libris standen und darunter in Handschrift: Clifton Morris.

»Wollen Sie immer noch behaupten, meine Schwester Fay nicht gekannt zu haben?« fragte Collins lauernd.

Etwas in dem Tonfall des halb betrunkenen Mannes ließ Morris aufblicken. Collins hielt einen Revolver in seiner rechten Hand. Die Mündung deutete unmißverständlich und merkwürdigerweise ohne zu schwanken auf Cliftons Magengrube . . .

»Machen Sie doch keinen Unsinn, Mann!« sagte Morris mit rauher Stimme. »Dieses Buch beweist doch gar nichts. Legen Sie die Waffe fort.«

»Beweist es gar nichts?« Collins hob den Revolver um einige Zentimeter. Jetzt war die Mündung auf Morris' Herz gerichtet. »Das ist Ihr Buch.«

»Ich weiß«, sagte Morris. »Das streite ich nicht ab.«

»Fay hat es von Ihnen ausgeliehen«, stieß Collins hervor. »Es ist doch wohl kaum anzunehmen, daß Fay sich ein Buch von jemandem lieh, den sie nicht kannte, oder?«

»So nehmen Sie Vernunft an!« rief Morris. »Ich kann erklären –«

»Dazu werden Sie keine Gelegenheit erhalten«, sagte Collins. Mit seiner linken Hand entsicherte er den Revolver.

Plötzlich klingelte das Telefon. Collins machte unwillkürlich eine Bewegung auf den Apparat zu. Für den Bruchteil einer Sekunde wurde seine Aufmerksamkeit von Morris abgelenkt, und der nutzte seine Chance und schleuderte das Buch mit aller Kraft Collins entgegen. Zu seinem Glück traf es die Hand, die den Revolver hielt, die Waffe polterte zu Boden. Morris warf sich auf Collins, der gegen den Telefontisch prallte und auf den Teppich fiel, wobei er den Fernsprecher mit hinunterriß.

Collins kam auf die Knie und griff nach der Waffe, aber Morris war schnell, packte das Handgelenk seines schäumenden Gegners und verdrehte es. Collins wehrte sich verzweifelt, doch Morris verstärkte den Druck auf das Handgelenk, und der Revolver fiel wieder zu Boden. Collins versuchte erneut, sich in den Besitz der Schußwaffe zu setzen, aber Morris versetzte ihm einen kräftigen Stoß vor die Brust, der den halbgelähmten Mann hintenüber fallen ließ. Es gab einen dumpfen Laut, als Collins mit dem Kopf auf den Parkettfußboden schlug.

In dem unheimlichen Schweigen, das auf den Tumult folgte, konnte Morris deutlich eine Stimme vernehmen, die aus dem Telefonhörer kam und unablässig wiederholte: »Hallo . . . melden Sie sich . . . hier ist Inspektor Yates . . . melden Sie sich . . . Hallo . . .«

Morris kniete schweratmend nieder und ließ eine Hand unter das Hemd des reglos liegenden Collins gleiten. Dessen Herz schlug mit der Geschwindigkeit eines Trommelwirbels, sein Mund stand weit offen, und aus der Nase rann ihm ein dünner Blutfaden. Er stöhnte schwach, drehte den Kopf von einer Seite auf die andere und lag wieder bewegungslos. Morris erhob sich und sah sich im Zimmer um. Er bemerkte das Buch auf dem Fußboden neben dem Tisch und steckte es in die Tasche. Sein Blick blieb auf dem Revolver haften, und einen Augenblick schien es, als wollte er ihn aufheben. Dann jedoch überlegte er es sich anders und ließ die Waffe, wo sie lag.

Er nahm seinen Hut und verließ in großer Eile den Raum . . .

»Fühlen Sie sich besser?« erkundigte sich Yates zehn Minuten später.

Edward Collins lag auf dem Sofa, seinen Kopf auf einen Stapel von Kissen gebettet. Jeffreys stand untätig dabei. In der Hand hielt er den Revolver.

Collins fuhr sich mit zitternden Fingern über die Augen. »Es ist in Ordnung«, sagte er.

»Sie sehen nicht so aus, als wäre alles in Ordnung«, meinte Yates. »Was ist geschehen?«

»Das weiß ich nicht«, sagte Collins abweisend.

Yates seufzte. »Damit dürfte es nicht getan sein, Mr. Collins. Wir fanden Sie besinnungslos auf dem Boden liegend vor. Neben Ihnen lag ein entsicherter Revolver, und alle Anzeichen deuten darauf hin, daß ein hitziger Zweikampf stattgefunden hat. Und Sie behaupten, nicht zu wissen, was sich ereignet hat!« Yates nahm dem Sergeanten den Revolver aus der Hand. »Gehört dieses Ding Ihnen?«

»Ja«, sagte Collins feindselig.

»Wie lange schleppen Sie den bereits mit sich herum?«

»Das weiß ich nicht so genau – sechs Monate vielleicht.«

Der Inspektor schüttelte vorwurfsvoll seinen Kopf. »Sie haben den Revolver vor etwa über einer Woche in einem Geschäft in Camden Town gekauft. Bezahlt haben Sie dafür zwölf Pfund und zehn Schilling, und Sie besitzen keinen Waffenschein dafür. Die Polizei ist nicht ganz so dumm, wie Sie zu glauben scheinen, Mr. Collins.«

Edward Collins ließ seinen Kopf wieder auf den Kissenberg zurücksinken. »Warum sind Sie hergekommen?« fragte er.

»Ich habe Sie angerufen«, sagte Yates. »Ich hörte das Gekeuche und Gepolter. Es klang nicht gerade wie ein harmloses Tête-à-tête.«

»Das war es auch nicht,«

»Wer war bei Ihnen?«

Collins schwieg verbissen.

»Ich habe Ihnen eine Frage gestellt«, sagte Yates ruhig.

»Wenn Sie es unbedingt wissen müssen«, knurrte Collins wütend. »Clifton Morris war hier.«

»Was wollte er?«

»Ich hatte ihn hergebeten. Ich wollte mir das Schwein mal aus der Nähe ansehen.«

Yates wog den Revolver in seiner Hand. »Haben Sie ihn hiermit bedroht?«

»Ja, das habe ich«, sagte Collins mit Nachdruck. »Bei Gott, ich wollte, ich hätte den Bastard erschossen!«

Yates Tonfall wurde hart. »Sie sind ein verdammter Narr. Außerdem haben Sie großes Glück, noch am Leben zu sein.«

»Sie wollen sagen, Morris hat Glück gehabt«, knurrte Collins. »Wenn dieses elende Telefon nicht dazwischengekommen wäre, hätte ich ihn ins Jenseits befördert.«

»Das wäre genau das gewesen, was man in der Juristensprache Mord nennt«, sagte Yates mit ruhiger Stimme.

»Ja und? Er hat Fay umgebracht – das weiß ich jetzt mit Bestimmtheit. Ich wußte es in dem Augenblick, als er das Buch aufschlug –«

»Welches Buch?« fiel Yates ihm ins Wort.

»Fay hat sich einen Gedichtband von ihm ausgeliehen. Sein Name stand auf der ersten Seite.«

Yates konnte nur mühselig seinen Zorn unterdrücken. »Warum haben Sie das Buch nicht zu mir gebracht?«

»Weil ich es gestern erst gefunden habe«, sagte Collins mürrisch. »Außerdem hätten Sie vermutlich sowieso nichts damit anzufangen gewußt.«

»Zumindest hätten wir es nicht verloren«, sagte Yates.

Collins lag bewegungslos auf dem Sofa. Er war totenblaß, nur in Höhe seiner Backenknochen leuchteten zwei hektisch rote Flecken. Als er wieder sprach, war seine Stimme frei von Feindseligkeit. »Würden Sie mir bitte etwas zu trinken geben? Mir ist hundsmiserabel zumute.«

»Sie brauchen einen Arzt«, sagte Yates.

»Ich brauche einen Drink!«

Yates wandte sich achselzuckend ab und trat an den Tisch mit den zahlreichen Flaschen darauf. »Brandy?«

Collins nickte. Yates schenkte ein und brachte ihm das Glas. »Wo ist Ihre Haushälterin?«

Collins stürzte den Alkohol mit einem Zug hinunter. »Sie ist fort – sie hat mich bereits vor einer Woche verlassen.«

Yates blickte den jungen Mann einen Augenblick schweigend an. »Was wollen Sie eigentlich?« fragte er schließlich in freundlichem Tonfall. »Was haben Sie eigentlich vor?«

»Clifton Morris hat Fay ermordet«, sagte Collins. »Sie sollen ihn endlich festnehmen; das ist alles, was ich will.«

»Das können wir nicht«, erklärte Yates. »Jedenfalls im Augenblick noch nicht. Für eine Verhaftung fehlen uns immer noch ausreichende Beweise.«

»Dann beschaffen Sie sich die Beweise!«

Yates zog einen Stuhl heran und setzte sich neben Collins. Er sagte: »Würden Sie mir dabei helfen, Mr. Collins?«

»Was glauben Sie denn?«

»Wissen Sie das auch ganz genau? Sie werden sich nicht mehr wie ein tollwütiger Stier benehmen und am Ende noch einen völlig Unschuldigen erschießen?«

Collins machte einen ausgebrannten Eindruck. Mit müder Stimme sagte er: »Ich werde alles tun, was Sie von mir verlangen.«

»Gut«, sagte Yates erleichtert. Er zog seinen Stuhl noch etwas näher an das Sofa heran. »Also, dies ist es, worum ich Sie bitten wollte ...«

Clifton Morris stand unentschlossen inmitten seines Herrenzimmers. Er streifte das Buch, das er aus seiner Tasche gezogen hatte, mit einem flüchtigen Blick und stellte es auf ein Bücherbord. Die Türglocke ertönte.

Ein Telegrammbote hielt ihm einen Umschlag entgegen. »Mr. Morris?«

»Ja.«

In dem Telegramm stand: ›Kommen Sie heute abend, Kim.‹

Im *Finale,* dem Eldorado abgekämpfter Geschäftsleute, ging es heiß her. Man war allgemein der Ansicht, daß die ›Cowgirls von Abilene‹ die beste Zugnummer waren, die das Haus seit langer Zeit geboten hatte. Die jungen Damen trugen breitrandige Stetsons auf den Köpfen, hochhackige Cowboystiefel an den Füßen, einen Coltgürtel um die Hüften und sonst nichts. Der Wilde Westen hatte seinen Einzug in West End gehalten.

Hinter der Bühne herrschte geschäftiges Durcheinander, als die ›Cowgirls von Abilene‹ sich in aller Eile für den nächsten Auftritt vorbereiteten, der sie von Texas nach Rio de Janeiro versetzen würde. Die kichernden und tuschelnden Mädchen stießen mit schwitzenden Bühnenarbeitern zusammen, die einige saftige Flüche von sich gaben und im gleichen Tonfall von den Damen beschimpft wurden.

Hector, der die Pflichten eines Bühnenmeisters übernommen hatte, rannte im Korridor mit Kim Marshall zusammen. »Heute abend geht es reichlich lebhaft zu«, bemerkte er.

»Das kann man wohl sagen!« schimpfte Kim wütend.

Hector wies mit dem Daumen auf die Tür zum Ankleideraum Kims. »Dein Busenfreund ist da drinnen – er wartet schon seit 'ner halben Stunde.«

»Okay«, sagte Kim.

In der Tür zu ihrem Raum blieb sie wie angewurzelt stehen, und ihr Mund öffnete sich in komisch wirkender Überraschung.

Auf dem schäbigen Besucherstuhl, offensichtlich im Frieden mit sich und der Welt, saß Kriminalinspektor Yates und lächelte still vor sich hin . . .

8

»Guten Tag, Kim«, sagte Yates und ließ die Asche seiner Zigarette achtlos zu Boden fallen.

Kim starrte ihn sekundenlang fassungslos an. »Was, zum Teufel, wollen Sie denn hier?«

Yates lächelte liebenswürdig. »Ich warte auf Sie, Kim. Eine halbe Stunde sitze ich nun schon hier.«

»Und was erwarten Sie nun von mir? Soll ich mich vielleicht entschuldigen? Ich kann mich nicht lange aufhalten. In drei Minuten ist mein nächster Auftritt.«

Yates schüttelte seinen Kopf. »Irrtum«, sagte er. »Erst in neun Minuten. Ich habe Hector gefragt.«

»Hector weiß nicht einmal, ob wir Ostern oder Weihnachten haben«, sagte Kim übellaunig. »Also, was wollen Sie von mir?«

»Wie geht es Ihrem Vater?«

»Soviel ich weiß, ganz gut. Nun sagen Sie mir nur nicht, er steckt schon wieder in der Klemme!«

»Ganz und gar nicht«, erwiderte Yates. »Soweit ich unterrichtet bin, hält er sich im Augenblick aus allen Konflikten mit der Obrigkeit heraus. Seine Tochter ist es, um die ich mir ernsthafte Sorgen mache.«

»Sie sehen furchtbar besorgt aus«, bemerkte Kim ironisch.

Yates tippte sich vor die Stirn. »Hier drinnen befindet sich eine nette, kleine Kartei. Wenn die durcheinander gerät, pflege ich mir immer Sorgen zu machen.«

Kim verschränkte die Arme über ihrem Busen und sah den Inspektor forschend an. »Was wollen Sie denn damit sagen?«

»Ich hatte Sie unter ›B‹ für Bett registriert und nicht unter ›E‹ für Erpressung. Sie sollten mir wirklich Bescheid geben, wenn Sie einen solchen Wechsel vornehmen, meine Liebe.«

»Sehr komisch«, sagte Kim bissig. »Vielleicht würden Sie mir endlich Aufschluß darüber geben, wovon überhaupt die Rede ist.«

»Clifton Morris«, sagte Yates, ohne den Tonfall zu ändern.

»Clifton Morris?« Kim war auf der Hut.

»Ja. Ist er einer Ihrer zahlreichen Freunde?«

Kim zögerte einen Augenblick. Dann sagte sie in der Art einer Frau, die ohnehin nichts zu verlieren hat: »Ja, das ist er. Um es präziser auszudrücken: Wir sind sehr eng miteinander befreundet. Er hat mich mehrmals hier besucht.«

»Was Sie nicht sagen«, murmelte Yates. »Wie lange kennen Sie ihn denn bereits?«

»Seit zwei Wochen etwa«, sagte Kim. »Allerdings weiß ich nicht, was, zum Teufel, Sie das eigentlich angeht!«

»Ich fürchte, es geht mich sogar sehr viel an« meinte Yates bedauernd.

»Also gut«, sagte Kim böse. »Er versorgt mich mit meiner Monatsration an Kaviar.« Sie streckte ihm ihre Hand entgegen. »Er hat mir diesen Ring gegeben.«

Yates gab einen Laut von sich, der sich anhörte, wie ›tss tss . . .‹. »Der ist aber nicht so besonders«, bemerkte er. »Sie sollten das Diamantenarmband sehen, das er Fay Collins geschenkt hat.« Er lehnte sich auf seinem Stuhl zurück, legte die Fingerspitzen aufeinander und betrachtete Kim mit unverhohlenem Wohlwollen. »Soll ich Ihnen mal etwas verraten? Ich glaube nicht, daß Morris Ihnen den Ring zum Geschenk gemacht hat. Ich bezweifle sogar, daß er zu Ihren derzeitigen Verehrern gehört.«

»Ist das so?« zischte Kim. »Was glauben Sie denn?«

»Ich glaube, Ihr Spielchen mit Clifton Morris heißt Erpressung«, sagte Yates freundlich.

Kim antwortete nicht. Yates erhob sich von seinem Stuhl und begann, in dem muffigen, schlecht erleuchteten Raum herumzuwandern. Er nahm einen Nylonstrumpf vom Frisiertisch und steckte seine Hand hinein. »Kim«, sagte er. »Wir kennen uns doch nun bereits seit einer ganzen Weile, nicht wahr? Erinnern Sie sich an unsere erste Begegnung – in dem Restaurant in der Tenby Street?«

»Das war ein Sauladen!« sagte Kim. »Sie bezahlten mir einen Zehner die Woche, und ich mußte sechsmal am Abend auftreten.«

»Und wenn ich mich recht besinne, waren Sie sogar ein großer Erfolg«, sagte Yates anerkennend. »Können Sie sich auch noch daran erinnern, was ich Ihnen seinerzeit nahegelegt habe?«

Kim zündete sich eine Zigarette an, um ihre Nervosität zu verbergen. »Selbstverständlich kann ich mich erinnern. Ich habe mir eine Schallplatte damit bespielen lassen.«

»Die sollten Sie sich gelegentlich einmal anhören«, empfahl Yates. Er stand unmittelbar vor ihr und blickte herab auf ihre bloßen Schultern. In der Hand hielt er immer noch den Nylonstrumpf. »Was ist es eigentlich, womit Sie Morris das Geld aus der Tasche locken wollen?«

»Nur mit mir, verehrter Herr Kriminalinspektor. Ich habe sehr viel Spaß mit ihm, glauben Sie mir das. Diese reichen Männer sind angenehme Gesellschaft.«

»Clifton Morris gehört nicht zu dieser Sorte«, meinte Yates. »Er pflegt nicht zu spielen. Er nimmt alles ernst.«

»Das ist ein großartiger Witz«, erklärte Kim belustigt. »Sie scheinen Cliff nicht sehr gut zu kennen.«

»Cliff?« sagte Yates. »Niemand nennt ihn Cliff. All seine Freunde rufen ihn Terry.«

»Ich bin eben eine Einzelgängerin. Ich nenne ihn Cliff.«

Yates Stimme nahm einen fast ablehnenden Tonfall an. »Kim, was führen Sie im Schilde? Für wen arbeiten Sie?«

»Hören Sie«, sagte Kim ungeduldig. »Sie sind auf dem falschen Gleis. Es ist genau, wie ich sagte – Cliff unterscheidet sich in keiner Weise von den übrigen Besuchern dieses Etablissements. Er möchte sich amüsieren, ohne irgendwelche üblen Folgen befürchten zu müssen. Seien Sie kein Spielverderber, Harry – stellen Sie sich nicht zwischen Cliff und mich. Mit dem Burschen habe ich wirklich das Große Los gezogen, der hat Geld wie Heu.«

Yates sah sie nachdenklich an. »Über wieviel Bargeld verfügen Sie?«

»Was meinen Sie damit?« fragte sie mißtrauisch.

»Ich habe Ihnen eine Frage gestellt. Wieviel Geld haben Sie?«

»Ich komme ganz gut über die Runden«, sagte Kim verwundert.

»So? Dann gehen Sie auf die Reise«, ordnete Yates an. »Fahren Sie nach Paris – Rom – Neapel – irgendwohin. Aber verlassen Sie London!«

»Was, jetzt sofort?«

»Ja, sofort. Heute abend noch.«

Kim lachte nervös. »Was soll das heißen? Was haben Sie vor?«

»Wollen Sie das wirklich wissen, Kim?«

»Darauf können Sie sich verlassen.«

Yates stand einen Augenblick unbeweglich und betrachtete den Strumpf in seinen Händen. Dann legte er ihr das hauchdünne Etwas um den Hals. »Ich möchte verhindern, daß Sie mit einem Seidentuch um Ihren schönen Hals enden«, sagte er langsam.

Yates ging auf leisen Sohlen aus dem Zimmer, und Kim blickte in den Spiegel und stellte fest, daß sie merkwürdig blaß war um die Nase herum. Mit vorsichtiger Geste betastete sie ihre Kehle ...

Es war kurz nach ein Uhr nachts, als das Klingeln des Fernsprechers Morris aus seinem Bett scheuchte. Er nahm den Hörer auf und vernahm die besorgte Stimme Kim Marshalls.

»Ein gewisser Yates ist eben bei mir gewesen«, sagte sie. »Er ist von der Kriminalpolizei ...«

»Ich weiß«, unterbrach Morris sie schnell. »Er ist heute bereits bei mir gewesen. Deshalb konnte ich auch meine Verabredung mit Ihnen nicht einhalten.«

»Er hat von mir nichts erfahren«, sagte sie. »Von Fay Collins habe ich nichts erwähnt, und auch nichts von dem Brief. Kapieren Sie?«

»Ich verstehe«, sagte Morris.

»Ich komme später zu Ihnen. So gegen halb drei – ist Ihnen das recht?«

Morris wirbelte herum, als plötzlich die Türglocke erklang. »Hören Sie«, sagte er hastig, »ich glaube, Yates steht vor der Tür. Was haben Sie ihm sonst noch erzählt?«

»Ich habe Sie als meinen derzeitigen Liebhaber ausgegeben. Sie haben mir einen Ring geschenkt. Ich nenne Sie Cliff, vergessen Sie das nicht ...«

»Ist gut«, murmelte Morris. »Wir sehen uns später ...«

Morris spielte den Überraschten, als er Yates einließ.

»n' Abend, Inspektor«, grüßte er schläfrig.

Yates sagte: »Guten Abend, Sir. Ich hätte gerne auf ein Wort mit Ihnen gesprochen.« Er sprach mit gleichgültiger Stimme, doch Morris glaubte, einen leicht drohenden Ton herauszuhören.

»Treten Sie näher, Inspektor.«

Yates verschwendete keine Zeit. »Mr. Morris, ich würde gerne wissen, warum Sie uns verschwiegen haben, daß Sie gestern abend im *Finale* gewesen sind.«

»Das weiß ich selber nicht«, sagte Morris achselzuckend. »Wie dumm von mir.«

»Ich fühle mich versucht, Ihnen da zuzustimmen, Sir«, sagte Yates.

Morris trat an den Schrank mit den Getränken. »Ich war drauf und dran, Sie heute morgen davon in Kenntnis zu setzen, aber –« er zögerte und fuhr dann fort: »– aber ich habe mich dann doch anders besonnen. Ich wollte verständlicherweise nicht bekannt werden lassen, daß ich in Lokalen dieser Art verkehre.«

»Ich vermute, Sie haben aus einem ganz anderen Grund geschwiegen«, sagte Yates. Er sprach mit ruhiger, beinahe gleichgültiger Stimme. Keinen Augenblick ließ er Morris aus den Augen.

»Nun werden Sie nur nicht theatralisch«, sagte Morris im gleichen Tonfall. »Welch einen Grund kann ein Mann schon haben für den Besuch eines Lokals wie das *Finale?*«

»Keine Ahnung, Sir«, meinte Yates. »Vielleicht können Sie mich aufklären?«

»Mit Kim verbindet mich eine intime Freundschaft«, sagte Morris. »Was das bedeutet, darüber brauche ich Sie doch wohl nicht aufzuklären, oder? Wir amüsieren uns zusammen, das ist alles.«

»Das nehme ich Ihnen nicht ab, Sir.«

»Sie scheinen Kim Marshall nicht zu kennen.«

»Ganz im Gegenteil«, erklärte Yates. »Ich kenne die Dame ganz außerordentlich gut, und zwar seit Jahren. Seit wann sind Sie denn mit ihr befreundet, Mr. Morris?«

»Äh – seit drei Wochen etwa«, sagte Morris nach kurzem Zögern.

Yates nickte. »Aha. Kim hat mir einen Diamantring gezeigt, den Sie von Ihnen bekommen haben will.«

»Und?«

»Verschenken Sie immer Diamantringe an Damen, die Sie erst drei Wochen kennen?«

»Das kommt ganz darauf an. Wenn Sie mir soviel Vergnügen bereiten wie Kim – dann ja, Inspektor.« Zum erstenmal klang leichte Verärgerung durch, als er fragte: »Aus welchem Grunde sind Sie eigentlich mitten in der Nacht zu mir gekommen?«

»Weil ich aus Kim nichts herausbekommen konnte. Ihre Behauptung, Sie wären nichts weiter als ihr derzeitiger Liebhaber, erschien mir zu fadenscheinig.«

Morris lächelte. »Sie sind schwer zu überzeugen, Inspektor.«

»Ich glaube nur, was ich sehe, Mr. Morris.«

»Und was wollen Sie damit sagen?«

»Offengestanden«, sagte Yates, »Sie machen auf mich ganz und gar nicht den Eindruck eines Mannes, der sich mit Frauen vom Schlage Kim Marshalls abgibt. Außerdem bin ich fest davon überzeugt, daß Ihnen der Unterschied zwischen einem Rubin und einem Diamanten geläufig ist. Bei dem Ring, den Kim mir zeigte, handelte es sich um einen Rubinring, Mr. Morris.«

Morris winkte geringschätzig ab. »Haben Sie noch mehr Tricks von der Sorte auf Lager, Inspektor?«

»Im Augenblick leider nicht, Sir«, sagte Yates. »Aber mir wird schon noch etwas einfallen.« Er kam etwas näher an Morris heran. »Als ich das letzte Mal bei Ihnen war, fragte ich nach Fay Collins.«

»Sie haben niemals damit aufgehört, nach ihr zu fragen«, erwiderte Morris.

»Nun, hier ist noch eine Frage, Sir. Ist Fay Collins' Bruder ein Freund von Ihnen?«

»Sie werden es nicht glauben, aber er ist es nicht.«

»Warum sollte ich Ihnen nicht glauben?« meinte Yates freundlich. »Aber ich bedaure außerordentlich, daß Sie mir den wahren Grund Ihres Besuches bei Kim Marshall nicht nennen wollen. Ich habe so ein Gefühl, als würde mir meine Arbeit durch eine offene Antwort erheblich erleichtert.«

»Nun ist es aber genug, Inspektor!« sagte Morris ungeduldig. »Ich dürfte mich doch wohl deutlich genug ausgedrückt haben? Sie sind doch letzten Endes ein Mann von Welt!«

Yates lächelte vielsagend, wandte sich ab und ging auf die Tür zu.

»Einen Augenblick, Inspektor!« rief Morris hastig. »Warum haben Sie gefragt, ob ich mit Edward Collins befreundet bin?«

»Irgend jemand ist in sein Haus eingebrochen, und Collins ist dabei schwer verletzt worden. Er liegt im Krankenhaus.«

Morris preßte die Lippen aufeinander. »Wissen Sie bereits, was sich abgespielt hat? Steht es schlimm mit ihm?«

»Wir wissen noch nichts Genaues«, sagte Yates im Gesprächston. »In letzter Zeit hat es mehrere Raubüberfälle gegeben in der Umgebung von Littleshaw. Wir vermuten, daß jemand in sein Haus eingebrochen ist, und Collins hat ihn überrascht. Natürlich werden wir die Einzelheiten erfahren, wenn er wieder zu sich kommt, falls das geschieht.«

»Wie meinen Sie das?«

»Nun«, sagte Yates, »es steht nicht zum besten mit ihm.« Er stülpte sich seinen Hut auf den Kopf. »Gute Nacht, Sir ...«

Morris mischte sich erst einmal einen kräftigen Drink, nachdem der Inspektor gegangen war. Die Neuigkeiten über Edward Collins hatten ihm einen gehörigen Schock versetzt. Die Tatsache, daß er in Notwehr gehandelt hatte, würde ihm kaum etwas nützen – im

Gegenteil, vermutlich würde seine Lage dadurch nur noch verschlimmert werden.

Morris war sich im klaren darüber, daß Yates auf keinen Fall lockerlassen würde und die Spuren, auf die er gestoßen war, weiter verfolgen würde, bis er den Mörder oder zumindest den Mann, den er dafür hielt, auf der Anklagebank sitzen hatte. Morris zündete sich eine Zigarette an, ließ sich in einen Sessel vor dem offenen Kamin sinken und grübelte über seine Lage nach, die ihm um so verfahrener erschien, je länger er darüber nachdachte. Nach geraumer Zeit blickte er auf seine Armbanduhr, die bereits halb vier anzeigte. Kim Marshall ließ immer noch auf sich warten.

Als sie endlich erschien, konnte sie nur wenig zur Lösung von Morris' Problemen beitragen. Sie trug einen Pelzmantel, der seine besten Zeiten augenscheinlich hinter sich hatte, und sie war außer Atem und höchst nervös.

»Es tut mir leid, daß es so spät geworden ist«, sagte sie. »Ich konnte mich erst um drei Uhr freimachen, und dann ließ sich weit und breit kein Taxi blicken.«

»Möchten Sie einen Drink?«

»Nein. Was ist geschehen – ist Yates bei Ihnen gewesen? Haben Sie etwas von dem Brief erwähnt?«

»Selbstverständlich nicht.«

»Ganz bestimmt nicht?«

»Mein liebes Mädchen«, sagte Morris ungeduldig. »Wenn ich mich mit der Absicht tragen würde, Yates gegenüber etwas von dem Brief verlauten zu lassen, dann hätte ich mich niemals mit Ihnen in Verbindung gesetzt, und Sie könnten mich nicht erpressen.«

»Ich erpresse Sie ja auch gar nicht«, sagte Kim unschuldig.

»Wer denn?«

»Darüber wollte ich ja gerade mit Ihnen sprechen«, sagte Kim unsicher. »Ich – ich habe einen Fehler gemacht. Ich kann Ihnen den Brief nicht beschaffen.«

Morris umklammerte ihren Arm mit brutalem Griff. »Sie müssen ihn beschaffen! Seit Diana Winstons Tod ist er noch wichtiger als vorher.«

Kim entzog sich seinem Griff und betastete mit schmerzerfüllter Miene ihren Arm. »Ich weiß. Aber – nun, es tut mir leid, aber da ist nichts zu machen.«

»Wenn es eine Geldfrage ist –«

»Das ist nicht der Fall – Geld spielt keine Rolle mehr . . . ich habe mich ganz einfach anders besonnen, das ist alles.«

Morris' Augen nahmen einen gefährlichen Glanz an. »Sie haben mir erklärt, Sie könnten ihn beschaffen. Sie haben gesagt, wenn ich zahlen würde –«

»Ja, ja«, sagte Kim verstockt. »Was ich gestern erklärt habe, ist heute bedeutungslos geworden. Ich kann den Brief nicht mehr bekommen.«

»Wer hat ihn denn?«

»Das weiß ich nicht.«

»Durch wen haben Sie denn überhaupt von der Existenz des Briefes erfahren?«

Kim zögerte. »Jemand, den ich kenne, hat mir davon erzählt. Man hat mich gebeten, mit Ihnen Kontakt aufzunehmen – als Verbindungsperson aufzutreten. Er hat mir zweihundert Pfund dafür versprochen.«

»Wer ist dieser *Jemand?«* wollte Morris wissen.

»Eine Freundin von mir.«

»Gut«, meinte Morris. »Sagen Sie Ihrer Freundin, sie soll sich mit mir in Verbindung setzen.«

»Ich glaube, das will sie nicht mehr. Ich bin sogar fest davon überzeugt, daß sie von dem Geschäft nichts mehr wissen will.«

»Versuchen Sie es trotzdem.«

Kim war unschlüssig. »Wenn ich mich einverstanden erkläre, wollen Sie mir dann einen Gefallen erweisen?«

»Vielleicht. Das ist abhängig davon, was Sie von mir verlangen.«

»Wollen Sie mir versprechen, Yates gegenüber nichts über den wahren Grund unserer Bekanntschaft verlauten zu lassen?« fragte Kim zögernd.

»Es liegt nicht in meiner Absicht, mich selbst zu belasten, indem ich Yates etwas über den Brief oder über Sie erzähle.«

Kim schien erleichtert. »Dann ist es gut. Ich werde morgen früh bei meiner Freundin anrufen.«

»Das hoffe ich«, sagte Morris. Er spürte, wie die Anspannung der letzten Stunden allmählich nachließ. »Und wie steht es jetzt mit einem Drink?«

»Geben Sie mir einen Brandy«, lautete Kims prompte Antwort. »Einen doppelten.«

Morris schenkte ein und lächelte ihr zu. »Yates hat Ihnen einen gehörigen Schrecken eingejagt, was Herzchen?«

Kim nahm dankbar das Glas in Empfang. »Ehrlich gesagt«, gestand sie, »er hat mich das Fürchten gelehrt . . .«

*

Marian Hastings saß im Büro des Inspektors und wartete ungeduldig auf sein Erscheinen. Sie hatte bereits ihre zweite Zigarette zu Ende geraucht, als er endlich mit einem umfangreichen Aktenbündel unter dem Arm eintrat.

»Bitte verzeihen Sie, wenn ich Sie warten ließ, Miss Hastings.« Bei aller Höflichkeit im Ton glaubte Marian Hastings, aus den Worten des Inspektors leichten Spott heraushören zu können.

»Offensichtlich vergessen Sie, wie knapp meine Zeit bemessen ist, Inspektor«, sagte sie spitz. »Was wollen Sie überhaupt von mir?«

»Ich möchte mich mit Ihnen unterhalten«, sagte Yates liebenswürdig, setzte sich an seinen Schreibtisch und sah sie an.

»Daß es sich nicht um eine Einladung zum Tee handelte, habe ich mir bereits gedacht«, erwiderte sie gereizt.

Sie hatte kaum ausgesprochen, als Sergeant Jeffreys hereinkam und eine Tasse mit dampfendem Tee vor sie hinstellte.

»Vielleicht lassen Sie sich trotzdem überreden, eine Tasse Tee mit uns zu trinken«, meinte Yates lächelnd.

Marian Hastings war so leicht nicht zu besänftigen. »Nein, ganz gewiß nicht. Ich bin eine vielbeschäftigte Frau, wenn Sie mir etwas mitzuteilen haben, so wäre ich dankbar, wenn das jetzt sofort geschehen würde.«

Yates blätterte in dem Aktenbündel, das vor ihm auf dem Schreibtisch lag. »Ich habe mich mit dem Hotel in Chamonix in Verbindung gesetzt, Miss Hastings. Die Besitzerin ist eine Dame namens Browning. Wie ich erfahren habe, ist sie eine Freundin von Ihnen. Daher ist es auch nicht weiter verwunderlich, daß sie Ihre Behauptungen bestätigte. Aber, ehrlich gestanden, ich glaube ihr nicht.« Er stand plötzlich auf. »Ich möchte Ihren Paß sehen.«

Sie sprang auf die Füße. »Wollen Sie damit sagen, ich hätte gelogen?«

»Ich will damit sagen, daß Sie überhaupt nicht nach Chamonix gefahren sind. Wenn Sie mir Ihren Paß nicht zeigen wollen, frage ich bei der Paßkontrolle an. Das hängt von Ihnen ab.«

Marian Hastings biß sich auf die Lippen.

»Also – wie steht es, Miss Hastings?« drängte Yates.

Sie sah verlegen zum Fenster hinaus. »Sie haben völlig recht«, sagte sie nach längerer Pause. »Ich bin gar nicht in Chamonix gewesen. Ich war die ganze Zeit in London.«

»Dann haben Sie doch sicherlich unmittelbar nach der Tat von dem Mord erfahren, nicht wahr?«

»Ja.«

»Und warum haben Sie sich nicht sofort mit uns in Verbindung gesetzt?«

Sie zögerte. »Weil mein Verlobter mich in der Schweiz glaubte und ich – ich – nun, ich wollte ihm seine Illusionen nicht nehmen.«

»Das wäre auch nicht nötig gewesen. Sie hätten nur zu sagen brauchen, Sie wären mit dem Flugzeug aus Genf zurückgekehrt statt mit dem Autobus aus London.«

Sie schüttelte ihren Kopf. »Er hätte mir nicht geglaubt. Alistair weiß, wie sehr mir die Fliegerei verhaßt ist.«

»Was haben Sie denn in London gemacht?«

Sie preßte die Lippen zusammen. »Das ist meine Angelegenheit.«

»Das will ich nicht bestreiten«, sagte Yates mit mildem Tadel. »Nur, wie die Dinge stehen, ist es leider auch zu meiner Angelegenheit geworden.«

»Das wage ich zu bezweifeln. Jedenfalls weigere ich mich, diese impertinente Frage zu beantworten.«

Yates seufzte betrübt. »Ich fürchte, früher oder später werden Sie die Frage doch beantworten müssen. Glauben Sie mir, wir interessieren uns nicht im geringsten für Ihre Bindung an Alistair Goodman.« Er starrte sie einen Augenblick durchdringend an und fuhr dann mit ungewohnter Offenheit fort: »Falls Sie ein Verhältnis zu einem anderen Mann in der Stadt unterhalten sollten, möchte ich Ihnen versichern – – –«

Marian Hastings fuhr ihn wutentbrannt an: »Wie können Sie es wagen! Ich hätte nicht übel Lust, mich bei Ihrem Vorgesetzten über Sie zu beschweren!«

»Aber bitte sehr, dem steht nichts im Wege«, sagte Yates freundlich. »Darf ich Ihnen vorschlagen, sich an Hauptkommissar Nash zu wenden? Ich bin fest davon überzeugt, daß er sich liebend gerne mit Ihnen unterhalten würde.«

Marian Hastings suchte verzweifelt nach einer passenden Erwiderung. Ihr wollte nichts einfallen, und so sagte sie nur: »Ich denke, es ist zwecklos, dieses Gespräch weiterzuführen, Inspektor. Guten Morgen.« Sie rauschte zum Zimmer hinaus und stieß in der Tür beinahe mit Jeffreys zusammen, der zum Lohn mit einem vernichtenden Blick aus ihren mit künstlichen Wimpern bewehrten Augen bedacht wurde.

»Was ist denn geschehen?« wollte Jeffreys wissen.

»Verdammtes Frauenzimmer!« knurrte Yates. »Matthews hatte recht, Jeff. Sie hatte sich die ganze Zeit über in London aufgehalten. In Chamonix ist sie überhaupt nicht gewesen.«

»Aber warum hat sie dann so lange gewartet, bevor sie uns von Morris erzählte?«

»Dazu ist sie aufgefordert worden«, sagte Yates.

»Von wem?«

»Das ist die brennende Frage«, sagte Yates nachdenklich. Er entnahm der Akte auf seinem Schreibtisch einen Brief. »Haben Sie das Schreiben von der Versicherungsgesellschaft gelesen?«

»Nein. Was wollen die denn?«

»Es handelt sich um das Diamantenarmband. Jemand hat es für tausend Pfund versichert, und zwar vor über einem Jahr. Wissen Sie auch, wer dieser Jemand war?«

Jeffreys schüttelte stumm seinen Kopf.

»Fay Collins«, sagte Yates gewichtig.

Jeffreys zog ein verblüfftes Gesicht. »Aber das ist doch unmöglich, Sir! Verdammt noch einmal, sie hat es doch nie erhalten! Sie war tot, als ihr der Briefträger das Ding ins Haus – – –« Er schwieg plötzlich und starrte Yates ungläubig an. »Wollen Sie damit sagen, das Armband wäre schon immer Fay Collins' Eigentum gewesen?«

»Genau das. Jemand stahl es aus ihrer Wohnung, legte die Karte mit der Erinnerung an *Le Lavencher* dazu und schickte es ihr mit der Post zu. Wer immer das auch war, er wußte genau, daß Fay Collins beim Eintreffen des Päckchens längst tot sein würde.«

»Demnach glauben Sie, Morris hat ihr das Armband gar nicht geschickt, nicht wahr?«

»So ist es«, sagte Yates. »Wir sollten durch dieses Manöver irregeführt und unsere Aufmerksamkeit auf Morris gelenkt werden.«

»Aber er hat die Karte geschrieben . . .«, sagte Jeffreys.

»O ja, die Karte hat er geschrieben, zu irgendeinem Zeitpunkt, und ganz gewiß hat er sie nicht zusammen mit dem Armband an sie abgesandt.«

»Ich beginne zu verstehen«, sagte Jeffreys aufgeregt. »Sie glauben, die Karte ist mit einem Blumenstrauß oder mit einer Schachtel Pralinen bei Fay Collins eingetroffen, zu einem früheren Zeitpunkt.«

»Ausgezeichnet, Jeff!« Der Inspektor lächelte und drehte sich nach Wachtmeister Kent um, der das Büro betrat.

»Mr. Hopedean wartet draußen, Sir«, sagte Kent. »Er möchte mit Ihnen sprechen.«

»Gut. Schicken Sie ihn herein.«

Jeffreys nahm den Brief von der Versicherungsgesellschaft vom Schreibtisch. »Dann glauben Sie also, Morris hat Fay Collins gar nicht ermordet, oder?« fragte er.

»Davon habe ich kein Wort gesagt«, verbesserte Yates seinen Sergeanten. »Ich habe lediglich festgestellt, daß er nicht der Absender des Armbandes war.«

John Hopedean machte den Eindruck eines Mannes, der sich bester Gesundheit und Laune erfreute. »Guten Morgen, die Herren«, grüßte er mit lauter Stimme.

»Guten Morgen, Mr. Hopedean«, sagte Yates. »Wollen Sie nicht Platz nehmen?«

»Ich will Sie nicht lange aufhalten, Inspektor. Ich habe nur einige Neuigkeiten, die Sie sicherlich interessieren werden.«

»Aber das ist doch kein Grund dafür, daß Sie stehen statt sitzen, solange Sie unser Gast sind, Sir«, sagte Yates liebenswürdig.

»Also gut, wie Sie wünschen.« Hopedean ließ sich auf dem Besucherstuhl nieder und schlug seine Beine übereinander. Er fuhr fort: »Ich war heute morgen in London in der Fleet Street, um ein paar Bilder bei einem Zeitungsverlag abzuliefern. Bei der Gelegenheit traf ich Finchley, einen guten Freund von mir. Er arbeitet für das *Weekly Spotlight.*«

»Ist das nicht eine von Clifton Morris' Zeitschriften?«

Hopedean nickte. »Wie es scheint, war Finchley sehr gut mit Diana Winston bekannt und noch wenige Stunden vor dem Mord mit ihr zusammen.«

»Wo?« fragte Yates.

»Ich glaube, er sagte im *Savoy*, aber ich weiß es nicht genau. Auf alle Fälle haben sie ein Gläschen zusammen getrunken. Diana Winston war, so sagt Finchley, völlig aus dem Häuschen. Sie erzählte Finchley, sie habe soeben ein phantastisches Angebot von Morris erhalten. Anscheinend sollte sie für Morris nach Rom gehen und dort die Herausgabe eines neuen Modejournals vorbereiten. Jedenfalls war sie furchtbar aufgeregt über die ganze Sache.«

»Hat dieser Bekannte von Ihnen sonst noch etwas gesagt über Diana Winston?«

»Nein, das ist alles. Ich fürchte, es ist nicht sehr viel, aber ich dachte, Sie sollten es trotzdem wissen.« Hopedean lächelte entwaffnend. »Schon aus Rücksicht Mr. Morris gegenüber«, fügte er hinzu.

»Ich kann Ihnen nicht ganz folgen, Sir«, sagte Yates.

Hopedean wies den Inspektor mit theatralischer Geste seine Handflächen. »Natürlich weiß ich nur sehr wenig über den ganzen Fall«, sagte er. »Nur das, was man so aus den Zeitungen liest. Übrigens finde ich es geradezu empörend, in welcher Weise sich manche Reporter über die Arbeit der Polizei auslassen.«

»Wir sprechen von Mr. Morris, Sir«, bemerkte Yates.

»Ja, ja, natürlich.« Hopedean lächelte wieder und setzte sich etwas bequemer auf dem Stuhl zurecht. »Nun, jedermann scheint der Ansicht zu sein, Morris und kein anderer habe Diana Winston umgebracht. Doch wenn Finchley die Wahrheit sagt – und das ist zweifellos der Fall –, dann kommt Morris als Täter doch gar nicht in Frage« – er zuckte bedeutungsvoll mit den Schultern – »ich meine, es ist doch völlig widersinnig, wenn jemand einem Mädchen in diesem Augenblick eine fabelhafte Stellung anbietet und sie im nächsten ermordet, nicht wahr?«

»Das finde ich auch, Sir«, pflichtete Yates dem Kunstmaler bei. »Ihr Freund wird doch sicherlich Ihre Angaben bestätigen?«

»Selbstverständlich. Sein Name ist P. J. Finchley. Er wohnt in Palmers Green. Sie finden ihn im Telefonbuch.«

Hopedean erhob sich und wandte sich zum Gehen. Sein Lächeln schien an diesem Morgen wie festgefroren. »Ich hoffe, ich konnte Ihnen mit dieser Information ein wenig behilflich sein, Inspektor.«

Als Hopedean gegangen war, sagte Jeffreys: »Glauben Sie, Morris hat Diana Winston die Stellung in Rom angeboten, sozusagen im Tauschverfahren für ein Alibi?«

»Das ist möglich«, meinte Yates.

»Auf den Gedanken sind Sie natürlich längst gekommen, nicht wahr?«

»Ganz recht«, sagte Yates langsam. »Nun frage ich mich nur, ob vielleicht Hopedean ebenfalls auf den Gedanken gekommen ist . . .«

In Kim Marshalls Wohnschlafzimmer herrschte ein heilloses Durcheinander. Mäntel, Kleider und alle möglichen anderen Dinge lagen über das Bett und über den ganzen Raum verstreut. Ein bereits fertig gepackter Koffer stand auf dem Fußboden neben der Tür.

Kim mühte sich angestrengt damit ab, einen zweiten Koffer zu schließen und gab den Versuch schließlich auf. Sie fluchte wie ein Hafenarbeiter, ging zum Telefon und wählte eine Nummer.

Eine kühle, unpersönliche weibliche Stimme sagte: »Clifton Morris Verlag . . .«

»Ich wünsche mit Mr. Morris zu sprechen«, sagte Kim.

»Bedaure«, sagte die Stimme. »Mr. Morris ist im Augenblick unabkömmlich.«

»Hören Sie«, rief Kim nervös, »ich versuche seit Stunden, Mr. Morris zu erreichen. Verbinden Sie mich mit ihm, und zwar sofort! Melden Sie Ihrem Boß, Miss Marshall wünscht ihn zu sprechen!«

Kim hörte etwas, das gewisse Ähnlichkeit mit einem unterdrückten Ausruf der Empörung hatte. »Einen Augenblick«, sagte die Stimme feindselig.

Morris meldete sich innerhalb von wenigen Sekunden. »Hallo – Kim ...?«

»Sie spielen anscheinend Versteck, was?« fragte Kim. »Ich habe seit heute morgen nichts weiter getan, als Ihre Nummer vergeblich gewählt!«

»Das tut mir leid«, sagte Morris. »Haben Sie mir etwas mitzuteilen?«

»Ich habe mit meiner Freundin gesprochen. Irgend jemand wird sich mit Ihnen in Verbindung setzen.«

»Wann?«

»Das weiß ich nicht – vielleicht heute abend.«

»Ist gut, Kim«, sagte Morris abschließend. »Wir sehen uns. Viel Glück ...«

»Sollte es Sie jemals nach Paris verschlagen, besuchen Sie mich, Herzchen«, sagte Kim. »Sie werden mich in einem der Klubs zu finden wissen.« Sie hängte auf und begann, wieder zu packen ...

9

Marian hatte wirklich einen schlechten Tag erwischt. Erst den Ärger mit der Polizei, und nun wurde ihre Kundschaft auch noch rebellisch! Es hatte wahrlich Mühe genug gekostet, Mrs. Hudson davon zu überzeugen, daß ihr neues Cocktailkleid lang genug sein mußte, um die unförmigen Waden der unförmigen Dame zu verdecken. Nun bestand dieses aufsässige Frauenzimmer plötzlich auf einer Kleiderlänge, die nicht nur ihre Waden, sondern auch noch ihre mit Krampfadern bedeckten Kniekehlen den Blicken ihrer bedauernswerten Umwelt aussetzen würde. Marian und Phyllis, jede mit einem Dutzend Nadeln zwischen den Lippen, versuchten, das Unmögliche möglich zu machen.

»Wie lange, glaubst du, wirst du dazu brauchen, Phyllis?« fragte Marian.

»Mit etwas Glück und Verstand sollte ich es in einer Stunde geschafft haben«, antwortete ihre Assistentin.

»Gut. Ich habe ihr gesagt, sie könnte es um drei Uhr haben, aber nur der Allmächtige weiß, wie sie darin aussehen wird.«

»Nicht einmal ihre besten Freundinnen werden wagen, ihr die Wahrheit zu sagen«, meinte Phyllis hellseherisch.

Alistair Goodman hatte gewiß einen ungünstigen Moment für sein Erscheinen ausgewählt. Mit einer großen Hutschachtel in der Hand polterte er zur Tür herein.

»Hallo, Alistair«, sagte Marian. Es klang nicht sehr begeistert.

Goodman drückte ihr einen feuchten Kuß auf die Wange und legte die Hutschachtel auf den Tisch. »Mit einem herzlichen Gruß von Mrs. Baxter«, erklärte er vergnügt. »Sie wird dir später ihre Aufwartung machen.«

»Ach du liebe Güte!« stöhnte Marian. »Sie hat das verdammte Ding erst heute morgen gekauft.«

»Nun, inzwischen hat sie sich die Auffassung zu eigen gemacht, das verdammte Ding stünde ihr nicht besonders gut zu Gesicht«, meinte Goodman und grinste, als habe er soeben den Witz des Tages von sich gegeben.

»Natürlich steht er ihr nicht«, sagte Marian ärgerlich. »Nichts steht ihr. Sie sieht aus wie ein Pferd. Kann sich jemand ein Pferd mit einem Frühjahrshut vorstellen?«

»Nun, so verkauf' ihr doch ein Zaumzeug, meine Liebe«, witzelte Goodman.

»Ein merkwürdiges Weibsbild – jedesmal, wenn sie mir begegnet, benutzt sie mich als Laufbursche.« Er lachte schallend. »Vermutlich hält sie mich für den Gemeindediener oder so etwas Ähnliches.«

Phyllis unterbrach ihre Nadelarbeit für einen Augenblick und kicherte verhalten. Marian lächelte säuerlich und sagte: »Wirst du mich zum Mittagessen ausführen, Alistair?«

»Das ist völlig ausgeschlossen, altes Mädchen, so leid es mir tut«, sagte Goodman. »Um zwei Uhr ist eine Zusammenkunft der Leute von der Molkereigenossenschaft. Übrigens – habe ich dich nicht heute morgen aus der Polizeiwache herauskommen sehen?«

»Ja«, erwiderte Marian kurzangebunden. »Inspektor Yates hatte mich hinbestellt.«

»Weshalb?«

»Oh, nichts Besonderes.«

»Nun, irgendeinen Grund wird er doch wohl gehabt haben«, drang Goodman in seine Verlobte.

»Was soll er schon für einen Grund gehabt haben?« sagte Marian böse. »Natürlich handelte es sich wieder um Fay Collins.«

Goodman zupfte an seinem Schnurrbart. »Verdammt, was hast du denn damit zu schaffen? Was wollte er denn nun schon wieder?«

»Ich werde es dir heute abend erzählen, Alistair.« Ihr Tonfall ließ ihn erstaunt aufblicken.

»Also gut, altes Mädchen«, sagte Goodman. Er sah auf die Uhr. »Ich muß mich beeilen.« Er wiederholte die Kußzeremonie und winkte Phyllis zu. Vergnügt vor sich hinpfeifend, ging er aus dem Laden.

Phyllis sagte: »Können Sie mir den Saum eben halten, Miss Hastings? Ich habe keine Nadeln mehr zur Hand.«

Marian Hastings saß in dem winzigen Erker, der ihr als Büro diente, als Phyllis triumphierend verkündete, daß die Schlacht um Mrs. Hudsons Kleidlänge als gewonnen betrachtet werden konnte. »Ich hab's geschafft«, rief sie. »Aber sicherlich wird sie nächste Woche zurückkommen und reklamieren, das Kleid wäre viel zu kurz.«

Marian unterzeichnete einen Brief, den sie soeben vollendet hatte. »Vielen Dank, Phyllis. In einer Stunde komme ich zurück. Dann kannst du gehen.«

»Ach, das eilt nicht«, sagte Phyllis. »Davis holt mich erst um fünf Uhr ab.«

Marian ging, und gleich darauf hörte die im Laden alleine gelassene Phyllis laut kreischende Autobremsen draußen auf der Straße und zwei Knallgeräusche, die wie die Fehlzündungen eines vorüberfahrenden Lastwagens klangen. Im gleichen Augenblick ertönte der Entsetzensschrei einer zu Tode erschrockenen Frau, und Phyllis rannte zur Tür, um zu sehen, was es gegeben hatte.

Marian Hastings stand mit schreckgeweiteten Augen und bleichem Gesicht neben ihrem Wagen. Die Windschutzscheibe wies zwei dicht nebeneinander plazierte Einschußlöcher auf. Aus allen Richtungen strömten die Neugierigen herbei. Einer der ersten, die bei Marian eintrafen, war Gerald Quincey, der sie hastig am Arm packte, als sie auf das Straßenpflaster zu sinken drohte. Mit einiger Anstrengung gelang es ihr, sich auf den Beinen zu halten. »Sind Sie verletzt?« keuchte Gerald.

Marian sah ihn wie durch Nebelschwaden hindurch an. Dann blickte sie auf ihre rechte Hand, die stark zu bluten begann. Nur mit Mühe konnte sie sprechen. Mit schwacher Stimme sagte sie: »Ich glaube nicht ...«

»Aber Ihre Hand ...!« sagte Gerald besorgt.

»Das wird nichts weiter sein. Vermutlich nur ein Glassplitter ...« Sie schwankte und fuhr sich mit der Hand über die Augen.

Phyllis ergriff ihren anderen Arm. »Was ist geschehen?« rief sie.

»Irgend jemand hat aus einem fahrenden Wagen auf sie geschossen«, sagte Quincey. »Zuerst dachte ich, es wäre . . .«

»Vorsicht!« fiel ihm Phyllis ins Wort. »Sie wird ohnmächtig.« Gerald Quincey fing sie rechtzeitig auf, bevor sie hinfallen konnte.

Sie schleppten Marian in das winzige Büro, wo sie schnell wieder zu sich kam. Sie setzte sich auf und blickte um sich.

»Es ist alles in Ordnung mit mir, Phyllis«, sagte sie. »Bitte, mach kein solches Theater.«

Sie saß in einem Armsessel, während Phyllis ihre zerschnittene Hand wusch. Gerald Quincey stand mit besorgtem Gesicht daneben. Marian wandte sich an den jungen Mann. »Haben Sie den Wagen gesehen?«

»Ja, das habe ich. Aber ich habe ihn nicht weiter beachtet. Zuerst dachte ich, die Schüsse seien Fehlzündungen.«

»Den Fahrer haben Sie sicherlich nicht erkannt, was?«

»Nein«, bedauerte Quincey. »Und ich bezweifle, daß ihn irgendein anderer erkennen konnte.«

»Warum?«

»Er hatte seinen Hut tief in die Stirn gezogen und trug eine dunkle Brille – da war nichts zu machen.«

Phyllis sah zum Fenster hinaus. Als ein Wagen vor dem Geschäft hielt, drehte sie sich um. »Die Polizei ist hier, Miss Hastings«, sagte sie . . .

Yates lief mit langen Schritten durch die große Empfangshalle des Londoner Flughafengebäudes. Er blickte suchend um sich, eilte die Treppe hinauf und öffnete die Flügeltüren zum Flughafenrestaurant. Kim Marshall saß an einem Tisch am Fenster. Er sah sie und ging auf sie zu. »Guten Tag, Kim«, sagte er freundlich.

Kim musterte ihn mißtrauisch. »Was wollen Sie denn jetzt schon wieder?«

»Ich wollte Sie nur beglückwünschen«, sagte Yates. Er holte sein Zigarettenetui hervor, bot ihr eine Zigarette an und nahm selbst eine.

»Mich beglückwünschen? Wozu?«

»Ich hielt Sie nicht für gescheit genug, meinen Ratschlag zu befolgen.«

»Pah!« Kim warf den Kopf zurück. »Ich weiß nicht, wovon Sie sprechen. Ich habe mich überarbeitet und nehme Urlaub. Ende der Woche werde ich wieder in London sein.«

»Nicht, wenn Sie ein kluges Mädchen sind«, sagte Yates belehrend.

Er zog eine Zeitung aus seiner Rocktasche und breitete sie auf dem Tisch aus. »Haben Sie das gesehen?«

Yates wies auf eine Aufnahme auf der Titelseite des Blattes, auf dem Marian Hastings' Wagen mit der zerschossenen Windschutzscheibe zu sehen war. Ein kleineres Bild zeigte den Laden, und daneben war sogar noch Marian Hastings selber abgebildet.

Die Schlagzeile lautete:

›Schüsse auf der Hauptstraße von Littleshaw
Dreister Mordversuch‹

Kim nickte. »Ja, ich hab's gesehen.«

»Sie sind doch befreundet mit Marian Hastings, nicht wahr?«

»Nein«, sagte Kim. »Ich habe die Frau in meinem ganzen Leben noch nicht gesehen. Ich habe keine Ahnung, um was es bei dieser Sache überhaupt geht.«

»Sind Sie da ganz sicher?«

»Selbstverständlich bin ich das! Glauben Sie etwa, ich wüßte nicht, wer alles zu meinen Freunden zählt?«

Yates steckte die Zeitung wieder in die Tasche. »Das erschwert die Sache allerdings ganz außerordentlich«, meinte er. »Ich war der festen Meinung, Sie hätten Marian Hastings sehr gut gekannt.« Er sah auf seine Uhr und seine Stimme nahm einen harten Klang an. »Nehmen Sie Ihr Gepäck. Wir fahren zurück zur Stadt.«

Kim starrte ihn ungläubig an. »Was soll das heißen? Wovon reden Sie?«

»Ich benötige gewisse Informationen über Marian Hastings«, sagte Yates. »Und ich bin der Ansicht, daß ich die von Ihnen bekommen kann. Falls Sie nichts wissen oder nichts wissen wollen, muß ich mir meine Informationen auf andere Weise beschaffen. Aber eines steht fest: Sie werden London erst verlassen, wenn ich alles erfahren habe.«

»Sie scherzen, Harry«, sagte Kim. Angst, nackte Angst saß in ihrem Blick. »Das bringen Sie nicht fertig.«

»Mir ist nicht zum Scherzen zumute«, sagte Yates mit ernster Miene. »Und daß ich es fertigbringe, werden Sie gleich sehen.«

Kim war verstört und unentschlossen.

»Es liegt ganz bei Ihnen«, sagte Yates.

Kim zerdrückte mit wütender Gebärde ihre Zigarette im Aschenbecher. »Also gut, Harry. Ich werde Ihnen alles sagen.«

»Vernünftiges Mädchen«, bemerkte Yates. Sie blickte um sich, als wollte sie sich überzeugen, daß sie nicht belauscht wurden. Dann lehnte sie sich zu ihm hinüber.

»Ich hatte keine Ahnung, in was ich mich da einließ«, sagte Kim kleinlaut. »Diese Marian Hastings kenne ich seit etwa einem halben Jahr. Sie hat mich gebeten, mit Morris Verbindung aufzunehmen – als Kontaktperson aufzutreten. Sie behauptete, einer ihrer Freunde habe einen Brief im Besitz, den Morris unbedingt benötigte – einen Brief, den er an Fay Collins geschrieben hatte.«

»Hat sie eine Andeutung darüber gemacht, um wen es sich bei diesem Freund handelte?«

»Nein, das nicht« – Kims Stimme gewann an Festigkeit – »aber sie hat furchtbare Angst vor ihm. Ich glaube, er ist der Mann, der Fay Collins ermordet hat.«

»Das glaube ich auch«, sagte Yates. Er sah Kim durchdringend an. »Kennen Sie den Namen des Mannes wirklich nicht?« wollte Yates dann wissen.

»Ich?« Kim schien ernstlich besorgt. »Ich weiß es wirklich nicht, Harry. Ich schwöre Ihnen, ich habe keine Ahnung!« Kims Mundwinkel zuckten merkwürdig, und Yates war anscheinend überzeugt.

»Schon gut«, sagte Yates. »Ich will Ihnen das glauben. Sie mögen den Mann nicht kennen, aber ich weiß seinen Namen« – er rückte ein wenig näher an die Tänzerin heran und zückte wieder sein Zigarettenetui – »und nun lassen Sie mal den Rest der Geschichte hören ...«

Sergeant Jeffreys bewachte die elektrische Wanduhr im Büro des Inspektors. Er starrte sie an, als befürchtete er, die Zeiger könnten sich jeden Augenblick selbständig machen. Es war zwanzig Minuten nach sechs. Wachtmeister Kent erschien mit einer dampfenden Tasse in der Hand.

»Fred hat Kaffee gekocht«, sagte Kent. »Möchten Sie eine Tasse?«

»Beschäftigt sich Fred außer mit Kaffeekochen gelegentlich auch mit anderen Dingen?« fragte Jeffreys.

Kent dachte über die Frage seines Vorgesetzten nach. »Manchmal gießt er auch einen ganz guten Tee auf.«

Jeffreys verglich seine Armbanduhr mit der Wanduhr.

»Der Inspektor wollte doch um halb sieben angerufen werden, nicht wahr?«

»Pünktlich um halb sieben«, bestätigte Kent.

»Na, dann wollen wir mal«, sagte Jeffreys und griff nach dem Hörer ...

*

Clifton Morris stand vor dem Kamin im Herrenzimmer seines Appartements und begegnete dem forschenden Blick des Inspektors mit echter Empörung.

»Ich kann mir beim besten Willen nicht erklären«, sagte er, »wie Sie auf den Gedanken gekommen sind, ich könnte mit dieser Sache in Littleshaw etwas zu tun haben.«

»Dann ist es um Ihre Vorstellungskraft nicht sehr gut bestellt, Sir«, meinte Yates. »Miss Hastings ist die Person, die Sie mit Fay Collins zusammen gesehen hat.«

»Oh, ich verstehe«, sagte Morris sarkastisch. »Jetzt geht mir ein Licht auf. Miss Hastings hat mich zusammen mit Fay Collins gesehen, also wollte ich mich ihrer auf sehr eindrucksvolle Weise entledigen.«

»Irgend jemand wollte sich ihrer entledigen«, sagte Yates.

»Stellen Sie sich vor, dieser Irgendjemand heißt nicht Clifton Morris. Wann, sagten Sie, ereignete sich dieser Überfall?«

»Kurz vor halb zwei heute nachmittag.«

Morris lächelte. »Wie bedauerlich. In dem Fall werden Sie mich von Ihrer Liste der Verdächtigen streichen müssen. Von zehn Uhr vormittags bis annähernd halb vier heute nachmittag betätigte ich mich als mehr oder weniger aktives Mitglied einer Aufsichtsratsitzung.«

»Das hätten Sie mir auch gleich sagen können«, meinte Yates und warf einen Blick auf seine Uhr. In diesem Augenblick klingelte es.

Morris meldete sich und wandte sich mit einem Ausdruck der Verwunderung an Yates. »Für Sie, Inspektor.«

Yates tat überrascht. »Für mich?«

Jeffreys sprach wie gewöhnlich mit übermäßig lauter Stimme. »Entschuldigen Sie die Störung, Inspektor, aber wir haben soeben eine schlechte Nachricht über Edward Collins erhalten . . .«

»Was ist mit Edward Collins?« Yates warf Morris einen verstohlenen Blick zu.

»Er ist tot, Sir.«

»Das ist ja furchtbar«, sagte Yates. »Wann ist er denn gestorben?« Er hörte, wie Morris geräuschvoll Luft holte und dann den Atem anhielt.

»Das Krankenhaus hat vor fünf Minuten angerufen, Sir.«

»Ist gut, Jeff«, sagte Yates. »Wir sehen uns später.« Er legte den Hörer auf die Gabel zurück und sah Morris an. »Edward Collins ist tot«, erklärte er. »Wir haben soeben vom Krankenhaus Bescheid bekommen. Er ist heute nachmittag gestorben.«

Morris sagte: »Oh, Gott . . .!« Yates blickte ihn prüfend an und nahm seinen Hut.

»Sie werden mich entschuldigen, Sir«, sagte er. »Ich muß sofort zurück nach Littleshaw . . .«

Um halb elf kauerte Clifton Morris wie ein Verlorener in einem Sessel vor dem Kamin und starrte in die sterbenden Flammen. Eine lähmende Müdigkeit hatte von ihm Besitz ergriffen, doch er wußte, daß er nicht schlafen würde, wenn er sich hinlegte.

Er hatte einen kleinen Tisch neben den Sessel gerückt, auf dem eine halbvolle Brandyflasche stand sowie ein Glas. Während er sich einschenkte, kam er zu dem Schluß, daß er zu viel trank, zu viel rauchte, zu wenig schlief und seine Firma vernachlässigte. Er trank in kleinen Schlucken, registrierte die angenehme Wärme in seinem Magen als Nebensächlichkeit und zündete sich eine neue Zigarette an.

Morris nahm den übervollen Aschbecher und schüttete den Inhalt in das Feuer. Er gähnte und preßte die Handflächen gegen seine schmerzenden Schläfen. Ein weiterer Drink, sagte er sich, und ein heißes Bad würden ihm vielleicht den Schlaf bescheren, den er so dringend benötigte. Bevor er den Gedanken in die Tat umsetzen konnte, klingelte es. Morris stellte sein Glas ab und ging, um den späten Besucher zu empfangen.

Reverend Nigel Matthews war es, der vor der Tür stand und mit besorgtem Gesichtsausdruck Einlaß begehrte.

10

Matthews' Lächeln war voller Wärme und übte eine merkwürdig beruhigende Wirkung aus. »Guten Abend, Terry«, sagte er. »Du hast mich gewiß erwartet.«

»Das habe ich, Nigel«, erwiderte Morris. »Ich bin dir sehr dankbar, daß du so schnell auf meinen Notruf reagiert hast.«

»Ich war gerade auf dem Wege zu einer Versammlung, als dein Anruf kam«, sagte der Vikar.

»Oh, das tut mir leid . . .«

»Das ist nicht nötig – ich suchte sowieso nach einem Grund, um nicht hinzugehen. Dein SOS-Ruf war ein willkommener Anlaß.«

Morris führte Matthews in sein Herrenzimmer und drückte ihn in einen Sessel.

»Um was geht es denn eigentlich, Terry?« fragte der Vikar. »Dein Anruf hat mich sehr beunruhigt.«

»Wie du weißt, bringt mich die Polizei mit dem Mord an Fay Collins in Verbindung«, sagte Morris. »Sie sind fest davon überzeugt, ich und kein anderer hätte sie erdrosselt.«

»Ich weiß darüber nur, was in der Zeitung stand und was Inspektor Yates mir anvertraut hat.«

»Bist du denn mit Yates befreundet?«

Matthews nickte. »Ja, ich glaube, man kann uns als Freunde bezeichnen. Ich bin der Ansicht, er könnte auch durchaus zu deinen Freunden zählen, Terry, wenn du nur genügend Vernunft aufbringen würdest, um dich ihm anzuvertrauen.«

»Ich fürchte, daraus wird nichts. Yates glaubt mir kein Wort.«

»Ist das ausschließlich sein Verschulden?«

Morris wandte sich ab und stützte sich mit den Händen auf das Kaminsims. »Bist du der Ansicht, ich hätte Fay Collins umgebracht?« fragte er leise.

Matthews sah seinen Freund offen an. Sein Blick war freundlich, doch zugleich auch ein wenig vorwurfsvoll. »Nein«, sagte er. »Aber ich habe den Verdacht, daß du sie gekannt hast. Tatsächlich glaube ich, du warst sogar sehr eng mit ihr befreundet.«

Morris setzte sich auf die Armlehne des Sofas. »Du hast völlig recht, Nigel«, sagte er langsam. »Ich habe sie sehr gut gekannt.«

»Terry, willst du mir nicht alles erzählen?« fragte Matthews. »Du weißt, daß du dich mir anvertrauen kannst.«

Morris schöpfte tief Atem. »Zum erstenmal begegnete ich Fay Collins vor sechs Monaten in einem Restaurant, das sich *Le Lavencher* nennt. Ich gehe häufig in dieses Lokal. Man kann dort sehr gut speisen, und die Bedienung ist erstklassig. Du kennst diese Art von Restaurants sicherlich – lustige Wandmalereien, kleine, vor den Blicken der übrigen Gäste abgeschirmte Alkoven, die wie geschaffen sind für geschäftliche Besprechungen und« – er zögerte einen Augenblick – »nun, du verstehst schon.«

»Erzähle weiter . . .«

»Also, sie sagte, ihr Name sei Fay Edwards, sie sei ein Fotomodell, und sie müsse ihren Ehemann unterhalten, der gelähmt sei. Als wir uns drei Monate kannten, lieh sie sich dreihundert Pfund von mir. Vierzehn Tage später zahlte sie das Geld zurück.«

»Ich verstehe«, sagte Matthews nachdenklich.

»Die dreihundert Pfund waren natürlich nur ein Köder«, fuhr Morris fort. »Selbstverständlich habe ich seinerzeit daran gedacht, aber – nun, ich wollte es einfach nicht wahrhaben. Zwei Wochen später lieh sie sich fünfzehnhundert Pfund von mir. Kurz darauf aß ich mit einem australischen Kollegen von mir zu Mittag; er kommt einmal im Jahr nach England, und wir treffen uns dann. Er behauptete, Fay zu kennen. Ihr Name sei nicht Edwards, sondern Collins. Außerdem sei sie unverheiratet und zähle zu den teuersten Damen der Londoner Lebewelt. Zuerst wollte ich ihm nicht glauben . . .«

»Das war ja auch zu unangenehm«, meinte Matthews verständnisvoll.

Morris nickte. »Trotzdem zog ich einige diskrete Erkundigungen über sie ein, und danach bestand kein Zweifel mehr darüber, daß er mir die Wahrheit erzählt hatte – Fay Collins hatte mich im wahrsten Sinne des Wortes aufs Glatteis geführt. Ich war wütend – nicht nur auf Fay Collins, sondern vor allem auf mich selbst.«

»Das kann ich begreifen«, murmelte der Vikar.

»Ich schrieb ihr einen geharnischten Brief«, fuhr Morris fort, »und verlangte die sofortige Rückzahlung der fünfzehnhundert Pfund. Sie antwortete nicht, also rief ich sie an.«

Morris machte eine Pause. »Und was geschah dann?« fragte Matthews?«

»Sie bat mich um eine Zusammenkunft, bei der wir alles besprechen wollten. Ich war dumm genug, ihr diesen Wunsch zu erfüllen. Wir verabredeten uns am Abend des 7. Januar in Littleshaw.«

»Das war die Nacht, in der sie ermordet wurde.«

»Ja, ich weiß.«

»Hast du die Verabredung eingehalten?«

Morris fuhr sich mit der Hand über die Augen. »Nein. Ich hatte zwar die Absicht, ich fuhr sogar mit dem Wagen bis Oakdene. Aber dann überlegte ich es mir anders.«

»Warum?« fragte der Vikar.

»Weil es mir plötzlich wie Schuppen von den Augen fiel«, sagte Morris. »Ich schalt mich einen Idioten, beschloß, Fay und die fünfzehnhundert Pfund zu vergessen und fuhr zurück in die Stadt. Ich stellte den Wagen im Hyde Park ab und ging in das Kino in der Curzon Street. Leider bin ich dort von niemandem gesehen worden. Am nächsten Morgen erfuhr ich aus der Zeitung von dem Mord.«

»Ist das die volle Wahrheit, Terry?« fragte Matthews.

Morris nickte heftig. »Die volle Wahrheit, Nigel – ich kann es beschwören.«

Matthews lächelte. »Dann brauchst du dir auch keine unnötigen Sorgen zu machen.«

Morris lachte verbittert. »Du hast gut reden – und was ist mit Edward Collins?«

Der Vikar lächelte immer noch. »Na, wegen dieses Burschen brauchst du dir ganz gewiß nicht den Kopf zerbrechen. Wenn er sich nicht gerade wieder einen Rausch antrinkt, geht es ihm so gut wie dir und mir.«

»Was meinst du damit?« fragte Morris ungläubig. »Yates hat mir erzählt ...«

»Yates wollte zur Abwechslung einmal deine Taktik anwenden«, sagte Matthews. »Er hat gelogen, was Collins anbetrifft. Er wollte dir auf diese Weise nur die Wahrheit entlocken, Terry.«

Morris stieß einen lauten Seufzer der Erleichterung aus. »Das ist doch wirklich der Gipfel!« rief er, weniger empört als bewundernd. »Dieser Yates ist viel zu schade, um sein Leben als Polizist zu verbringen. Der sollte für mich arbeiten!«

Matthews lachte. »Er will, daß du für ihn arbeitest.«

Morris starrte seinen Freund verwundert an. »Was soll denn das nun wieder heißen?«

»Würdest du mir ein wenig Whisky mit viel Soda in ein Glas füllen, Terry? Danach werde ich dir alles erklären.«

Morris mischte die Getränke. »Hier – und nun heraus mit der Sprache, Nigel! Ich möchte doch gar zu gerne erfahren, was dieser Yates mit mir im Schilde führt ...«

Reverend Nigel Matthews saß lächelnd auf dem Besucherstuhl im Dienstzimmer des Inspektors.

»Und so«, beendete er seinen Bericht, »habe ich Terry darüber belehrt, daß er sich selber viele Unannehmlichkeiten erspart hätte, wenn er von Anfang an bei der Wahrheit geblieben wäre. Ich ging sogar so weit zu erklären, daß er vermutlich niemals in Verdacht geraten wäre.«

»Und was sagte er darauf?« erkundigte sich Yates.

»Er wollte mir nicht glauben«, seufzte der Vikar.

Yates lächelte. »Das überrascht mich nicht weiter, Sir. Morris wurde nicht verdächtigt, weil er log, müssen sie wissen, sondern weil alle Begleitumstände auf ihn als einzig in Frage kommenden Täter deuteten.«

»Das verstehe ich«, sagte der Vikar. »Aber warum haben Sie ihn nicht verhaftet?«

»Weil – zum Glück für Morris – sich bei mir gewisse Zweifel eingestellt hatten.« Yates lächelte reuevoll. »Ich habe bereits einmal den falschen Mann verhaftet, und das hat mir eine Menge Unannehmlichkeiten eingetragen.« Yates erhob sich. »Sie haben sich außerordentlich nützlich gemacht, Mr. Matthews, und darum werde ich Ihre Neugierde befriedigen.«

Der Vikar lächelte schuldbewußt. »Wenn ich ganz ehrlich sein will – ich bin wirklich schrecklich neugierig, Inspektor.«

»Fay Collins hat für einen Erpresser gearbeitet«, erklärte Yates. »Wir wollen ihn zunächst einmal als Mr. A. bezeichnen. Mr. A. faßte den Entschluß, sich Fay Collins zu entledigen, und zwar auf so geschickte Art, daß der Verdacht nur auf Morris fallen konnte. Danach wollte er Morris erpressen. Fay hatte natürlich keine Ahnung von alledem und rannte blindlings in ihr Verderben.«

Matthews schüttelte traurig seinen Kopf. Das arme Mädchen war in mancherlei Beziehung zu bedauern.

»Ich möchte meinen Kopf darauf verwetten, daß Fay einen anderen für das Opfer hielt«, meldete sich Jeffreys, der in einer Ecke des Raumes auf einem Hocker saß, zu Worte.

»Sie können Ihren Kopf behalten, Jeff«, sagte Yates. »Vermutlich haben Sie recht. Jedenfalls wurde der teuflische Plan in die Tat umgesetzt. Fay kaufte einen Schal, der genauso aussah wie das Halstuch, das Morris immer trug. Beim Kauf ließ sie keinen Zweifel daran aufkommen, daß es sich um ein Geschenk für einen vermögenden Herrn handelte. Das Telegramm, dessen Absender natürlich Mr. A. war, sollte bestätigen, daß Clifton Morris der vermögende Freund der Dame war. Später wurde Morris' Halstuch gestohlen und – so vermute ich – verbrannt.«

»Also war der Schal, den Fay kaufte, derjenige . . .«

»Mit dem sie erdrosselt wurde«, beendete Yates den Satz des Vikars. »Selbstverständlich war von vornherein eingeplant, das Halstuch früher oder später in unsere Hände zu spielen und uns glauben zu machen, es handelte sich um den Schal, den Fay unserem Freund Morris geschenkt hatte.«

»Und Miss Hastings war diejenige, die den Schal identifizierte?« fragte Matthews.

Yates nickte. »Ja; aber offensichtlich konnte sie sich nicht recht dazu entschließen, der Forderung des Mr. A. nachzukommen. Wie Sie wissen, meldete sie sich erst vier oder fünf Tage nach dem Mord bei uns.«

»Sie meinen, Mr. A. hatte von ihr verlangt, Morris und das Halstuch zu identifizieren?« fragte der Vikar.

»Richtig«, erwiderte Yates. »Zu ihrem großen Pech wurde sie

jedoch von Ihnen in London gesehen, und damit brach ihre Story von Chamonix in sich zusammen.«

Der Vikar lächelte ein wenig unglücklich. »Für Sie als Polizeibeamten gehört die ganze Angelegenheit natürlich zu den Alltäglichkeiten. Für einen einfachen Landpfarrer jedoch ist das alles äußerst ungewöhnlich und überwältigend, besonders, wenn sich die Geschichte in seiner eigenen Gemeinde zuträgt.«

»Das dürfte nicht der erste Mord sein, der in einer stillen Kleinstadt verübt wurde«, meinte Yates.

»Vermutlich nicht, aber ich finde es trotzdem sehr beunruhigend.« Er schwieg für eine Weile und fragte dann langsam: »Würden Sie dann sagen, daß Miss Hastings an die Stelle von Fay Collins getreten ist?«

»Nein. Ich glaube, Marian Hastings arbeitet seit geraumer Zeit mit diesem Mr. A. zusammen. Vermutlich wird sie auch weiterhin für ihn tätig sein, denn sie hat furchtbare Angst vor ihrem Auftraggeber, und der will diesen Zustand auf alle Fälle aufrecht erhalten.«

»Dieser Überfall auf Marian Hastings spricht für Ihre Theorie«, meinte der Vikar.

»Und ebenfalls der Mord an Diana Winston«, sagte Yates. »Dadurch wurde Marian so eingeschüchtert, daß sie zum willigen Werkzeug des skrupellosen Erpressers wurde.« Er stand auf und schüttelte dem Vikar die Hand. »Nochmals vielen Dank, Sir. Sie haben mir einen großen Dienst erwiesen.«

»Verzeihen Sie, Sir«, sagte Jeffreys. »Mr. Collins ist hier. Er möchte mit Ihnen sprechen.«

Yates sah auf von seinem mit Schriftstücken übersäten Schreibtisch. »Ist gut, Jeff. Bringen Sie ihn herein.«

Mit Edward Collins war eine erstaunliche Veränderung vor sich gegangen. Von Feindseligkeit und Überheblichkeit war nichts mehr zu bemerken. Er wirkte bedeutend ruhiger und ausgeglichener, wie Yates mit einiger Erleichterung feststellte.

»Guten Tag, Mr. Collins«, sagte Yates vergnügt. »Nehmen Sie bitte Platz.«

»Ich will Sie nicht lange aufhalten, Inspektor«, sagte Collins zurückhaltend. »Ich erhielt Ihre Nachricht, daß ich mich wieder in der Öffentlichkeit sehen lassen dürfte, und deshalb dachte ich . . .«

Yates lachte. »Haben Sie herzlichen Dank, Mr. Collins. Es war sehr freundlich von Ihnen, mir zu helfen.«

»Ihnen zu helfen?« Collins lächelte verlegen. »Ich habe Sie wohl eher behindert bei der Ausübung Ihrer Pflicht, Inspektor. Auf welche Weise ich Ihnen geholfen haben soll, ist mir nicht ganz klar, Sir.«

»Wirklich nicht?«

Collins zuckte mit den Achseln. »Sie haben mir lediglich aufgetragen, mich drei oder vier Tage nicht in der Öffentlichkeit blicken zu lassen. Das war nicht allzu schwierig. Ich war ohnehin nicht daran interessiert, mich unter die Menge zu mischen.«

Yates lächelte. »Erinnern Sie sich an Ihren Zweikampf mit Mr. Morris?«

»Nun, ich würde es nicht gerade als Zweikampf bezeichnen.«

»Nennen wir es also eine kleine Meinungsverschiedenheit. Jedenfalls hat Sie diese Angelegenheit doch ziemlich mitgenommen. Wenn ich mich recht erinnere, lagen Sie ohnmächtig auf dem Teppich in Ihrem Wohnzimmer, als wir eintrafen.«

Die Erinnerung an den Zwischenfall mit Morris schien Collins unangenehm zu berühren. »Und?« fragte er.

»Ich habe Morris weisgemacht, Sie weilten nicht mehr unter den Lebenden«, erklärte Yates. »Er glaubte, Sie ermordet zu haben.«

Collins starrte den Inspektor verblüfft an. »Was wollten Sie denn damit erreichen?«

»Eine ganze Menge«, sagte Yates. »Er lernte dadurch das Fürchten und machte endlich den Mund auf. Wissen Sie, für einen schrecklichen Augenblick hielt er sich für einen Mörder. Und so seltsam Ihnen das erscheinen mag, Mr. Morris ist gar kein Mörder.«

Collins blickte bald den Inspektor und bald Jeffreys an. »Das geht über meinen Horizont«, murmelte er. »Wenn Morris meine Schwester nicht umgebracht hat, wer war es dann?«

»Ende der Woche können Sie mir die Frage gerne noch einmal stellen«, sagte Yates. »Bis dahin werde ich die Antwort parat haben.«

Collins betrachtete verlegen seine Fingernägel. »Ich fürchte, ich habe mich ganz furchtbar aufgeführt in dieser ganzen Angelegenheit. Von Rechts wegen hätte ich verdient, von Ihnen eingesperrt zu werden für mein Benehmen, Inspektor.«

Sieh einmal einer an! dachte der Inspektor. Die große Wandlung des Edward Collins. Aber nicht übel für den Anfang, nicht übel! Laut sagte er: »Wir wollen nicht mehr daran denken, Mr. Collins. Was macht Ihr Bein dieser Tage?«

»Es ist in letzter Zeit bedeutend besser geworden«, sagte Collins. »Wenn ich mir irgendwoher einen Wagen leihen kann, werde ich demnächst wohl einige Fahrversuche unternehmen.«

»Fein«, sagte Yates. »Rufen Sie mich Ende der Woche noch einmal an. Dann werde ich Ihnen sicherlich einige Neuigkeiten berichten können.«

Kaum war Collins gegangen, als das Telefon klingelte. Jeffreys meldete sich und reichte den Hörer an den Inspektor weiter. »Das ist Morris, Sir«, sagte er leise. »Ich glaube, er hat etwas entdeckt . . .«

Der Polizeiwagen kam auf der Hammersmithbrücke zum Stillstand. Yates winkte Clifton Morris, der eilig einstieg und auf dem Rücksitz Platz nahm.

»Was hat es gegeben?« fragte Yates kurz.

»Eine Frau hat mich angerufen«, sagte Morris.

»Wann?«

»Gestern abend gegen elf Uhr. Sie gab sich als eine Freundin Kim Marshalls aus.«

»Jetzt kommen wir allmählich zum Ziel.« Yates war erfreut. »Was hat sie sonst noch gesagt?«

»Sie sagte, sie würde mir den Brief aushändigen, wenn ich achttausend Pfund dafür bezahlen würde. Ich habe zugesagt.«

»Und weiter?«

»Sie will morgen kurz nach drei in meiner Wohnung anrufen.«

Yates nickte. Langsam begannen sich die Stücke zu einem großen Bild zusammenzufügen. »Wie wollen sie das Geld – in Banknoten?«

»Ja.«

Yates Stimme nahm einen härteren Klang an. »Besorgen Sie sich morgen das Geld von der Bank«, befahl er. »Sie wissen, wie Sie sich zu verhalten haben. Weichen Sie in keinem Punkt von dem Plan ab. Nehmen Sie den Brief in Empfang und händigen Sie ihr das Geld aus. Dann verschwinden Sie von der Bildfläche und überlassen uns alles übrige.« Er sah Morris durchdringend an. »Das ist ein Befehl, Sir – haben Sie verstanden?«

»Jawohl, Sir«, sagte Morris, als stünde er seinem militärischen Vorgesetzten gegenüber. Dann änderte sich sein Tonfall. »Ich bin noch nie sehr gut gewesen in der Ausführung von Befehlen, Inspektor.«

»Dann werden Sie diesmal eine Ausnahme machen, Sir.«

Morris sagte ernsthaft: »Inspektor, wenn Sie einem Erpresser in die Hände fallen würden, der Ihnen zwei gemeine Morde in die Schuhe schieben will, wie würden Sie sich verhalten? Würden Sie sang- und klanglos von der Bildfläche verschwinden, ohne sich davon überzeugt zu haben, wer der liebe Mensch ist, der Ihnen alles das zufügen wollte?«

»Früher oder später werden Sie es ohnehin erfahren«, versicherte Yates dem Verleger.

»Sie haben meine Frage noch nicht beantwortet, Inspektor.«

»Das stimmt, Sir«, sagte Yates ausweichend. »Aber wissen Sie, Sie können sich nicht unbedingt danach richten, wie ich mich verhalten würde. Ich schlage meist etwas – äh – ungewöhnliche Wege ein. Das müssen Sie doch inzwischen bereits herausgefunden haben.«

»Das wage ich zu behaupten«, erklärte Morris grimmig. »Soll ich Ihnen etwas verraten? Ich pflege gleichfalls ungewöhnliche Wege einzuschlagen . . .«

Neugierde und Abneigung mischten sich gleichermaßen in dem Blick, mit dem Clifton Morris seine Besucherin in Augenschein nahm. Marian Hastings personifizierte wie immer Arroganz und Eleganz zu gleichen Teilen. In der Hand hielt sie eine große cremefarbene Hutschachtel aus Pappe, die mit der Aufschrift ›Marian Hastings, Littleshaw‹ versehen war.

Sie sagte: »Ich glaube, Sie erwarten mich. Ich habe Dienstag abend mit Ihnen telefoniert.«

»Bitte treten Sie doch näher«, sagte Morris. Er führte sie in sein Wohnzimmer.

»Bevor wir uns dem eigentlichen Zweck Ihres Besuches zuwenden«, sagte Morris, »möchte ich Gewißheit darüber haben, ob Sie den Brief auch bei sich haben.«

»Daß er sich in meinem Besitz befindet, wissen Sie bereits«, erwiderte sie. »Kim Marshall hat Ihnen die Fotokopie gezeigt.«

»Das beweist gar nichts.«

»Meinen Sie?« Marian Hastings war die Gelassenheit selber. Ihr Mienenspiel verriet keinerlei Erregung. »Nun, ich finde, es beweist doch etwas, Mr. Morris. Von einem Brief, den man nicht hat, kann man auch keine Fotokopie anfertigen. Aber Sie dürfen sich gerne überzeugen.« Sie öffnete die Hutschachtel und entnahm ihr ein aufgespultes Tonband und einen Briefumschlag. »Hier ist das Band, dessen Wortlaut Sie bereits kennen, und hier ist der Umschlag, in dem sich der Brief befand. Zufrieden?«

Morris nahm den Umschlag und betrachtete ihn eingehend. »Das ist der Umschlag«, sagte er. »Aber wo ist der Brief?«

Die Andeutung eines Lächelns umspielten Marian Hastings' mattrot gefärbte Lippen. Ihr Zeigefinger tippte auf ihre Handtasche. Morris verstand. »Einen Augenblick«, sagte er und verschwand in seinem Schlafzimmer.

Sekunden später erschien er wieder mit einer Aktentasche unter dem Arm. Er öffnete die Tasche und entnahm ihr ein stattliches Bündel von Einpfundnoten. »Hier ist das Geld«, sagte er.

Ihre Augen weiteten sich für den Bruchteil einer Sekunde, als sie auf das Geld blickte. Ohne ein weiteres Wort öffnete sie ihre Handtasche und holte einen Briefbogen hervor.

Morris las den Brief, während sie die Geldbündel aus der Aktentasche in die Hutschachtel umpackte. Als sie alles verstaut hatte, klemmte sie sich die Schachtel unter den Arm und wandte sich zum Gehen.

»Einen Augenblick noch«, sagte Morris mit ruhiger Stimme.

Sie blieb stehen. »Ja?«

Morris deutete auf die Hutschachtel. »Darf ich mir die Frage erlauben, was Sie sich hiervon versprechen? Auch Sie werden von ihm erpreßt, oder etwa nicht? Ist das nicht geradezu paradox?«

Sie zog die Augenbrauen in die Höhe. »Was ist paradox?«

»Daß wir beide im gleichen Boot sitzen«, sagte Morris.

»Ich weiß nicht, was Sie damit sagen wollen«, erklärte sie.

»Das wissen Sie recht gut«, sagte Morris freundlich. Er trat einen Schritt auf sie zu. »Ich frage mich, wie hoch Ihr Preis ist. Worum handelt es sich? Um ein Bild? Einen Brief? Einen falschen Scheck vielleicht?«

Zwei seltsame rote Flecken erschienen auf ihren Backenknochen. »Das geht nur mich etwas an«, sagte sie abweisend. Sie machte auf dem Absatz kehrt und marschierte zur Wohnung hinaus. Morris hörte das Klick-Klack ihrer hohen Absätze auf dem Parkettfußboden im Korridor.

Als er die Haustür zuschnappen hörte, griff Morris nach dem Telefon und wählte eine Nummer. Eine Stimme mit schottischem Akzent sagte: »Hallo? Fallstaff Garage hier . . .«

»Jock!« sagte Morris in dringlichem Tonfall. »Hier ist Morris. Ich brauche den Bentley. Beeilen Sie sich, ja?«

»Dauert keine Minute, Sir«, erwiderte Jock . . .

An einer günstigen Stelle, keine zehn Meter von Marian Hastings Modesalon entfernt, saß Morris in seinem Bentley und wartete auf das Erscheinen der Besitzerin. Ein kleiner Wagen hielt vor dem Laden, und Marian stieg aus. Hastig blickte sie links und rechts die Straße hinunter und verschwand im Innern des Geschäftes. Morris konnte deutlich die Hutschachtel erkennen, die sie unter den Arm geklemmt hielt.

Zur gleichen Zeit fuhr ein Reparaturwagen von der Telefongesellschaft vor und parkte unauffällig auf der gegenüberliegenden Straßenseite.

Edward Collins machte irgendwie eine unglückliche Figur inmitten der für weibliche Kundschaft bestimmten Innendekoration des Ladens. Er sah Phyllis zu, die merkwürdige Gebilde, die vermutlich Knöpfe darstellen sollten, auf den Rücken eines Abendkleides nähte.

»Früher wohnte eine Frau in Amersham, zu der man mit solchen Sachen gehen konnte«, sagte Phyllis. »Aber ob sie jetzt noch dort zu erreichen ist, das weiß ich nicht« – sie hielt inne, als Marian Hastings in den Laden kam, und fuhr dann fort – »vielleicht kann Miss Hastings Ihnen weiterhelfen.«

»Guten Tag, Edward«, sagte Marian. »Welche Überraschung. Womit kann ich Ihnen helfen?«

»Tag, Marian«, sagte Edward. »Ich wollte nur wissen – –«

»Mr. Collins möchte eine ganze Reihe von den Kleidern seiner Schwester verkaufen, Miss Hastings«, sagte Phyllis, zu deren unangenehmen Eigenschaften es gehörte, sich in jede Unterhaltung einzumischen. »Er fragt, ob wir ihm vielleicht helfen können.«

»Befinden sich die Kleider in Ihrem Haus oder in der Wohnung in London?« fragte Marian.

»Ich habe sie alle im Haus«, sagte Edward. »Die Wohnung habe ich längst leerräumen lassen.«

»Ah so«, sagte Marian.

»Es sind so schrecklich viele Sachen«, fuhr Collins fort. »Drei oder vier Mäntel, fünf oder sechs Abendkleider – ich weiß nicht, was ich mit dem ganzen Zeug anfangen soll.«

»Ich fürchte, ich kann Ihnen da auch nicht helfen, Edward«, sagte Marian. »Aber in Amersham gibt es eine Frau, die getragene Kleider und Mäntel aufkauft. Nur zahlt sie so wenig.«

»Das ist Nebensache«, erklärte Collins. »Hauptsache, ich werde die Kleider los.«

Marian Hastings, die immer noch die Hutschachtel in der Hand hielt, verschwand in ihrem winzigen Büro. »Ich schreibe Ihnen die Adresse und Telefonnummer der Frau auf«, rief sie.

Marian Hastings kam wieder zum Vorschein mit einem Stück Papier in der Hand. »Hier, ich hab' es Ihnen aufgeschrieben«, sagte sie. »Vielleicht ist es besser, wenn Sie ihr schreiben. Am Telefon kann man nichts mit ihr anfangen.«

»Vielen Dank«, sagte Collins und steckte den Zettel ein. »Good bye . . .«

Als Collins gegangen war, wandte sich Marian an Phyllis. Mit vor Erregung heiserer Stimme fragte sie: »Hat Mr. Goodman angerufen?«

»Nein, Miss Hastings«, antwortete Phyllis. »Es ist furchtbar still gewesen hier, während Sie fort waren.«

Kaum hatte Phyllis ausgesprochen, als Alistair Goodman seinen Sportwagen auf der anderen Straßenseite hinter dem Kombi von der Telefongesellschaft zum Halten brachte. Goodman warf einen flüchtigen Blick auf den Reparaturwagen und blieb für ein paar Sekunden vor dem Schaufenster des Zigarettenladens stehen, um ein Tischfeuerzeug zu bewundern. Langsam schlenderte er auf das Geschäft seiner Verlobten zu.

Im Innern des Wagens von der Telefongesellschaft saßen zwei Polizisten in Zivil und beobachteten jede Bewegung des Farmers. Einer von ihnen hatte sich einen Kopfhörer über die Ohren gestreift. Sein Kollege sagte zu ihm: »Gib ihnen durch, daß Goodman aufgekreuzt ist.«

In einer Seitenstraße saßen Yates und Jeffreys auf dem Vordersitz eines Polizeiwagens. Auf dem Rücksitz harrten zwei uniformierte Beamte der Dinge, die da kommen sollten. Jeffreys trug Kopfhörer und hielt ein Mikrophon in der Hand. Er warf dem Inspektor einen bedeutsamen Blick zu. »Goodman ist eingetroffen«, sagte er.

Yates nickte. »Sie wissen, wie Sie sich zu verhalten haben . . .«

Goodman begrüßte Phyllis jovial wie immer. »Hallo, Darling«, sagte er. »Ist meine Gebieterin zugegen?«

Phyllis kicherte. »Sie ist im Büro«, antwortete sie. »Ich gehe und sag' ihr Bescheid.«

»Das eilt nicht«, sagte Goodman liebenswürdig. Er betrachtete Phyllis zwischen zusammengekniffenen Lidern hindurch und streckte seine Hand aus, um ihr wohlgeformtes Hinterteil zu tätscheln. Im letzten Augenblick besann er sich eines anderen. »Sind Sie diese Woche schon im Kino gewesen, Phyllis?«

»Nein«, erwiderte Phyllis und lächelte ihm ermunternd zu.

»Da haben Sie aber etwas versäumt«, sagte Goodman. »Der Film hätte Ihnen bestimmt gefallen. Es dreht sich um einen Jungen, dessen Spezialgebiete Mädchenhandel und Marihuanarauchen waren.«

»Wie interessant!« Phyllis kicherte pflichtbewußt. »Da kommt Miss Hastings schon«, sagte sie.

Marian Hastings erschien mit der Hutschachtel unterm Arm. Goodman nahm den unförmigen Karton in Empfang, und Marian sagte: »Hier ist die Schachtel, Alistair.«

»Sehr schön«, meinte Goodman einfallslos.

»Hast du die Adresse?«

»Aber ja. Die kennt doch ein jeder.«

Marian küßte ihn mit ungewohnter Herzlichkeit. »Wie lieb von dir, mir zu helfen, Darling. Ich bin dir so dankbar.«

»Ach, das ist doch nichts Besonderes, altes Mädchen«, sagte Goodman. Er drückte ihr geräuschvoll einen Kuß auf die Wange und winkte Phyllis zu. »Aber immer habe ich natürlich keine Zeit für solche Dinge.«

Clifton Morris ließ die Ladentür nicht aus den Augen. Er sah Goodman mit der Hutschachtel in der Hand aus dem Geschäft kommen. Der Farmer warf die Schachtel auf den Rücksitz seines Sportwagens und fuhr los.

Morris folgte ihm in sicherem Abstand. Etwa zwei Meilen außerhalb der Stadt bog Goodman in eine schmale Seitenstraße ein. Er hielt vor der Einfahrt zu einem großen Landhaus und stieg aus. Morris fuhr langsam an dem Sportwagen vorüber und sah im Rückspiegel, wie Goodman mehrere zusammengebundene Fasanen vom Rücksitz seines Autos nahm und auf die Einfahrt zuging.

Morris parkte den Bentley hinter der nächsten Kurve, stieg aus und näherte sich vorsichtig dem Sportwagen des Gutsbesitzers. Erstaunt las er auf einem großen hölzernen Schild neben der Einfahrt, daß es sich bei dem Landhaus um das Waisenhaus von Littleshaw handelte.

Er trat an den Wagen heran und vergewisserte sich, daß die Hutschachtel noch auf dem Rücksitz lag. Er hob den Deckel auf und starrte ungläubig auf den winzigen schwarzen Hut, der sich im Inneren der Schachtel befand. Morris ließ den Deckel fallen und richtete sich auf. Als er sich umdrehte, sah er sich dem wutentbrannten, rotgesichtigen Goodman gegenüber.

»Was, zum Teufel, haben Sie denn in meinem Wagen zu suchen?«

Morris benetzte seine Lippen. »Es ist mir schrecklich peinlich«, sagte er schließlich. »Offengestanden, ich habe keinen Hut in der Schachtel erwartet – das heißt, ich dachte – äh –«

»Mir ist völlig einerlei, was Sie dachten!« brüllte Goodman. »Haben Sie den Verstand verloren oder irgend so etwas? Wie kommen Sie dazu, in meinem Wagen herumzuschnüffeln?« Er trat zwei

Schritte vor und brachte sein rotes Gesicht nahe an das des jungen Verlegers heran. »Hören Sie, habe ich Sie nicht schon irgendwo einmal gesehen?«

»Ich habe keine Zeit, Ihnen die ganze Geschichte jetzt zu erklären«, sagte Morris hastig. »Verraten Sie mir nur eines – hat Miss Hastings heute nachmittag eine Verabredung mit irgend jemandem?«

Goodman riß den Mund auf und vergaß ihn wieder zu schließen. Nach einer Weile knurrte er: »Was, zum Teufel –«

Morris packte seinen Arm. »Hat sie eine Verabredung?«

»Was geht hier eigentlich vor?« fragte Goodman, den der feste Griff des jungen Mannes offensichtlich wesentlich milder stimmte. »Soviel ich weiß, ist sie irgendwo hinbestellt.«

»Wohin?« rief Morris.

Goodman zupfte an seinem Schnurrbart und musterte Morris mit unverhohlener Ablehnung. »Hören Sie!« beschwerte er sich. »Wenn Sie glauben, Sie können –«

»Entschuldigen Sie bitte«, fiel Morris ihm ins Wort. »Sie müssen mich für völlig übergeschnappt halten. Aber ich muß wissen, wohin sie gegangen ist. Die Beantwortung dieser Frage ist von entscheidender Bedeutung, auch für Sie. Später werde ich Ihnen alles erklären.«

»Das möchte ich mir auch ausgebeten haben«, sagte Goodman viel ruhiger.

»Wissen Sie, wohin Marian Hastings gegangen ist?«

»Ich habe keine Ahnung«, sagte Goodman. »Es geht mich ja nichts an. Wissen Sie, Sie können von Glück sagen –«

Morris hörte sich die Geschichte von seinem Glück nicht bis zum Schluß an. Er sprintete zu seinem Bentley zurück und brauste davon.

Goodman starrte ihm verwundert nach. »Das hat die Welt noch nicht erlebt!« murmelte er und deckte die Hutschachtel wieder zu.

Marian Hastings umklammerte das Steuerrad ihres Wagens mit nervösen Händen und schlug die gleiche Richtung ein wie Alistair Goodman. Sie fuhr nicht ganz so weit wie er, sondern bog ein kurzes Stück außerhalb der Stadtgrenze in einen holperigen Feldweg ein. Ein weites, unbebautes Feld lag zur Linken, und gleich neben der Einfahrt zu dem Acker stand eine Scheune. Auf der anderen Seite des Feldweges, auf einem schmalen Grasstreifen, war ein kleiner Wagen geparkt.

Marian Hastings nahm die Hutschachtel an sich und eilte mit hastigen, kleinen Schritten auf die Scheune zu.

In der Scheune befanden sich mehrere Strohballen, ein alter Handwagen und zwei oder drei leere Kerosinfässer. An der hinteren Wand waren Säcke mit Kartoffeln und Düngemitteln aufgestapelt. Verschiedene Geräte und Werkzeuge lagen unordentlich herum, und ein uralter Traktor fristete im halbdunklen Hintergrund ein rostiges Dasein.

Nur zögernd und sich vorsichtig nach allen Seiten umblickend betrat Marian den düsteren, vom üblen Modergeruch angefüllten Schuppen. Sie legte die Hutschachtel auf einen Strohballen und erschauerte. Die Örtlichkeit übte eine niederdrückende, unheimliche Wirkung auf sie aus. Als eine Maus in dem Stroh zu ihren Füßen raschelte, zuckte sie erschrocken zusammen.

Sie stand im Begriff, sich eine Zigarette anzuzünden, als sie leichte Schritte vom Eingang her hörte. Sie wirbelte herum und sah sich einem Mann gegenüber, der in einen dunklen Leinenanzug gekleidet war. Locker um den Hals geknüpft trug er einen seidenen Schal.

»Du hast dich verspätet«, sagte John Hopedean leise.

11

Marian Hastings musterte Hopedean mit einer Miene, die gleichermaßen Furcht und Widerwillen ausdrückte. »Jedenfalls bin ich gekommen«, sagte sie kurz. »Das ist doch wohl die Hauptsache.«

Hopedean lächelte. »Ich schätze Pünktlichkeit bei meinen – äh, Mitarbeitern«, sagte er spöttisch.

»Hast du dir den Wagen, der draußen steht, geliehen?« fragte Marian.

»Ja, von Matthews. Die Kirche für mein Vorhaben einzuspannen, schien mir irgendwie passend, und aus verständlichen Gründen wollte ich nicht gerne meinen eigenen Wagen dafür verwenden. Der hohe geistliche Herr ist der Ansicht, ich würde den Nachmittag in der Tate Gallerie zubringen.« Er näherte sich ihr, den Blick auf die Hutschachtel gerichtet. »Weißt du, für einen Augenblick dachte ich schon, du würdest nicht kommen, Marian.«

»Es war nicht ganz einfach, mich möglichst unauffällig aus dem Geschäft zu entfernen«, sagte sie.

»Ist dir jemand gefolgt?«

»Nein – zumindest habe ich nichts davon gemerkt.«

»Du hast nichts davon gemerkt?« sagte Hopedean leise. »Das

solltest du aber mit Sicherheit wissen. In unserem Fall ist einige Vorsicht geboten, meinst du nicht auch?«

»Ich habe doch gesagt, daß ich nichts bemerkt habe«, erwiderte sie nervös. Sie deutete auf die Hutschachtel. »Da ist das Geld. Du brauchst es nicht zu zählen.«

»Das liegt auch nicht in meiner Absicht«, sagte Hopedean uninteressiert. »Hat es Schwierigkeiten mit Morris gegeben?«

»Nein«, antwortete sie. »Ich habe ihm lediglich den Brief ausgehändigt, und er gab mir das Geld.«

»Ausgezeichnet«, sagte Hopedean. »Schlicht und unkompliziert. Alles ist so viel angenehmer, wenn es keine Komplikationen gibt, nicht wahr, Marian? Unglücklicherweise verläuft es nicht immer so reibungslos. Aber im großen und ganzen, wage ich zu behaupten, haben wir Glück gehabt.«

Marian wandte ihm ihr bleiches, angespanntes Gesicht zu. »Mußtest du Diana Winston unbedingt umbringen?«

Hopedean senkte den Blick und betastete sein Halstuch. »Ja, mir blieb keine andere Wahl. Sie wollte Morris ein Alibi verschaffen. Dadurch brachte sie unseren ganzen Plan in Gefahr.«

»Aber ich habe dir doch gesagt, daß ich an keinem weiteren Mord mitschuldig werden wollte!«

»Das hatte ich auch nicht vergessen«, meinte Hopedean gleichgültig.

»Und warum hast du es trotzdem getan?«

»Das habe ich dir doch eben erklärt.«

Marians Hände verkrampften sich ineinander. »John, ich habe einen Entschluß gefaßt«, sagte sie mit vor Erregung heiserer Stimme. »So kann es nicht mehr weitergehen – ich halte das nicht mehr aus – ich gehe zur Polizei!«

»Ich habe dich nicht verstanden. Was sagtest du?«

»Du hast mich recht gut verstanden. Ich werde alles gestehen.«

»Wie besonnen von dir«, sagte Hopedean. »Willst du mir nicht erklären, was du der Polizei alles gestehen willst? Da bin ich aber wirklich neugierig.«

»Ich werde sagen, was in jener Nacht geschehen ist.« Sie zögerte und fügte dann hastig hinzu: »Ich werde der Polizei sagen, daß ich jemanden mit dem Wagen angefahren habe und weiterfuhr – ohne – ohne anzuhalten.«

»Der bewundernswerte Inspektor Yates wird hocherfreut sein, wenn er davon erfährt«, meinte Hopedean sarkastisch. »Aber hast du nicht eine Kleinigkeit vergessen?«

»Was meinst du?«

»Daß du betrunken warst, als du die Frau überfahren hast«, sagte Hopedean mit lauter Stimme. »Das zu erwähnen würde ich auf keinen Fall versäumen – dadurch wird alles so viel aufregender.«

»Ich werde nichts vergessen«, sagte sie leise.

Hopedean schüttelte traurig seinen Kopf. »Aber meine liebe Marian, seit dem Tode der Frau ist ein volles Jahr vergangen, und durch dein Geständnis wird sie wohl kaum wieder zum Leben erweckt. Wem ist damit gedient, wenn du jetzt noch zur Polizei gehst?«

»Mir ist damit gedient«, erwiderte Marian. »Denn dann kannst du mich nicht mehr erpressen. Deine schmutzigen Geschäfte widern mich an, und ich werde dem ein für allemal ein Ende setzen.«

»Es ist sehr schmerzlich für mich, dich so reden zu hören«, sagte Hopedean vorwurfsvoll. »Ich habe fest an deine Freundschaft geglaubt.« Er legte ihr seine Hand auf den Arm. »Wir haben doch auch manch Schönes miteinander erlebt, Marian, das mußt du doch zugeben.«

»Deshalb gehe ich trotzdem zur Polizei.«

»Dann möchte ich dich bitten, meine Neugierde nur noch in einem Punkt zu befriedigen. Was wirst du ihnen antworten, wenn sie dich fragen, warum du mit deinem Geständnis zwölf Monate gewartet hast?«

»Ich werde sagen, ich hätte Angst gehabt vor dem Skandal.«

»Eine sehr überzeugende Erklärung«, meinte Hopedean. »Wirst du ihnen ebenfalls anvertrauen, daß du erpreßt worden bist?«

»Nein, natürlich nicht«, sagte sie hastig. »Das würde ich niemals wagen – denn wenn sie davon erfahren –«

»Wenn unser gemeinsamer Freund Inspektor Yates davon erfahren würde«, beendete Hopedean den Satz, »dann wird es ihm nicht schwerfallen, zwei und zwei zusammenzuzählen.« Seine Stimme hatte einen drohenden Tonfall angenommen, und Marian beobachtete ihn mit steigender Besorgnis.

Mit langsamer Bewegung zog Hopedean das Halstuch unter seinem Rockkragen hervor. »Irgendeine innere Stimme flüstert mir zu«, fuhr er fort, »daß Yates keine große Mühe haben wird, zwei und zwei zusammenzuzählen, und ohne Zweifel wird das Ergebnis vier sein.«

Marian wandte sich plötzlich ab und versuchte ihr Heil in der Flucht. Hopedean hatte das erwartet und verstellte ihr den Weg zum Ausgang. Seine Stimme sank zu einem Flüstern herab. Er sagte:

»Du dachtest, du könntest mir entwischen, was? Du dummes, kleines Ding . . .«

In panischer Angst preßte sie die Faust vor den Mund. Ihre Zähne vergruben sich in ihren Handrücken. »Nein«, keuchte sie. »Nein . . .« Sie fühlte, wie ihre Schultern gegen einen Strohballen gedrückt wurden.

»Hast du allen Ernstes geglaubt, ich würde dich zur Polizei gehen lassen?« flüsterte Hopedean. »Du bist noch viel dümmer als ich dachte . . . Glaubst du tatsächlich, ich würde dich nach diesem hier wieder unter die Menschen gehen lassen?«

Er stand unmittelbar vor ihr. Als sie zu schreien begann, preßte er ihr seine Hand auf die Lippen . . .

Der Kilometerzähler gab die Geschwindigkeit mit 140 Stundenkilometern an, als Clifton Morris nach Littleshaw zurückraste. Als er Marian Hastings Wagen neben der Scheune geparkt stehen sah, trat er unbarmherzig auf die Fußbremse. Der Bentley schleuderte und stand.

Morris sprang heraus, überquerte die Straße und rannte auf die Scheune zu.

Hopedean hatte inzwischen den Schal um Marians Hals geschlungen und begann zuzuziehen. Marian unternahm einen letzten, verzweifelten Versuch, sich zu befreien. Hopedeans rechte Hand lag wieder über ihrem Mund, und sie biß mit aller Kraft hinein. Hopedean stieß einen Schmerzensschrei aus und ließ das Halstuch los. Marian fiel halb besinnungslos über einen Strohballen. In diesem Augenblick erschien Morris in der Scheune.

Es gelang Morris, den Kunstmaler von hinten zu packen und dadurch einen kleinen Vorteil zu gewinnen, aber Hopedean war kräftiger, als es den Anschein hatte. Er stieß Morris mit dem Kopf unter das Kinn, und sie stürzten gemeinsam zu Boden. Hopedeans rechte Hand kam plötzlich mit kaltem Metall in Berührung. Er packte den schweren Schraubenschlüssel und ließ ihn auf das ungeschützte Haupt von Morris herabsausen.

Marian Hastings lag noch über dem Strohballen. Sie zitterte heftig. Das Halstuch lag zu ihren Füßen. Hopedean sah erst Marian an, dann das Halstuch und schließlich die Hutschachtel. Er ließ den Schraubenschlüssel fallen und griff nach der Hutschachtel. Mit langen Sätzen eilte er aus dem Schuppen.

Vor der Scheuneneinfahrt zögerte Hopedean unentschlossen, dann rannte er auf Matthew's Wagen zu. Bevor er ihn erreicht hatte, bogen zwei Polizeiautos in den Feldweg ein und blockierten den Fluchtweg. Sechs Polizisten sprangen heraus und begannen, Hopedean einzukreisen.

Der Kunstmaler schlug eine andere Richtung ein und lief auf die Straße zu. In diesem Augenblick erschien ein dritter Polizeiwagen und versperrte auch diese letzte Fluchtmöglichkeit. Inzwischen hatte sich die Zahl der Polizisten, die Hopedean in die Mitte nahmen, auf zwanzig vergrößert. Hopedean unternahm einen letzten, verzweifelten Ausbruchsversuch. Er drückte die Hutschachtel wie einen Schild an sich, senkte den Kopf und stürmte auf die Feldausfahrt zu. Fünf athletische Polizisten stürzten sich auf ihn, aber es dauerte einige Zeit, bis sie den sich mit Händen und Füßen wehrenden Kunstmaler überwältigt hatten. Endlich lag er der Länge nach auf der Erde. Zwei Polizisten hielten seine Füße, und ein anderer kniete auf seiner Brust. Der Inspektor stand einen Augenblick wortlos und ohne ein Zeichen der Zufriedenheit und Freude über ihn gebeugt. Dann nickte er Jeffreys zu, der abwartend neben ihm stand, und sagte: »Schafft ihn zum Revier.«

Marian Hastings weinte leise vor sich hin, als sie von zwei Beamten abgeführt wurde. Morris hockte auf dem Scheunenboden und rieb sich seinen schmerzenden Schädel. »Sind Sie verletzt, Sir?« erkundigte sich Yates.

Morris betastete seinen Hinterkopf und stöhnte schmerzvoll, als seine Finger mit der riesigen Beule in Berührung kamen. »Es ist nicht weiter schlimm«, sagte er schließlich.

»Jeffreys kann einen Arzt holen«, sagte Yates. »Das sieht übel aus.«

»Nein, das ist nicht nötig. Es geht schon wieder.« Morris rappelte sich mühselig auf und schwankte leicht, als er endlich auf den Beinen stand. »Haben Sie ihn gefaßt?«

»Ja«, sagte Yates. »Wir haben ihn.«

Jeffreys meldete: »Alles ist in bester Ordnung, Sir. Die Einsatzwagen sind soeben abgefahren.«

»Danke«, sagte Yates.

Die drei Männer verließen die Scheune gemeinsam. Jeffreys blieb plötzlich stehen. »Inspektor, seit wann haben Sie Hopedean unter Verdacht?« fragte er.

»Seit einiger Zeit«, erwiderte Yates. »Er führte sich ein bißchen zu selbstsicher auf für meinen Geschmack, und er benahm sich ein wenig zu auffällig. Er glaubte, auch nicht den geringsten Fehler begangen zu haben und wurde daher unvorsichtig. Als er mir von diesen Drohbriefen erzählte, beschloß ich, mich auch einmal als anonymer Briefschreiber zu betätigen.«

»Sie haben ihm einen anonymen Brief geschrieben?« fragte Jeffreys ungläubig.

»Ja«, sagte Yates bescheiden. »War doch eine gute Idee, finden Sie nicht auch?«

»Das kann man wohl behaupten«, staunte Jeffreys. »Was haben Sie ihm denn mitgeteilt?«

»Ich habe davon Abstand genommen, ihn als Mörder zu beschimpfen«, erklärte Yates. »So brutal wollte ich nicht vorgehen.« Er grinste plötzlich. »Ich habe ihn nur einen schmutzigen Erpresser genannt und beschuldigte ihn der Erpressung an Miss Hastings und Mr. Morris. Wenn ich ehrlich sein soll – ich habe da ein ekelhaftes Zeug zusammengeschrieben, aber so sind anonyme Drohbriefe ja nun einmal.«

Jeffreys dachte angestrengt nach. »Aber von dem Brief hat er uns nichts erzählt.«

»Das war sein großer Fehler«, sagte Yates. »Er hätte ihn zu mir bringen sollen. Aber das wollte er nicht riskieren, weil die Anschuldigungen der Wahrheit zu nahe kamen.« Er wandte sich an Morris. »Fühlen Sie sich besser, Sir?«

»Ja«, sagte Morris. »So gut, wie es die Umstände erlauben.«

Yates setzte eine gestrenge Miene auf. »Sie sollten nicht mit irgendwelchem Mitgefühl rechnen, Mr. Morris. Schließlich habe ich Sie gewarnt. Ich habe Ihnen gesagt, Sie sollten sich unsichtbar machen.«

Morris strich vorsichtig über seinen mißhandelten Hinterkopf. »Ich wollte, ich hätte diesen Ihren Rat befolgt«, sagte er und lächelte.

Jeffreys verschwand noch einmal im Innern des Schuppens und kehrte gleich darauf mit Hopedeans Halstuch zurück. Er wandte sich an Morris. »Entschuldigen Sie, Sir – gehört dieser Schal Ihnen?«

Morris tat, als müßte er erst überlegen. »Sie werden es nicht glauben – aber er gehört mir tatsächlich nicht.«

Yates nahm Jeffreys den Schal aus der Hand und steckte ihn in seine Manteltasche. »Wir glauben Ihnen, Sir«, sagte er.

»Ich weiß nicht, wie es mit Ihnen ist, Jeff«, sagte Yates. »Aber ich könnte einen Drink vertragen.«

»Ich auch«, meinte Jeffreys. Es klang überzeugend. Er sah auf seine Uhr.

Sie gingen in die um diese Tageszeit menschenleere Dragoon-Bar, und Yates bestellte zwei doppelte Whiskys. Mit ernsten Gesichtern tranken sie einander zu.

Zwei amerikanische Soldaten betraten das Lokal. Mit offensichtlichem Mißvergnügen blickten sie um sich.

»Was für ein Loch!« sagte der eine von ihnen. Er wandte sich an Yates. »Ist denn in diesem Kaff gar nichts los, Mister?«

»Nicht sehr viel«, erwiderte Yates. »Dies ist eine ruhige, kleine Stadt. Ihr Burschen würdet sie vermutlich als Kuhdorf bezeichnen.«

»Das können Sie noch einmal sagen«, meinte der andere Amerikaner mitfühlend. »Sind die Mädchen in dieser Stadt genauso tot wie diese Budike hier?«

Yates zwinkerte Jeffreys zu und lächelte. »Nicht alle, Freunde. Nicht alle.«